Veröffentlicht von
DREAMSPINNER PRESS

5032 Capital Circle SW, Suite 2, PMB# 279, Tallahassee, FL 32305-7886 USA
www.dreamspinnerpress.com

Dies ist eine erfundene Geschichte. Namen, Figuren, Plätze, und Vorfälle entstammen entweder der Fantasie des Autors oder werden fiktiv verwendet. Ähnlichkeiten mit lebenden oder verstorbenen Personen, Firmen, Ereignissen oder Schauplätzen sind vollkommen zufällig.

Deutsche ISBN. 978-1-64405-924-1
Deutsche eBook Ausgabe. 978-1-62798-467-6
Deutsche Erstausgabe. September 2013
Deutsche Buchausgabe. Februar 2021
v 1.0

Gedruckt in den Vereinigten Staaten von Amerika.

# DIPLOMATISCHE BEZIEHUNGEN

## ZAHRA OWENS

# KOMMENTAR

ALS SCHRIFTSTELLER existiert man nicht in einem Vakuum.

Auch wenn es sich bei uns häufig um Einzelgänger handelt, deren eigene Gesellschaft sie zufriedenstellt, so können wir doch nicht ohne den Einfluss anderer Menschen leben. Wir brauchen andere, um uns ein Erscheinungsbild zu leihen, einen Charakterzug zu stehlen, uns eine überraschende Einsicht zunutze zu machen. Es sind die anderen, die uns helfen, facettenreiche Figuren, interessante Persönlichkeiten und spannende Situationen zu erschaffen und dieser Einfluss beginnt bereits in frühester Kindheit. Ohne andere Menschen wäre unsere Fantasie ziemlich eingeschränkt.

Manche Menschen spielen in dieser Hinsicht eine wichtigere Rolle als andere.

Meine Mutter hat eine vorurteilsfreie Tochter aufgezogen und ihr dabei ganz unverblümt klargemacht, dass Beziehungen in verschiedenen Größen und Formen existieren und manche von ihnen sich aus Menschen des gleichen Geschlechts zusammensetzen. Danke dafür, Mom, dass du eine meiner begeistertsten Leserinnen bist und auch bei den etwas freizügigeren Passagen niemals mit der Wimper zuckst. Und auch dafür, dass du gesagt hast, mein Buch sei ganz genauso gut wie die Liebesromane, von denen du jede Woche drei verschlingst – auch wenn ich weiß, dass du voreingenommen bist.

Im Internet bin ich vielen Gleichgesinnten begegnet, von denen eine zu meiner Stammlektorin wurde. Silv, danke, dass du meine merkwürdigen europäischen Redewendungen, meine wackelige Rechtschreibung und meinen seltsamen Satzbau korrigierst und dich mit meiner manchmal sehr amerikanischen Ausdrucksweise herumschlägst. Und danke dafür, dass du den Mut hast, mir zu sagen, wenn etwas nicht funktioniert, und dabei taktvoll genug bleibst, um meinen empfindlichen Schriftstellerstolz nicht zu verletzen.

Nancy, du hast mich dazu überredet, mein Manuskript an einen Verlag zu schicken, und sieh nur, wo ich jetzt bin!

Allen meinen Internetlesern danke ich dafür, dass sie mich zum Weiterschreiben ermutigt haben. Ich habe jeden einzelnen Kommentar in mich aufgesogen und zu schätzen gewusst. Das Feedback hält eine Autorin nicht nur in Atem, sondern motiviert sie auch.

An Elizabeth und alle anderen großartigen Menschen bei Dreamspinner Press, meine professionellen Lektorinnen Lynn West und Willa Canter, meine Umschlagillustratorin Mara McKennen: Danke, dass ihr mir eine Stimme verleiht.

Von ihrem Platz hinter dem Schreibtisch
Zahra Owens

# VORWORT

JACK ATMETE tief durch. Er hasste seine Arbeit.

Na ja, vielleicht nicht die ganze Arbeit, sondern eher das aufwendige Drumherum, das sie begleitete. Von den offiziellen Verpflichtungen abgesehen liebte er sie sogar. Er tat, was er von Kindesbeinen an immer hatte tun wollen. Er tat, was sein Vater immer getan hatte, denn seit er in die Highschool gekommen war, hatte er gewusst, dass er in dessen Fußstapfen treten und Diplomat werden wollte. Da er in allen möglichen Teilen der Welt aufgewachsen war, beherrschte er ziemlich viele Sprachen, und jetzt, wo er sich in einem neuen Land befand, kam eine neue hinzu. Sein ganzes Leben lang hatte er das hier gewollt und jetzt war es Realität.

Nur leider war heute einer dieser Abende, an denen er seine Aufgaben hasste. Da er seinen Präsidenten bei der Ausrichtung eines Banketts zu Ehren seines Besuches unterstützte, hatte er sich mit einem maßgeschneiderten Armani-Anzug in Schale geworfen und seine Frau Maria, mit der er seit fünfzehn Jahren verheiratet war, half ihm dabei, goldene Manschettenknöpfe am Designerhemd darunter zu befestigen.

„Kannst du nicht … eine Sekunde lang still halten?" Sie stellte die Frage, ohne zu lächeln. Vermutlich war sie so aufgeregt wie er, wenn nicht noch mehr. Auch wenn er bei Banketten die Rolle des Gastgebers im Namen des Präsidenten einnahm, waren zwangsläufig alle Blicke auf „die Ehefrau" gerichtet, denn es war allgemein bekannt, dass sie sich jedes Mal um die organisatorische Seite kümmerte. Er lächelte bei dem Gedanken, wie viel Glück er mit ihr hatte.

Maria war ebenfalls die Tochter zweier Berufsdiplomaten und ganz ähnlich wie er aufgewachsen.

Dass er bereits vor seinem vierzigsten Lebensjahr das erste Mal zum Botschafter berufen wurde, verdankte er zweifellos zu einem großen Teil der Tatsache, dass es sich bei ihr um ein vorbildliches Organisationstalent handelte. Das würde heute Abend nicht anders sein. Sie hatte ein Bankett für 112 Würdenträger mit einem Fünf-Gänge-Menü und Ansprachen geplant und der reibungslose Ablauf stand außer Frage. Doch die Komplimente würden an ihn gerichtet werden, auch wenn einige mit der Schönheit seiner Frau zu tun haben würden. Und eine Schönheit war sie wirklich: Ihr halblanges, blondes Haar war mit der diamantbesetzten Haarnadel hochgesteckt, die er ihr anlässlich ihres kürzlich gefeierten Hochzeitstags in Antwerpen geschenkt hatte, und ihr schlanker Körper mit seinen zierlichen Brüsten war in ein elegantes, burgunderrotes und schulterfreies Kleid gehüllt, das an ihr herabfloss, als wäre es ein Teil von ihr, und ihre glatte, schneeweiße Haut zur Geltung brachte. Als sie die Hände hob, um ein paar lose Haare von seinen Schultern zu streichen, legte er die seinen auf ihre Hüften, beugte sich vor und flüsterte ihr ins Ohr: „Du bist heute einfach atemberaubend schön. Sie werden dir zu Füßen liegen." Maria lächelte daraufhin nur ihr wissendes Lächeln. Ihr war durchaus bewusst, wie vielen Leuten sie heute die Köpfe verdrehen würde.

Einer der Agenten des Secret Service steckte den Kopf durch die Tür. „Mr. Christensen, Ma'am, der POTUS ist jetzt so weit."

Beide waren mit dem Jargon vertraut. POTUS war die Abkürzung für den Präsidenten der Vereinigten Staaten. Es war ihre Pflicht, ihn beim Hereinkommen zu begleiten.

Während Maria ihm ein letztes Mal die Krawatte zurechtrückte, beugte er sich für einen kurzen Kuss vor.

„Oh Jack." Sie strich mit dem Finger über seine Lippe, um die winzige rote Spur ihres Lippenstiftes zu entfernen. Jack konnte die Sorgenfalten auf ihrer Stirn erkennen.

„Lächle einfach, Maire, du bist viel hübscher, wenn du lächelst."

Es war ihr kleines Ritual zu solchen Anlässen – ihr eigener Weg, um sich auf die Konfrontation mit ihren Gästen vorzubereiten. Maria liebte es, wenn Jack sie bei ihrem Spitznamen nannte, der irischen Version ihres Vornamens. Ihr Vater hatte sie so genannt und nach seinem Tod hatte Jack die Tradition weitergeführt. Es half ihr jedes Mal sich zu beruhigen und zauberte ein schüchternes, aber herzliches Lächeln in ihr Gesicht.

Jack nahm ihre Hand und sie machten sich auf den Weg zum angrenzenden Zimmer, wo der Präsident auf sie wartete.

# VORVERHAND-LUNGEN

# 1

ALS BOTSCHAFTER repräsentierte Jack Christensen in dem ihm zugewiesenen Land sein Staatsoberhaupt. Das hieß nicht, dass er immerzu mit dem Mann einer Meinung sein musste, sondern nur, dass er vorgeben musste, es zu sein. Und er war nicht gerade der größte Fan des amtierenden Präsidenten. Tatsächlich war er immer bekennender Demokrat gewesen, sodass es ihn ziemlich überrascht hatte, zum Nachfolger des in den Ruhestand getretenen Botschafters für Belgien ernannt zu werden.

Auch wenn sich ein großer Teil seiner Arbeit darauf beschränkte, die politischen Grundsätze seines Präsidenten in die Landessprache zu übersetzen, reizte ihn der Posten. Zwar handelte es sich um ein kleines Land, doch es galt als sehr vertrauenswürdig. Nicht zuletzt war es aus diplomatischer Sicht interessant, da die Hauptstadt nicht nur das Hauptquartier der NATO, sondern auch den Sitz der Europäischen Kommission beherbergte und als De-facto-Hauptstadt der Europäischen Union betrachtet wurde. Außerdem befand sich im Norden Belgiens einer der größten internationalen Seehäfen, den die Vereinigten Staaten häufig für Militärtransporte nutzten, was es zu einem Verbündeten machte, den man bei Laune halten sollte.

Andererseits war Belgien als eigensinniges Land bekannt, das nicht blind der Masse folgte. Mehr als einmal hatte sein Vorgänger die Wogen in der transatlantischen Beziehung glätten müssen und Jack war klar, dass ihm eine große Herausforderung bevorstand.

Der heutige Abend war seine Feuertaufe gewesen. Er hatte noch nicht einmal die Gelegenheit gehabt, König Albert ll., wie für neue Botschafter üblich, sein Beglaubigungsschreiben zu überreichen, und schon stattete sein Präsident ihnen einen Besuch ab und er war von Regierungsvertretern und Secret-Service-Agenten umgeben.

Der Besuch sollte drei Tage dauern und Jack wusste, dass all die Bankette und Empfänge es zu den längsten drei Tagen seines Lebens machen würden.

Das Bankett verlief reibungslos, auch wenn der britische Botschafter es früher verlassen musste, da er plötzlich an der Grippe erkrankte. Zumindest würde so die offizielle Stellungnahme lauten. Kurz nach dem Hauptgang hatte Maria bemerkt, dass er ziemlich stark alkoholisiert war und nachdem sie Jack darauf aufmerksam gemacht hatte, wurde er unauffällig hinausgeleitet und in seinem von einem Chauffeur gefahrenen Wagen nach Hause geschickt.

Da der Präsident und die First Lady in der Botschaft zu Gast waren, erwartete man auch von Jack und Maria, dass sie sich in ihren Räumlichkeiten in der Botschaft aufhielten, anstatt in ihr Haus gleich außerhalb der Stadt zurückzukehren.

„Dieser Abend war einfach perfekt." Jack stand in seiner Schlafanzughose gegen den Türrahmen gelehnt und sah Maria dabei zu, wie sie sich abschminkte. Er wusste, sie würde das „Danke, dass du so großartige Arbeit geleistet hast" heraushören.

Sie verdrehte die Augen. „Aber es hätte nicht viel zu einem diplomatischen Zwischenfall gefehlt. Zum Glück hat sich unser Brite nicht besonders dagegen gewehrt, nach Hause geschickt zu werden."

Jack stellte sich hinter sie und legte die Hände um ihre schlanke Taille. „Seiner Reaktion nach zu urteilen, war sein Assistent nicht überrascht." Er betrachtete ihren wohlgeformten Körper im großen Badezimmerspiegel.

Als sie vor dem Bankett die Gäste begrüßt hatten, waren die Blicke ziemlich vieler Männer über diesen Körper gewandert. Einige hatten sie sogar mit unverhohlener Lust betrachtet, während er mit ihnen sprach. Warum also löste sie in ihm niemals solche Gefühle aus? Natürlich liebte er sie. Sie war wunderschön, auch das konnte er sehen, doch er hatte nie den unbezähmbaren Drang verspürt, einfach mitten auf dem Tisch über sie herzufallen. Selbst zu Beginn ihrer Beziehung hatten sie sich eher sanft und einfühlsam geliebt als hemmungslos und leidenschaftlich.

Er küsste zärtlich ihren Hals. Zum Glück waren sie gute Freunde. „Morgen wird ebenfalls ein langer Tag werden, mit dem privaten Frühstück mit unseren Ehrengästen in aller Frühe."

Sie drehte sich um und streichelte mit einem Finger an seinem Kiefer entlang. „Ja, wir sollten lieber schlafen gehen."


AM NÄCHSTEN Abend würde es einen Empfang geben, bei dem die in Belgien lebenden Amerikaner die Gelegenheit bekämen nicht nur ihren Präsidenten, sondern auch ihren neuen Botschafter kennenzulernen. Auch wenn es sich dabei um eine entspanntere Angelegenheit als das Bankett handelte, würden Jack und Maria sich unter die Leute mischen und viele Hände schütteln müssen, sodass für ein ernsthaftes Gespräch mit irgendjemandem wenig Zeit bleiben würde.

Jack unterhielt sich mit einem presbyterianischen Pfarrer und seiner Frau, die seit mehr als zwanzig Jahren in Belgien lebten. Wie immer behielt er dabei den Eingang im Auge, wo seine Protokollbeamtin die Gäste begrüßte. Gerade als Jack höflich eine Einladung zum Essen des Pfarrers ablehnte, fiel sein Blick auf einen hereinkommenden jungen Mann. Er war groß, vollkommen in Schwarz gekleidet und trug anstelle eines Schlipses einen lose um den Hals gelegten Krawattenschal. Sein Haar war lang und gewellt und Jack wurde klar, dass er wahrscheinlich der Einzige in diesem Raum war, der zu diesem Anlass so erscheinen konnte, ohne unpassend zu wirken. An seinem Arm führte er eine schöne, unverbraucht wirkende, blonde junge Frau herein, die nervös lächelte und sich wie eine Klette an ihn klammerte.

„Oh, aber Sie und Ihre reizende Frau müssen einfach unsere Kirche besuchen, Mr. Christensen. Schließlich fährt man nur eine Dreiviertelstunde bis Antwerpen", hörte er mit halbem Ohr die ältere Dame sagen.

Wie aus einem Traum erwacht, entschuldigte er sich. „Mr. und Mrs. ... Wallace, verzeihen Sie, aber ich muss mich um einen kleinen Notfall kümmern." Er verließ den Raum zügig durch einen der Seiteneingänge.

Nur wenige Sekunden später folgte ihm Maria. „Ich hatte beinahe das Gefühl, ich sollte dich retten."

„Hä? Was?"

„Ich habe gesehen, wie dein Blick glasig wurde. Sie kann wirklich ein bisschen aufdringlich sein. Aber jetzt lass uns wieder reingehen, bevor sich die Gäste fragen, warum ihr neuer Botschafter und seine Frau zusammen verschwinden."

Sie lächelte und schob Jack sanft zurück in den Raum.

Sowohl der Präsident als auch die First Lady arbeiteten sich, unter den wachsamen Augen der Sicherheitskräfte, durch den Raum wie echte Profis und bemühten sich darum, in möglichst kurzer Zeit möglichst weit vorwärtszukommen. Jack und Maria hatten darin ebenfalls viel Erfahrung, doch als er den Raum betrat, wurde Jack bewusst, dass er die Menschenmenge nach dem dunkelhaarigen jungen Mann absuchte. Obwohl der Empfang seinen Höhepunkt erreicht hatte, dauerte es nicht lange, bis er ihn und seine strahlende Begleiterin im lebhaften Gespräch mit der First Lady entdeckte, der es der selbstsichere junge Mann offensichtlich angetan hatte. Jack konnte sehen, dass ihr Bekanntheitsgrad ihn nicht aus der Ruhe brachte und er wirkte vollkommen ungezwungen, was Jack in all seinen Jahren im Diplomatischen Corps nie ganz gelungen war. Gerade als er zu ihm hinübergehen wollte, da er spürte, dass die First Lady bereit war zum nächsten Gast überzugehen, wurde er von einem älteren Geschäftsmann in ein Gespräch verwickelt, der neu in diesem Land war und offensichtlich begierig darauf, seinen Botschafter kennenzulernen. Sie tauschten Höflichkeiten aus, doch Jack war erleichtert, als ein weiteres älteres Paar sich zu ihnen gesellte und ihm so die Gelegenheit bot, sich zu entfernen.

„Eure Exzellenz?"

Eine ziemlich tiefe, selbstsichere und sehr britische Stimme sorgte dafür, dass er sich umdrehte und sich mit den schönsten schokoladenbraunen Augen konfrontiert sah, die ihm je begegnet waren. Es folgte eine kurze peinliche Stille, die ewig zu dauern schien. Jack wusste, dass er antworten musste, doch sein Verstand hatte einfach ausgesetzt.

„Eure Exzellenz, mein Name ist Lucas Carlton, stellvertretender Leiter der Abteilung für Öffentlichkeitsarbeit des ehrenwerten Marcus Boyles, und das ist meine Verlobte, Lucy Marsh." Er nickte in Richtung der jungen Frau, die ihren Arm befreite, um seine Hand zu schütteln. „Schön, Sie kennenzulernen, Sir."

Erleichtert über die Forschheit des jungen Mannes schüttelte er erst ihre Hand, dann seine. Sein Händedruck war kräftig und seine Hand warm und trocken. Das vertraute Ritual half Jack, sich ein wenig zu fangen. „Ah, natürlich, unser geschätzter britischer Botschafter. Wie geht es ihm heute?" Sie tauschten vielsagende Blicke.

„Er fühlt sich noch ein wenig unwohl, aber das sollte bald vergehen", antwortete der junge Mann mit einem verschwörerischen Lächeln.

Jack fiel es schwer, den Blickkontakt mit Lucas aufzugeben, doch die Höflichkeit verlangte, dass er die junge Frau mit einbezog. „Miss Marsh, sind Sie nicht Amerikanerin?"

Lucy antwortete mit einem unbehaglichen Lächeln. „Ja, aus Boston."

„Und da haben Sie beschlossen, dass nur ein Brite gut genug ist?" Kaum waren die Worte ausgesprochen, wünschte Jack sich, er könnte sie zurücknehmen. Es war eine ziemlich dreiste Art, ein Gespräch zu beginnen.

Lucy lächelte verunsichert, als wüsste sie nicht genau, was sie erwidern sollte, doch Lucas kam ihr zu Hilfe. „Wir haben uns an der Stanford kennengelernt, da habe ich nämlich Internationale Beziehungen studiert. Sie hat einem Ausländer geholfen, sich wie zu Hause zu fühlen." Er schenkte ihr ein aufmunterndes Lächeln.

„Dann waren Sie derjenige, mit dem ich gestern Abend gesprochen habe?", erkundigte sich Jack bei Lucas und erlöste Lucy damit von der Bürde, im Mittelpunkt stehen zu müssen.

Lucas hob die Augenbrauen. „Ach ja, wir haben mit einem Anruf gerechnet, also bin ich länger geblieben, um mich darum zu kümmern. Seine Exzellenz war schon … ‚krank', als er dort abgesetzt wurde, aber er war entschlossen hinzugehen. Ich konnte nur darauf hoffen, dass Sie und Ihre Frau ihn vor einer Blamage bewahren würden und das haben Sie ja freundlicherweise getan."

Lucy bemerkte absolut nichts von den wissenden Blicken zwischen Lucas und Jack und hatte offensichtlich nicht den Hauch einer Ahnung, dass der britische Botschafter nicht wirklich krank war.

„Tja, dann wollen wir Sie nicht länger aufhalten, Eure Exzellenz. Ich wollte mich nur vorstellen, weil die USA und Großbritannien schon immer enge Verbündete waren und ich davon ausgehe, dass wir uns schon bald wiedersehen. Mein Chef hat mir mitgeteilt, dass er mich zum Verbindungsbeamten mit Ihrer Botschaft macht, da meine Interessen sowieso in diese Richtung gehen."

Jack wartete darauf, dass Lucas seine Freundin ansehen würde, um ganz deutlich zu machen, wo genau diese Interessen lagen, doch das tat er nicht, sondern fesselte Jack für eine scheinbare Ewigkeit mit seinem Blick.

Schließlich machte er mit einem Nicken einen Schritt zurück und führte Lucy ein Stück weiter in den Raum.

Jack seufzte und atmete aus, was er bis dahin offenbar vergessen hatte. Dann atmete er ein paar Mal tief durch, um sein rasendes Herz zu beruhigen.


ERST VIEL später am Abend, allein im Badezimmer seiner Räumlichkeiten in der Botschaft, kam er dazu, darüber nachzudenken. Was machte Lucas zu etwas Besonderem? Warum hatte dieser junge Mann Gefühle in ihm wachgerufen, die er schon lange begraben hatte? Er stützte den Kopf in die Hände und versuchte, die Gedanken zu verbannen, die sich in seinen Verstand schlichen, wenn er sich an den jungen Briten erinnerte – seine schokoladenbraunen Augen, sein strahlendes Lächeln, seinen kräftigen Händedruck, der sich sofort in seinen Lenden bemerkbar gemacht hatte.

Er erhob sich und spritzte sich ein wenig kaltes Wasser ins Gesicht, während er sich im Spiegel betrachtete. *Vergiss es Jack. Er hat eine Freundin und du eine Frau. Ihr seid beide erfolgreiche heterosexuelle Männer. Es hat keinen Sinn, dich von deinem Schwanz leiten zu lassen.*

Nachdem er sich das Gesicht abgetrocknet hatte, betrat er das dunkle Schlafzimmer, wobei er sich bemühte, Maria nicht zu wecken.

„Du musst nicht herumschleichen", hörte er sie sagen, bevor er unter die Decke schlüpfte. Als er sich auf den Rücken legte, umarmte sie ihn und legte den Kopf auf seine Schulter. „Na, du scheinst ja froh zu sein, mich zu sehen."

# 2

EINE VON Jacks Aufgaben war es, seinen Mitarbeiterstab so zu koordinieren, dass sein volles Potenzial ausgeschöpft wurde, und er den in Belgien lebenden Amerikanern zu Diensten sein konnte, doch das war noch nicht alles. Jack und seine Mitarbeiter wurden außerdem als „legitime Spione" betrachtet, denn es gehörte ebenfalls zu ihren Pflichten, sich über Politik und Gesetze ihres Gastgeberlandes zu informieren und besonders darauf zu achten, welche Auswirkungen beides auf die amerikanische Nation und auf die Amerikaner in ihrem Einflussbereich haben würde.

Wie jeder neue Botschafter musste Jack eine Menge lernen und er wusste, dass jedes Land anders war. Sein Mitarbeiterstab unterrichtete ihn ausführlich über die Regionen und Gemeinden des kleinen Landes und die Schwierigkeiten, die dadurch hervorgerufen wurden, dass Norden und Süden sich nicht nur in Bezug auf ihre Sprachen unterschieden, sondern auch starke kulturelle Differenzen aufwiesen. Jack wusste, dass die französische Sprache für ihn kein Problem darstellen würde, doch als ihm ganz unmissverständlich – und das auch noch von seiner Sekretärin – klargemacht wurde, dass fast sechzig Prozent aller Belgier Flämisch sprachen, bat er sie darum, dafür zu sorgen, dass er die Sprache lernen könne. Sie war eine sehr direkte belgische Frau um die fünfzig, und dass er ihre Tirade mit dieser Bitte beantwortete, brachte sie beinahe zum Erröten. Jack wurde klar, dass er sich damit ihren unerschütterlichen Respekt verdient hatte und er nahm sich vor, niemals einfach davon auszugehen, dass jeder hier Französisch sprach.

Sein Privatleben war mittlerweile zur Normalität zurückgekehrt, denn die Christensens mussten nicht länger in der Botschaft wohnen. Man hatte ihnen ein gemütliches geräumiges Haus in Tervuren, dem die Hauptstadt umgebenden Grüngürtel, zur Verfügung gestellt. Maria war nur allzu sehr daran gewöhnt, ohne viel Vorwarnung alles einzupacken, wegzuziehen, und sich in einem anderen Teil der Welt niederzulassen und hatte es zu ihrem erklärten Ziel gemacht, trotzdem jedes Haus in ein Zuhause zu verwandeln.

„Weißt du was, Jack? Wir sollten den jungen Briten mit der amerikanischen Freundin mal zum Essen einladen." Sie befanden sich gerade in der Küche, wo Maria eine Scheibe Toast mit Butter bestrich.

Jack sah von seiner Zeitung auf. „Warum?"

Maria bedachte ihn mit einem "Ich habe keine Ahnung, wie du mit dieser Einstellung so weit gekommen bist"-Blick. „Er ist reizend! Selbst die First Lady konnte nicht aufhören, von ihm zu reden, nachdem sie ihn bei dem Empfang kennengelernt hat, und dabei haben sie nur … ich weiß nicht … vielleicht drei Minuten miteinander geredet? Ich glaube einfach, dass er es noch weit bringen wird und seine Freundin ein bisschen Hilfe gebrauchen könnte."

Jack zog die Augenbrauen hoch.

„Ich meine, sie ist ein nettes Mädchen, aber wenn sie es jemals schaffen will, die Karriere ihres zukünftigen Mannes voranzubringen, wird sie einiges lernen müssen. Wusstest du, dass es ihr erster Auslandsaufenthalt ist?" Mittlerweile umklammerte Maria eine Tasse Kaffee, ließ sich neben Jack nieder und schnappte sich die New York Times von seinem Stapel verschiedener Zeitungen.

„Naja, er hat gesagt, er würde der Verbindungsbeamte für unsere Botschaft werden, also sollten wir uns vielleicht besser kennenlernen. Allerdings werden wir dann den ganzen Abend über die Arbeit reden, also könnte es für euch Frauen ein bisschen langweilig werden."

Maria rollte die Times zusammen, um ihn spielerisch damit zu schlagen. „Tja, dann können ‚wir Frauen' ja hochgehen und uns die Fußnägel lackieren, solange ihr Männer euch ums Geschäft kümmert."

Jack sah auf und ihm wurde klar, dass er gerade seine hochgebildete Frau beleidigt hatte.

SPÄTER AM Morgen, als Jack sich gerade mit den von Belgien beschlossenen Sanktionen in Bezug auf Importe aus Nicht-EU-Ländern beschäftigte, steckte seine Sekretärin den Kopf zur Tür herein.

„Mr. Christensen, der Sicherheitsdienst hat von unten Mr. Lucas Carlton gemeldet. Er ist der Verbindungsbeamte der …"

„Ich weiß, wer er ist, Mrs. Claessens. Schicken Sie ihn einfach hoch. Und …", rief er sie zurück, als sie gerade gehen wollte, „sorgen Sie dafür, dass die Sicherheitsleute ihn beim nächsten Mal durchlassen. Er gehört genauso zum Diplomatischen Corps wie wir, nur eben für die Briten anstelle der USA."

Sie nickte und schloss die Tür wieder, um die Anweisungen ihres Chefs weiterzuleiten.

Wenige Minuten später kam Lucas mit einer kleinen Mappe unter dem Arm selbstbewusst in Jacks Büro spaziert. Er war praktisch genauso gekleidet wie bei dem Empfang. Mit dem allgegenwärtigen Lächeln auf seinem Gesicht beugte er sich über den mit Papieren übersäten, imposanten Eichenholzschreibtisch, um Jack die Hand zu schütteln.

„Mr. Christensen, ich freue mich …" Lucas brach mitten im Satz ab, als Jack abwehrend die Hand hob.

„Nur Jack, bitte. Wenn wir bei allem, was unsere beiden Länder betrifft, zusammenarbeiten, würde mich das ständige ‚Mr.' in den Wahnsinn treiben, also einfach … Jack."

Lucas antwortete mit einem strahlenden Lächeln. „Okay, Jack. Aber es war trotzdem nett von dir, mich ohne Termin zu empfangen. Normalerweise halte ich mich besser an die Vorschriften, aber ich brauchte ein bisschen frische Luft und diese Unterlagen mussten zugestellt werden, also ...“

„Also bist du von eurer Botschaft zu meiner gelaufen? Mit ...“ Jack blätterte schnell durch den Ordner. „... drei Seiten über die Ansicht Großbritanniens zu den wichtigsten Sanktionen?“ Er stellte fest, dass es ihn amüsierte, und sah zu, wie der junge Mann seinen Schal löste und sich auf der Kante eines der ihm gegenüberstehenden Stühle niederließ.

„Man läuft nur fünf Minuten und, wie schon gesagt, ich brauchte frische Luft. Ein Auto zu nehmen wäre völlig sinnlos gewesen.“ Er verstummte, als er sich in dem üppig dekorierten Büro umsah.

„Und wie geht es dem alten Boyles?“, fragte Jack, da er einsah, dass der junge Mann ihm nicht mit einer offenen Antwort entgegenkommen würde.

Lucas war immer noch damit beschäftigt, den aufwendig geschnitzten Fries unterhalb der Decke zu betrachten, was Jack seinerseits Gelegenheit gab, den jungen Mann anzusehen. „Er hatte einen kleinen ... Rückfall, also rechnen wir damit, dass er ziemlich bald für eine längere ... Erholungspause nach England zurückgehen wird.“

Jack schmunzelte. Er hatte den britischen Botschafter nur ein einziges Mal getroffen und sie hatten sich vom ersten Moment an nicht gemocht. Der Mann war berüchtigt dafür, dass er seinen Alkoholkonsum nicht auf eine angemessene Menge beschränken konnte und es gelang ihm jedes Mal, einige Leute vor den Kopf zu stoßen, bevor man ihn hinausgeleiten musste. Nicht die Art von Diplomat, die Jack gefiel.

„Kann ich dir etwas zu trinken anbieten? Schließlich bist du hergelaufen ... also dachte ich, du hättest vielleicht Durst“, fragte Jack ein wenig zögernd und etwas unsicher.

Lucas sprang auf. „Wie wär`s, wenn ich uns etwas hole? Tee, Kaffee, Wasser?“

„Lucas, setz dich hin, du bist hier zu Gast. Mrs. Claessens wird uns etwas bringen.“

Der junge Mann drehte sich um. „Wie ist ihr Vorname?“

„Wessen Vorname?“

„Deiner Sekretärin natürlich“, antwortete Lucas.

„Oh, ähm ... Gurdy oder so. Irgendwas, das ich wohl nicht richtig aussprechen kann.“ Jack sah zu, wie der junge Mann lachend den Raum verließ, als würde ihm die ganze Botschaft gehören. Als er sich wieder seinen Unterlagen widmete, konnte er sich nicht richtig konzentrieren. Er sah ein, dass sich die Arbeit mit dem lebhaften Engländer schwieriger gestalten würde, als er angenommen hatte, denn ihn gegenüber an seinem Schreibtisch sitzen zu sehen, brachte ihn auf viele Gedanken, die nicht das Geringste mit seiner Arbeit zu tun hatten und ihm

Sorgen bereiteten. Also begann er aufzuräumen, die Papiere ordentlich zu stapeln, und versuchte, sich darauf zu konzentrieren, sie in die richtige Reihenfolge zu bringen und …

„Ihr Name ist Gertje." Lucas sprach es sorgfältig aus und Jack hörte mindestens drei ihm unbekannte Laute. „Aber sie sagt, es macht ihr nichts aus, Mrs. Claessens genannt zu werden. So musst du dich nicht lächerlich machen und es deutet auf einen gesunden Respekt hin."

Jack hatte ihn noch nicht einmal den Raum betreten hören.

„Ich kann nicht glauben, dass sie das gesagt hat", widersprach Jack mit einem Lächeln, um sein Unbehagen hinter einer Prise Humor zu verbergen.

Lucas platzierte zwei Tassen auf dem Tisch und hob ergeben die Hände. „Ich kenne dich noch nicht gut genug, um dich zu belügen und was hätte ich auch davon? Sie ist eine energische Dame und sie hat mir erzählt, dass du Flämisch-Unterricht nehmen möchtest, also habe ich ihr gesagt, ich würde dich dahin mitnehmen, wo ich Niederländisch lerne. Dann hat sie mich geküsst und wenn mich eine Person küsst, möchte ich zumindest ihren Vornamen wissen."

„Wie lange warst du weg? Zwei, vielleicht drei Minuten? Und da habt ihr über all das gesprochen?" Jack war ziemlich verblüfft.

Lucas nickte, während er sich niederließ und einen Schluck aus seiner Tasse Tee nahm. „Oh, und sie mag Katzen."

Jack lachte. „Nein, tut mir leid, ich glaub dir kein Wort."

„Im Ernst", antwortete Lucas, der sich offenbar nicht so leicht von etwas abbringen ließ. „Du solltest dir deinen Kaffee öfter selbst holen. In der kleinen Nische mit der Kaffeemaschine hängt ein Foto von ihr mit zwei getigerten Katzen und ihr Briefbeschwerer ist eine Siamkatze." Er deutete mit seiner Tasse auf Jack. „Und jetzt trink deinen Kaffee, denn sie hat auf mich nicht so gewirkt, als würde es ihr gefallen, wenn ihr Boss eine Tasse guten Kaffee kalt werden lässt."

Jack musste lächeln, als er aufstand, um nach der Tasse zu greifen, sich dann wieder setzte, wobei er es absichtlich vermied, Lucas anzusehen, und einen Schluck trank. „Und wie ich meinen Kaffee mag, hat sie dir wohl auch gesagt?"

Lucas nahm einen Schluck offenbar noch ziemlich heißen Tee und schüttelte den Kopf. „Nein, sie hat ihn für mich eingegossen. Wollte es mich nicht machen lassen. Sie passt wohl gut auf dich auf. Meinte, du wärst der beste Boss, den sie je hatte."

„Kluge Frau", murmelte Jack, während er darüber sinnierte, wie unwiderstehlich Lucas war. Sie tranken weiter, unterhielten sich darüber, wie wichtig es für ihre Arbeit war, die Sprache der Einheimischen zu lernen, und Jack genoss das mühelose Gespräch und entspannte sich.

„Tja, ich sollte jetzt lieber gehen", bemerkte Lucas plötzlich und erhob sich. „Wahrscheinlich fragen sie sich ziemlich bald, wo ich bin und da ich ihnen nicht gesagt habe, dass ich mich mit meinem amerikanischen Botschafter treffe … Tja, sie sind in mehr als einer Hinsicht ahnungslos."

13

Nachdem Lucas gegangen war, lehnte Jack sich, immer noch ein wenig schwindelig nach diesem Wirbelwind eines Besuchs, in seinem Stuhl zurück. *Meinem amerikanischen Botschafter.* Er zuckte mit den Schultern. *MEINEM amerikanischen Botschafter? Du bist verrückt, Christensen. Und interpretierst Dinge in eine Aussage hinein, die nicht da sind. Er hat es nur so dahingesagt.* Trotzdem fühlte es sich an, als hätte der schöne Brite gerade einen Annäherungsversuch gemacht, sich ihm dargeboten. *Nimm mich, ich bin dein.*

Jack schüttelte den Kopf. Du bist verheiratet und er beinahe. Hör auf, mit deinem Schwanz zu denken. Oh Gott, und er musste ihn zum Essen einladen.

„Mrs. Claessens? Könnten Sie bitte Lucas Carlton für mich anrufen? Britische Botsch... Ja, ich weiß, dass er gerade gegangen ist. Es ist nicht dringend, nur bitte irgendwann im Laufe des Tages." Er legte auf und sah auf die Uhr. Mrs. Claessens hatte recht. Lucas konnte auf keinen Fall schon zurück an seinem Schreibtisch sein. Der junge Mann zeigte bereits seine Wirkung auf ihn.

*Verdammt.*

# 3

ALS LUCAS die Botschaft verließ, zog er seinen Schal fester um den Hals und vergrub seine Hände in den Hosentaschen. Es war Frühsommer, doch das launische europäische Wetter fiel ein wenig frisch aus. Wenigstens regnete es nicht.

Er würde bis zur britischen Botschaft etwa zehn Minuten brauchen, wenn er sich Zeit ließe. Das Ärgerlichste daran war, dass er bis zum nächsten Zebrastreifen ein ganzes Stück weit laufen musste, doch er hatte nicht vor, sein Leben zu riskieren, indem er die Allee, die Teil einer der meistbefahrenen Straßen der Brüsseler Innenstadt war, auf andere Weise überquerte. Eigentlich störte ihn das Laufen nicht – es würde ihm helfen, einen klaren Kopf zu bekommen.

Warum hatte er sich in diese Lage gebracht? Warum hatte er sich erneut von einem Mann den Kopf verdrehen lassen? Und dann noch von einem verheirateten. Selbst wenn auch nur die geringste Chance bestünde, dass Jack an ihm interessiert war, hatte der Mann sogar noch mehr zu verlieren als Lucas. Er hatte es bis zum höchsten diplomatischen Rang gebracht. Einem amerikanischen Botschafter. Und Lucas hatte seine Frau gesehen: die perfekte Frau für einen Botschafter. Und er musste zugeben, dass er sie mochte. Sie war eine unverkennbar starke Frau und obwohl Jack ein erstklassiger Diplomat war, hatte er in dieser Beziehung zweifellos nicht das Sagen. Jack tat ihm beinahe leid, doch er wusste um den Wert einer starken Frau, auf die man sich verlassen konnte. Seine Mutter war genauso gewesen, doch als seine Eltern jung waren, war die Frau eines Diplomaten eher „Vorzeigefrau". Sie musste schön sein und ein Organisationstalent, doch sie musste auch still sein und ihr Können wurde von niemandem zur Kenntnis genommen.

In den letzten paar Jahren war Lucas schmerzhaft bewusst geworden, dass er seine Diplomatenkarriere, ohne die richtige Frau am Arm, abschreiben konnte. Selbst in den niedrigeren Positionen, der unsichtbaren Masse, waren zum Weiterkommen die perfekten Voraussetzungen nötig. In den drei Jahren, in denen er für das britische Auswärtige Amt gearbeitet hatte, war er von einer niederen Tätigkeit zur nächsten geschickt worden, während ihm jeder seiner Vorgesetzten versichert hatte, er würde es dank seiner Herkunft weit bringen, nur um dann doch wieder außen vor gelassen zu werden.

Bis er zu einem der Empfänge in der Botschaft eine Frau mitgebracht hatte. Sie waren noch nicht einmal richtig zusammen, doch sie war die Tochter des neuen Wirtschaftsberaters und hatte ihn um ein Date gebeten.

Ihm war nie klar gewesen, dass eine einzige Verabredung ihn auffallen lassen würde. Und als er dann mit einer amerikanischen Freundin aus

Kalifornien zurückkam, wurde er zum stellvertretenden Leiter der Abteilung für Öffentlichkeitsarbeit befördert, und dieselbe Freundin schien nun der Grund zu sein, aus dem man ihm zum Verbindungsbeamten mit den Amerikanern gemacht hatte. Und dabei war sie noch lange keine perfekte Diplomatenehefrau.

Wieder mit Männern auszugehen, kam also nicht in Frage. Er würde seinen amerikanischen Botschafter aus seinen Gedanken verbannen müssen. So. Abgehakt.

Nachdem er ein letztes Mal die frische Morgenluft eingeatmet hatte, zog er seinen Sicherheitsausweis durch das Lesegerät, um die Tür des Personaleingangs zu öffnen, und betrat die Botschaft. Er ging direkt zu seinem abstellkammergroßen Büro weiter und hatte kaum seinen Mantel aufgehängt, als das Telefon klingelte.

„Mr. Carlton, hier spricht Gertje, Mr. Christensens Assistentin. Darf ich ihn zu Ihnen durchstellen?"

Ihm wurde schwindelig. *Eine Viertelstunde nachdem ich gegangen bin, ruft er mich schon wieder an? Beruhig dich, Kumpel, und antworte der Frau.* „Natürlich, Gertje. Danke."

Er hörte das Klicken der Weiterleitung und dann eine leicht heisere Stimme. „Hi, hier ist Jack."

Lucas schluckte, als er hörte, wie Jack sich räusperte. „Ja, ich weiß." Er lachte. „Schließlich hast du eine sehr effiziente Sekretärin."

„Bist du gut angekommen?"

Jacks Versuch, Small Talk zu machen, brachte Lucas zum Lächeln, doch er musste zugeben, dass er ihm gern zuhörte. „Ja, der Mittagsverkehr war die Hölle, aber ich habe es heil bis hierher geschafft."

Der ältere Mann räusperte sich erneut. War das so etwas wie eine nervöse Angewohnheit?

„Ich habe vergessen, dir zu sagen, oder eher zu fragen … Maria hat vorgeschlagen, dass ich dich und Lucy zum Essen einlade. Am Samstag, wenn ihr Zeit habt. Wenn nicht, dann vielleicht nächsten Donnerstag, weil wir nächsten Samstag schon an einer Veranstaltung teilnehmen müssen, also …"

Er hörte Jack seufzen und war sich nicht sicher, was er von der ganzen Sache halten sollte.

„Ich muss erst Lucy fragen, aber ich habe, soweit ich mich erinnere, noch nichts vor. Ist es in Ordnung, wenn ich morgen noch mal anrufe und dir Bescheid sage?"

„Ja, sicher, Maria hat bestimmt nichts dagegen, kurzfristig umzuplanen." Ein weiterer Seufzer. „Das klang jetzt nicht so, wie es sollte. Was ich meinte, war: Natürlich, morgen ist früh genug und der Tag danach würde auch noch reichen. Maria ist ein Improvisationstalent."

Lucas lächelte. Was könnte er sonst fragen, um Jacks Stimme noch länger zu hören? „Bleibt es bei uns vieren oder kommen noch andere Gäste? Nur, damit ich über den Dresscode Bescheid weiß."

Er konnte das Lächeln in der Stimme des Amerikaners hören. „Nein, es bleibt bei uns vieren und tragt bitte Freizeitkleidung. Ich weigere mich, bei solchen Anlässen einen Schlips oder einen Anzug zu tragen, oder irgendetwas anderes, das auch nur im Entferntesten an meine Arbeitskleidung erinnert. Es hat ein paar Jahre gedauert, aber ich habe Maria endlich davon überzeugt, dass es in Ordnung ist, wenn ich in Anwesenheit meiner Freunde Jeans trage."

Warum plapperte dieser wortgewandte nachdenkliche Mann so vor sich hin? Na gut, es handelte sich um ein Privatgespräch, aber was war so schwer daran, jemanden zum Essen einzuladen? Gar nichts, es sei denn, er hatte mit seiner Vermutung recht: Aus irgendeinem Grund fühlte Jack sich in seiner Gegenwart unwohl und Lucas war fest entschlossen, herauszufinden, ob es daran lag, dass Jack sich ebenfalls von ihm angezogen fühlte.

„Ich bin sicher, dass ich Lucy überreden kann, aber ich sage morgen noch mal Bescheid. Wann sollen wir kommen?"

„Warum nicht etwas früher als üblich, vielleicht gegen fünf? Wir haben einen großartigen Garten und wenn es das belgische Wetter erlaubt, können wir ihn vor dem Essen ein bisschen genießen. Oh, und du brauchst die Adresse."

Lucas notierte die Privatadresse des Botschafters auf dem Blatt eines offiziellen Schreibblocks des Auswärtigen Amtes. „Dann sprechen wir uns morgen, okay?"

„Ja, bis morgen", hörte er vom anderen Ende, bevor das Telefongespräch mit einem Klicken endete.

Eine Zeit lang saß Lucas so da, das Telefon in der Hand und ein Lächeln auf den Lippen.

Der Mann war ihm unbestreitbar ein Rätsel und was er für ihn empfand, war eine Komplikation, die er in seinem Leben gerade nicht gebrauchen konnte. Mit seiner Karriere ging es endlich aufwärts und das war zu einem großen Teil Lucys Verdienst. Sie machte ihn … normal. Von dem verschlossenen Mann mit dem verborgenen Privatleben zu einem gewöhnlichen Mann mit einer schönen Blondine an seinem Arm.

Und es war nicht alles Heuchelei, er liebte Lucy. Sie war nett und voller Lebensfreude mit einer naiven Sicht der Dinge und nicht zu viel eigenem Ehrgeiz. Sie hatten sich in den sechs Monaten kennengelernt, in denen er in Amerika studiert hatte, und obwohl er damals mit einem Mann zusammen gewesen war, hatten sie sich angefreundet. Zwei Monate, bevor er das Land verlassen und seinen Posten in Brüssel antreten sollte, hatten sie das erste Mal miteinander geschlafen und als es dann darauf ankam, begleitete sie ihn, schon allein, um sich ihrer dominanten Familie zu entziehen.

Sie kamen in ihrer Zweizimmerwohnung im europäischen Viertel von Brüssel erstaunlich gut zurecht, von wo aus Lucas zur Arbeit laufen und Lucy mit der U-Bahn bis zum Vesalius-College fahren konnte, an dem sie Communications und International Affairs studierte. Lucas empfand sie als unkompliziert und anspruchslos und sogar der Sex war in Ordnung.

Doch trotz alledem hörte Lucas niemals auf, sich nach der Berührung eines Mannes zu sehnen.

Er hatte seine Bedürfnisse jetzt seit fast einem Jahr unter Kontrolle gehalten und bis vor einer Woche, hatte er gut mit dieser Sehnsucht leben können. Die Vorteile überwogen den ein oder anderen feuchten Traum bei Weitem, und ein bisschen Vorstellungskraft half ihm wirklich weiter, wenn er mit Lucy schlief, erst recht, weil ihrer drahtigen Figur die bei einer Frau üblichen Kurven fehlten.

An diesem Abend schliefen sie in der Dunkelheit des Schlafzimmers miteinander, nachdem sie beim Fernsehen auf ihn zugekommen war. Lucas hielt nur durch, bis sie zum Höhepunkt gekommen war, weil er versuchte, nicht an Jack zu denken. Als er hörte, wie sie seinen Namen rief und spürte, wie sie unter ihm erbebte, wollte es ihm nicht länger gelingen und er kam einen Augenblick später, während er sich vorstellte, wie er den älteren Mann berührte und küsste und in ihn stieß, bis dieser ebenfalls seinen Namen rief.

Als er sich keuchend und außer Atem auf den Rücken drehte, schmiegte sich Lucy an ihn.

Sie betrachtete ihn mit glasigem Blick. „Meine Güte, Lucas. Ich weiß ja nicht, was heute in dich gefahren ist, aber das war einfach großartig."

Lucas küsste ihr Haar und schloss die Augen, denn er fühlte sich für die Täuschung schuldig.

„Sie haben uns für Samstag zum Essen eingeladen", sagte er leise.

„Wer?", fragte Lucy, jetzt etwas wacher.

„Die Christensens. Der amerikanische Botschafter und seine Frau – du erinnerst dich?"

„Oh, du hast doch hoffentlich Ja gesagt!", rief Lucy und setzte sich aufrecht hin. „Oh mein Gott, Lucas, was soll ich bloß anziehen?"

# 4

OBWOHL ES die ganze Woche über ungewöhnlich kalt gewesen war, wurde der Samstag wunderschön. Die meisten Mitarbeiter der Botschaft wohnten im europäischen Viertel in der Nähe des Parlaments und der Botschaften, sodass kaum jemand einen Firmenwagen fuhr, doch Lucas hatte dafür gesorgt, dass die Botschaft ihnen einen der Smarts zur Verfügung stellte, die für solche Zwecke bereitstanden, was Lucy sehr glücklich machte.

„Sag mir nicht, du willst *das* tragen!", sagte Lucy, als sie an Lucas vorbeiging, der sich gerade im Badezimmerspiegel betrachtete. „Lucas, es ist ein Essen bei einem amerikanischen Botschafter an einem Samstagabend. *Damit* dürftest du noch nicht mal bei meinen Eltern zu Mittag essen." Sie betrachtete ihn noch einmal und verschwand ins Schlafzimmer.

„Tja, Jack hat gesagt, kein Schlips und kein Anzug, also …" In seinen verwaschenen Jeans und seinem grünen Hemd machte er einen zufriedenen Eindruck.

Lucy warf ihm einen amüsierten Blick zu, während sie in einen weichen, gelben Pullover schlüpfte. „Oh, jetzt duzt ihr euch also schon?"

„Ja", antwortete Lucas, ein bisschen verärgert darüber, dass es ihm so einfach herausgerutscht war. „Du kannst nun wirklich nicht von mir erwarten, dass ich ihn bei unserer Zusammenarbeit die ganze Zeit Mr. Christensen nenne, oder?"

„Oh, ich meinte ja nur. Du bist ein stellvertretender Leiter und er ein Botschafter, natürlich duzt ihr euch. Hier, versuch das." Sie warf ihm ein mitternachtsblaues Seidenhemd und schwarze Jeans zu.

Er seufzte, als er sich neben ihr auf dem Bett niederließ, nachdem er seine Lieblingsjeans ausgezogen hatte. „Er hat mich darum gebeten, ihn Jack zu nennen, in Ordnung?"

Lucy stand auf und küsste ihn auf die Stirn. „Du musst dich nicht angegriffen fühlen … und ich wollte nur, dass du gut aussiehst. Unbequem sind diese Sachen ja nun auch nicht." Sie drehte sich um und verschwand ins Badezimmer.

Lucas ließ sich mit dem Rücken auf das Bett fallen. Sie hatte es nicht verdient, so angefahren zu werden, doch aus irgendeinem Grund ging sie ihm in den letzten Tagen auf die Nerven. Und natürlich wusste er, warum. Das letzte Jahr war kein Problem gewesen, doch jetzt, wo er seinen fleischgewordenen Träumen gegenüberstand, wollte er sich nicht mehr mit Weniger begnügen.

Der heutige Abend würde nicht leicht werden. Vermutlich würde er damit konfrontiert werden, wie Jack von seiner perfekten Frau verwöhnt wurde und wie Lucy sich darum bemühte, alle zu beeindrucken. Er wusste nicht, was er schlimmer fand.

DA DER Verkehr in Brüssel bekanntlich schwer einzuschätzen war, erreichten sie die Villa in Tervuren, wie es in Belgien üblich und gerade schick war, zehn Minuten zu spät.

Lucas war beim ersten Mal an der ziemlich gut versteckten Einfahrt vorbeigefahren und hatte weiter oben auf der Straße wenden müssen. Als sie dann in die schmale Zufahrt einbogen, machte diese eine scharfe Rechtskurve und sie wurden von zwei Sicherheitsleuten des Secret Service gestoppt.

„Könnten Sie sich bitte ausweisen?", verlangte der Mann auf Lucas' Seite.

Lucas reichte ihm seinen Ausweis und Diplomatenpass zusammen mit Lucys Papieren. „Lucas Carlton und Lucy Marsh, auf dem Weg zu Mr. und Mrs. Christensen."

„Sehr wohl, Sir, doch ich fürchte, wir müssen uns Ihren Wagen genauer ansehen. Könnten Sie bitte aus dem Fahrzeug steigen und den Kofferraum öffnen."

Es war keine Frage, also gehorchte Lucas. Der Sicherheitsmann schaltete seine Taschenlampe ein und überprüfte den leeren Kofferraum. Dann bedeutete er Lucas mit einem Nicken, dass er ihn schließen könne. Der zweite Sicherheitsmann schaute sich im Inneren des Autos um.

Als Lucas wieder hinter dem Lenkrad saß, gab der Mann ihm die Papiere zurück. „Mr. Carlton, Mrs. Marsh, danke, dass Sie unseren Sicherheitsbestimmungen nachgekommen sind. Sie können jetzt ohne Halt die Auffahrt entlang bis zum Haupthaus weiterfahren und links davon parken. Wir werden an das Haus weitergeben, dass Sie eingetroffen sind. Wir wünschen Ihnen einen angenehmen Aufenthalt als Gäste unseres Botschafters."

Lucy ärgerte sich über ihre Verspätung, doch Lucas fand, dass er dann wenigstens Gesprächsstoff hatte und ihren Gastgebern erzählen konnte, was sie aufgehalten hatte. Doch seine Befürchtungen, dass es zu einer unangenehmen Situation kommen würde, zerstreuten sich, als sie sich dem Haus näherten. Maria ging gerade mit einem Armvoll Hortensien vom Vorgarten her auf das Haus zu und in ihrem schlichten weißen Kleid sah sie wunderschön aus. Sie lächelte ihnen einladend zu.

„Fahrt bis zum Haus und parkt daneben, ich lasse euch rein."

Von außen wirkte das Haus, als wäre es der Zeitschrift *Homes and Gardens* entsprungen, doch im Innern war es nett und gemütlich, zwar sauber und ordentlich, aber nicht so sehr, dass man sich unwohl fühlte. Es gab einen Tisch mit Magazinen und Zeitungen und überall waren Blumen.

„Kommt nur rein", forderte Maria auf, als sie mit ihren Gästen im Schlepptau das Haus betrat. „Ich muss nur kurz eine Vase finden. Habt ihr gut hergefunden?"

„Ja, Jacks Wegbeschreibung war gut. Es war nur ein bisschen mehr Verkehr als angekündigt", antwortete Lucas mit einem Seitenblick auf Lucy. „Und so sind wir wohl nach belgischem Brauch etwas zu spät gekommen."

Maria lächelte freundlich. „Keine Sorge, Lucas. Weil alles andere in unserem Leben bis ins kleinste Detail geplant ist, versuchen wir, unser Privatleben ein bisschen chaotischer und spontaner zu gestalten. Also entschuldige ich mich im Voraus, wenn heute Abend nicht alles ganz so ‚einstudiert' wirkt. Wir mögen es entspannt, wenn Freunde zu Besuch sind. Jack steckt bis zu den Ellbogen in den Vorbereitungen für das Essen, also kommt in die Küche und sagt Hallo und ich hole euch Drinks."

Lucas und Lucy tauschten Blicke, als sie „Freunde" genannt wurden, obwohl sie sich kaum kannten, aber folgten Maria trotzdem in die Küche.

„Bis zu den Ellbogen" war keine Übertreibung gewesen. Jack hatte die Ärmel hochgekrempelt und trug eine Schürze, was auch besser war, da er Teig knetete.

„Lucy, Lucas, ihr habt hergefunden!" Jack lächelte strahlend. „Willkommen! Wie ihr seht, kümmert sich Maria um das Haus, aber die Küche ist mein Reich, also verzeiht mir die unhöfliche Begrüßung."

„Oh, hier kümmert sich also der Mann ums Kochen. Lucas, du könntest dir dann ruhig ein Beispiel an Jack nehmen", neckte Lucy.

„Na ja, ich fürchte, mit einem eigenen Koch im Haus aufzuwachsen, hat meinen Kochkünsten nicht besonders gutgetan und so musste ich mir einen Mann mit verborgenen Talenten suchen", antwortete Maria gleich und legte ihre Arme um Jack, um einen Kuss von ihm zu stehlen.

Lucas spürte, wie er bleich wurde und hoffte, es würde nicht auffallen. Was hatte er sich eigentlich gedacht? Dieser Mann liebte seine Frau ganz offensichtlich und warum sollte er das auch nicht? Sie war perfekt, eine charmante Gastgeberin, die sogar Sinn für Humor hatte. Er sah zu, wie sie die Arme hob, um Gläser für den selbst gemachten Eistee zu holen, doch noch deutlicher nahm er den Blick wahr, den Jack an ihrem perfekten weiblichen Körper entlanggleiten ließ.


LUCY UND Maria zogen sich in den Garten zurück und ließen Lucas in der Küche bei Jack.

„Du bist ungewöhnlich still", bemerkte Jack leise in die unangenehme Stille hinein.

„Du backst euer Brot also selbst?", fragte Lucas, da er auf Jacks Feststellung nicht eingehen wollte.

Jack lächelte. „Ja, das ist mein Partytrick." Er zuckte mit den Schultern. „Maria gibt gerne vor den Gästen damit an, dass ich Brot backen kann, also lässt sie es mich jedes Mal machen."

„Muss ziemlich anstrengend sein, immer Leistung bringen zu müssen ...", antwortete Lucas in dem Versuch, ein wenig Humor in die Sache zu bringen.

„Naja, was soll ich sagen, ich bin ein echter Pantoffelheld", schnaubte Jack, immer noch lächelnd. „Bei den Veranstaltungen spielt sie die Nebenrolle und dafür bin ich zu Hause ein braver Junge und höre auf sie."

Lucas konnte sich beinahe vorstellen, wie sie zusammen im Bett aussahen – Jack auf dem Rücken und ... Er drehte sich um, als ihm bewusst wurde, dass es in seinen Fantasien niemals Maria sein würde, die sich über Jack beugte.

„Also, Lucas, ich könnte ein paar helfende Hände gebrauchen, wenn es dir nichts ausmacht."

Der junge Mann wandte sich wieder seinem Gastgeber zu. „Ähm, macht es nicht, aber Lucy hatte recht, ich bin kein guter Koch."

„Tja, wasch dir die Hände und ich sage dir, was du tun kannst."

Jack konnte sehen, dass Lucas nervös war, doch er selbst war noch wesentlich nervöser. Dass er etwas zu tun hatte, half ihm. Etwas, das ihn davon abhielt, seinen Blick über das fließende, etwas zu groß geratene Seidenhemd an Lucas' Körper wandern zu lassen. Etwas, das seine Hände in Bewegung (und schmutzig) hielt, sodass er nicht in Versuchung geriet, nach dem jungen Mann zu greifen, als er hinter ihm vorbeiging, um sich an der Spüle die Hände zu waschen. *Gib es auf, Christensen*, ermahnte er sich, während er den Teig noch ein letztes Mal durchknetete, bevor er fertig für den Ofen sein würde.

Lucas kam zurück zu Jack an die Arbeitsplatte und sah ihn erwartungsvoll an.

„Also gut, wir müssen den Teig in kleinere Stücke für die einzelnen Brötchen zerteilen und sie dann zu Kugeln formen. Kriegst du das hin?" Sie standen so dicht nebeneinander, dass Jack an seinen Armen die Wärme des jungen Mannes spüren konnte.

„Ähm ..."

Jack reichte ihm ein Stückchen Teig. „Einfach vorsichtig kneten, ohne die Luft herauszudrücken. Stell dir vor, es wäre die Brust einer Frau."

Lucas lachte. „In meinem Fall werden es dann ziemlich kleine Brötchen."

Jack versetzte ihm einen spielerischen Stoß mit dem Ellbogen, bevor sie beide lachend weiter Brötchen formten.

Schließlich warf Jack einen Blick aus dem Fenster, wo die beiden Frauen, offensichtlich in eine angeregte Unterhaltung vertieft, durch den Rosengarten spazierten.

„Sie scheinen sich prima zu verstehen", sagte er in die Stille hinein, die sich erneut zwischen ihnen ausgebreitet hatte.

„Ja, da kann man mal sehen ... unsere Frauen."

Jack fragte sich, ob er sich den Tonfall von Lucas' Bemerkung nur einbildete. Er stellte fest, dass er zwar gesehen hatte, wie Lucy sich an Lucas klammerte, doch davon abgesehen schienen sie keinerlei Zärtlichkeiten auszutauschen. Es wirkte wie eine einseitige Beziehung, aber vielleicht war er nicht gerade derjenige, der so etwas objektiv beurteilen konnte.

„Gibt es Schwierigkeiten bei euch beiden?", erkundigte sich Jack, was ihm einen ängstlichen Blick von Lucas einbrachte. „Entschuldige, ich wollte nicht neugierig sein. Es geht mich natürlich nichts an", fügte Jack eilig hinzu und wandte seinen Blick ab. „Könntest du mir bitte den Ofen aufmachen?", fragte er und zeigte auf den geräumigen Backofen unter den Gasbrennern. Nachdem Lucas der Aufforderung nachgekommen war, schob er das Brot hinein und kehrte zur Arbeitsplatte zurück.

„Es ist nicht leicht, Jack", flüsterte Lucas schließlich.

Jack spürte die Spannung in den Raum zurückkehren und versuchte, die Situation zu retten. „Es muss schwer für sie sein, einfach so ihre Familie zu verlassen und in einem fremden Land zu leben."

„Ja." Lucas' Nicken war nicht besonders überzeugend.

Verdammt, jetzt war der Augenblick verloren. Aber was hätte er tun sollen? Es war ja nicht so, als könnte er Lucas einfach ganz normal danach fragen. Normal, ja, sehr witzig …

„Jetzt brauche ich im wahrsten Sinne des Wortes eine helfende Hand", erklärte Jack in dem Bemühen, die Stimmung aufzulockern.

„Gerne", antwortete Lucas, „eine Hand, zwei Hände, Arme, Schultern, was auch immer du brauchst, Jack."

Jack konnte Lucas' Blick auf sich spüren und für einen Augenblick war der freche, selbstbewusste junge Mann zurück, den er aus dem Büro kannte. Einen Moment lang war er sprachlos, doch er fing sich schnell wieder.

„Ich muss diesen Lachs in Filoteig wickeln und dann ein Band darum binden. Deshalb brauche ich eine dritte Hand, die mir beim Zuknoten hilft."

Ihre Zusammenarbeit ging schweigend vonstatten und Jack spürte, wie Lucas ihn immer wieder berührte. Bildete er sich nur ein, dass Lucas unnötig nah bei ihm stand, Jacks Arme mit seinen streifte und jedes Mal absichtlich dafür sorgte, dass ihre Hände sich berührten, wenn er einen Finger auf den Knoten legte, den Jack zuband?

„Fertig", erklärte Jack, als die acht kleinen Päckchen aus in Teig gewickeltem Lachs auf dem Backblech lagen.

Plötzlich spürte er, wie Lucas' Hand sich auf seine legte, die Finger lose um die Seite seiner Hand. Als er aufsah, schaute Lucas ihm in die Augen und sein Blick war sanft, erwartungsvoll und auch ein bisschen ängstlich. Er wollte seine Hand nicht wegziehen, das Gefühl der Wärme nicht aufgeben, das sich in seinem ganzen Körper ausbreitete und in seinem Bauch etwas zum Flattern brachte.

# 5

DAS ESSEN schmeckte absolut fantastisch und die beiden Frauen verstanden sich so gut, dass kaum auffiel, wie wenig die Männer sprachen, wenn sie nicht gerade von Lucy und Maria ins Gespräch hineingezogen wurden.

Doch Lucas bemerkte es. Er hatte das Gefühl, man könne die Luft vor lauter Anspannung mit dem Messer schneiden. Und er war sicher, dass Jack es ebenfalls wahrnahm, denn er wich unablässig Lucas' Blick aus.

Warum hatte er bloß Jacks Hand berührt?

Die Atmosphäre in der Küche war entspannt gewesen und Jack hatte ihm alle möglichen Kochtricks gezeigt. Einfache Handgriffe, auf die er wahrscheinlich selbst gekommen wäre, wenn er sich jemals über ein Spiegelei oder eine Fertigpizza hinausgewagt hätte.

Lucas hatte sich dichter neben Jack gestellt und hin und wieder seinen Ellbogen an Jacks nacktem Arm entlang streifen lassen, wobei er Jacks Körperwärme durch den Seidenstoff fühlen konnte. Er hatte Jacks Händen dabei zugesehen, wie sie den Lachs sorgfältig erst in Kräuter und dann in Teig wickelten, und hatte geholfen, indem er den Finger auf die Fäden hielt, die Jack zuknotete. Sie waren ein gutes Team, das hatte Jack ihm selbst gesagt.

Und dann waren Lucas die kleinen Berührungen plötzlich nicht mehr genug gewesen. Eigentlich wollte er den Mann in seine Arme schließen, an sich ziehen, ihn küssen und spüren, wie ihre Körper sich aneinanderschmiegten.

Stattdessen legte er seine Hand auf Jacks. Als der Ältere sich damit unachtsam auf der Arbeitsplatte abstützte, bedeckte Lucas sie mit der seinen und schloss seine Finger darum, während sein Herz wie verrückt raste.

Er erwartete, dass Jack seine Hand wegziehen würde. Nicht, dass der ältere Mann den Eindruck gemacht hatte, er fühle sich bedrängt, obwohl es sich um eine große Küche handelte und sie nahe beieinandergestanden hatten. Doch diesmal hatte er seine Hand etwas länger verweilen lassen als zuvor und als er aufschaute, sah er, dass Jack seinen Blick erwiderte. Jacks Gesichtsausdruck nach zu urteilen verstand er, dass es sich hierbei um einen vorsätzlich herbeigeführten Körperkontakt handelte.

Und zu Lucas' Überraschung entzog er ihm die Hand nicht. Doch sein Blick war eine andere Sache. Was drückte er aus? Überraschung? Ekel? Jacks Atem war etwas schneller und angestrengter geworden und dann erkannte Lucas es, diese Mischung aus Bedauern und etwas, das verdächtig wie Angst wirkte. Fürchtete er,

Maria könnte hereinkommen? Teilte er Lucas mit, dass er es auch wollte, nur nicht jetzt? Oder war er nur zu nett, um auszurasten?

Lucas nahm seine Hand weg und wandte den Blick ab. Und genau in diesem Moment betrat Maria mit Lucy im Schlepptau die Küche und beide trugen Rosen, die sie im Garten geschnitten hatten. Lucas machte einen Schritt rückwärts, um etwas Abstand zwischen ihm und Jack herzustellen.

„Und wie geht es mit dem Kochen voran?", erkundigte sich Maria, während sie eine Vase mit Wasser füllte und die Blumen darin arrangierte.

„Ich liebe es, wenn eine Küche nach frischem Brot riecht. Es erinnert mich an die Küche meiner Mutter zu Hause", bemerkte Lucy fröhlich. „Backt ihr etwa auch euer eigenes Brot?", fragte sie Maria.

„Ja", antwortete Lucas mit einem Seitenblick auf den älteren Mann. „Jack hat viele Talente."

Jack antwortete nicht, sondern wandte sich dem Backofen zu, um nach dem Brot zu sehen. Dann schenkte er Lucy ein kleines Lächeln. „Fast fertig, es dauert nicht mehr lange."

HIER SAßEN sie nun also zu viert an einem gemütlichen, etwas chaotischen Esstisch, ihre Bäuche waren voll und der Wein floss reichlich, die Frauen plauderten vergnügt und die Männer betrachteten schweigend die Tapete oder Marias geschmackvoll arrangierte Blumen.

Lucas wollte das Eis brechen, doch er wusste nicht, wie er es anfangen sollte, ohne Aufmerksamkeit auf ihr seltsames Verhalten zu lenken und den Vorfall in der Küche erklären zu müssen. Das Seltsame an der Sache war, dass selbst Lucas nicht ganz genau wusste, was passiert war. Für Jack wäre es das Leichteste gewesen, einfach seine Hand wegzuziehen und anschließend zu ignorieren, dass zwischen ihnen auch nur etwas annähernd Intimes passiert war. Es war ja nicht so, als hätte Lucas ihn geküsst! Doch Jack schien es ebenfalls schwerzufallen, seine Gefühle einzuordnen, oder zumindest schien er nicht ganz Herr der Situation zu sein.

Lucas wusste nur, dass er sich entschuldigen musste. Schließlich würden sie hiernach immer noch zusammenarbeiten müssen, und wenn sie schon nicht über Unstimmigkeiten zwischen ihnen reden konnten, wie sollten dann ihre Länder gut zusammenarbeiten? Er musste den ersten Schritt tun und dem älteren Mann zeigen, dass er seine persönlichen Gefühle zum Wohle der Allgemeinheit zurückstellen konnte. Er würde tun, was von einem Diplomaten erwartet wurde.

Lucas wurde aus seinen Gedanken gerissen, als sich Maria vom Tisch erhob. Er hörte, wie sie ihren Mann bat: „Jack, warum gehst du nicht mit Lucy und Lucas ins Wohnzimmer. Ich räume hier auf."

Lucy sprang ebenfalls auf. „Ich helfe dir, Maria."

„Oh nein, das kann ich nicht erlauben", antwortete Maria. „Du bist unser Gast. Wenn wir Gäste haben, heißt die Regel: Jack kocht, ich räume ab."

Lucy half trotzdem, sodass Lucas, da Jack sich ebenfalls entschuldigte, allein zurückblieb. Also nahm er einige leere Teller, um sie in die Küche zu bringen, wo er auf Maria traf.

Sie lächelte freundlich. „Oh nein, du musst nicht auch noch in der Küche helfen! Hat Jack dich etwa allein gelassen?" Sie verdrehte die Augen. „Das ist so typisch! Hör zu, Lucas, ich wette, er raucht eine Zigarette auf der Veranda. Er hat bestimmt nichts gegen ein bisschen Gesellschaft, wenn du mit dem Zigarettenrauch leben kannst."

Lucas nickte und lächelte ihr zu.

Sie reichte ihm zwei Tulpengläser voll Brandy. „Nimm die doch mit zu ihm nach draußen."

„Nach der kalten Woche ist es hier draußen noch überraschend warm", begann Lucas, als er seinen Gastgeber gegen die Sandsteinhauswand gelehnt auf einer Bank vorfand.

Jack nahm einen langen Zug von seiner Zigarette und sagte dann nur: „Ja", ohne den jungen Mann anzusehen.

„Ich dachte, mittlerweile hätten alle Amerikaner das Rauchen aufgegeben", versuchte Lucas zu scherzen und reichte Jack eines der Gläser.

Jack zuckte mit den Schultern, während er weiter auf den Garten hinausschaute. „Na ja, ich kann aufhören, wenn ich will, aber ich weiß nie, wie lange. Maria bittet mich zwar immer darum, aber das reicht wohl als Motivation nicht aus."

Lucas ließ sich bewusst am anderen Ende der einfachen Holzbank nieder, um genug Abstand zu dem anderen Mann zu halten. Er beugte sich vor und stützte die Ellbogen auf die Knie.

„Schöner Garten."

„Ja, der letzte Botschafter hatte eine Frau mit grünem Daumen."

„Tja, Maria scheint auch ganz gut mit der Gartenschere umgehen zu können."

„Ja."

Da war es wieder. Lucas konnte sich des Gefühls nicht erwehren, dass Jack verstummte, sobald im Gespräch Marias Name fiel. Oder bildete er es sich nur ein?

„Es tut mir leid, Jack."

„Nein, tut es dir nicht", widersprach Jack ohne Zögern.

„Du weißt überhaupt nicht, wofür ich mich entschuldige." Lucas richtete sich auf und sah zu Jack hinüber, der immer noch zurückgelehnt dasaß und den Sonnenuntergang am Horizont betrachtete.

„Du hast dich dafür entschuldigt, dass du fast erwischt wurdest."

Lucas betrachtete den Amerikaner lange auf der Suche nach Bestätigung, um sicherzugehen, dass er Jack richtig verstand, doch dieser erwiderte den Blick nicht.

„Eigentlich … tut es mir gar nicht leid", hörte er sich selbst sagen und wählte damit vorerst den mutigen Kurs.

„Dachte ich mir", antwortete Jack mit einem kleinen Lächeln auf den Lippen. Er trank einen Schluck Brandy, stand von der Bank auf und ging auf dem Weg hinein um Lucas herum.

Als er an dem jungen Mann vorbeiging, ließ er seinen Zeigefinger an Lucas' Kiefer entlanggleiten und drückte mit der Hand seine Schulter, bevor er zurück ins Wohnzimmer verschwand.

Die Geste hatte Lucas ganz benommen gemacht und er legte den Kopf schräg, um sich noch einmal ins Gedächtnis zu rufen, wie sich die Hand des anderen Mannes auf seinem Gesicht angefühlt hatte.

Er ließ die Ereignisse dieses Abends wieder und wieder Revue passieren und kam immer zum gleichen Ergebnis: So würde sich kein Mann benehmen, der nicht interessiert war.

Jack betrat das Haus mit einem Lächeln und hob seine Hand an die Nase, um den schwachen Duft von Lucas' Aftershave einzufangen, den die kurze Berührung dort hinterlassen hatte.

Trotz seines Vorsatzes, sich zurückzuhalten, hatte sich der junge Mann in sein Herz geschlichen und er wusste, dass die Zusammenarbeit mit ihm von jetzt an nicht leicht werden würde. Auch wenn er seinen Gefühlen niemals nachgeben durfte, gab es einen Teil von ihm, der sie genoss. Und warum konnte er sich das nicht gönnen? Es gab genug Männer, die Affären hatten und hinter dem Rücken ihrer Frau mit anderen schliefen.

Aus dem schwach erleuchteten Wohnzimmer konnte er Maria und Lucy in der Küche sehen. Könnte er seine Frau betrügen? Lucas wollte offensichtlich mehr. Jack konnte die Lust in seinem Blick praktisch sehen, wenn dieser auf ihn gerichtete war. Er wusste, dass er jetzt am Zug war. Er glaubte nicht, dass Lucas jemals noch direkter auf ihn zugehen würde, denn der junge Mann wusste, dass Jack dafür sorgen konnte, dass er seine Arbeit verlor. Aus der Traum von der Diplomatie. Wenn er es sich recht überlegte, konnte Lucas ihm dasselbe antun. Wenn er jemals eine engere Beziehung zwischen ihnen zuließe, müssten sie ständig auf der Hut sein und sich davor fürchten, dass man ihnen auf die Schliche kommen würde. Hinter dem Rücken seiner Frau eine Affäre zu haben, wurde schon beinahe als etwas Normales betrachtet. Man entschuldigte sich, versöhnte sich wieder und versprach, es nie wieder zu tun. Doch eine Affäre mit einem Mann würde ihn seinen Posten kosten. Das wusste er und hatte er immer gewusst. Mit seiner Glaubwürdigkeit wäre es dann aus. Er würde mit leeren Händen an den Verhandlungstisch kommen, während seine Widersacher sich hinter seinem Rücken über ihn lustig machten.

Jack schüttelte den Kopf, um diese Gedanken loszuwerden, und betrat, nachdem er ein letztes Mal tief durchgeatmet hatte, die Küche.

„Ist der Nachtisch bald fertig, Maire?", fragte er seine Frau liebevoll.

Maria warf ihm einen zärtlichen Blick zu, bevor sie sich an Lucy wandte. „In der Küche hat er kein Vertrauen zu mir." Sie legte einen Arm um ihn und zog ihn an sich. „Aber wir machen meine Spezialität, nicht wahr?" Und wieder an Lucy gewandt: „Blaubeerkuchen mit Eis."

„Klingt köstlich!", rief Lucy.

„Und außerdem so leicht zu machen, dass es wahrscheinlich sogar Lucas hinkriegen würde", teilte ihr Jack mit, nachdem er sein Gesicht kurz spielerisch an den Hals seiner Frau geschmiegt hatte.

Jack löste seinen um Maria gelegten Arm ein wenig, als er Lucas in die Küche kommen sah. Er konnte sehen, dass der Brite sich um eine fröhliche Miene bemühte.

„Was würde ich hinkriegen?", fragte der jüngere Mann.

Jack krümmte seinen Zeigefinger. „Komm her."

Als Lucas auf ihn zukam, griff er nach seiner Schürze, stellte sich hinter ihn und legte sie ihm um, wobei er übertrieben gestikulierte wie ein Zauberer auf einem Kindergeburtstag. Er sah, dass Lucas leicht verunsichert lächelte, als wüsste er nicht genau, wie er in dieser Situation reagieren sollte, doch die Frauen hatten ganz eindeutig Spaß an dem Spektakel.

Jack wirbelte durch die Küche, um verschiedene Dinge zusammenzusuchen, die er dann jeweils Lucas und den Frauen präsentierte. „Wir benötigen … ein Ei … eine große und eine kleine Schüssel, um es zu trennen. Schaffst du das, Lucas? Ein Ei trennen?"

Lucas nahm das Ei und die Schüsseln mit einem unsicheren Lächeln entgegen. „Na ja, ich könnte es versuchen?"

Der Amerikaner fuhr fort. „Ferner benötigen wir eine Portion frischer Blaubeeren, wofür genau die richtige Jahreszeit ist. Und Zucker. Maria, Liebling, wärest du so gut …?" Er deutete auf den Schrank hinter seiner Frau, die ihm das Gewünschte herausreichte.

„Lucas, wie ich sehe, ist es dir gelungen, das Ei zu trennen. Junger Mann, du hast verborgene Talente!! Du wirst dich für mich um den Teig kümmern, während ich das Eiweiß steif schlage." Er griff in den Kühlschrank. „Doch zuerst, verehrtes Publikum, kommt etwas, das ich schon vorbereitet habe." Er entfernte die Frischhaltefolie von einem sorgfältig aufgerollten Teigkreis, der bereits auf Backpapier lag.

„Lucas, nimm du die Blaubeeren, füll sie in eine Schüssel und füge drei Esslöffel Zucker und die Schale einer Zitrone hinzu." Maria holte Lucas bereits die Zitrone und den Zestenreißer. Jack zog eine Augenbraue hoch, als er sich dem jungen Briten zuwandte. „Sag nicht, ich muss dir erst zeigen, wie man einen Zestenreißer benutzt."

Lucas warf ihm einen verzweifelten Blick zu. „Na gut, du mischst die Zutaten und ich schäle die Zitrone. Lucy? Könntest du bitte das Eiweiß steif schlagen?" Mit Händen, die eindeutig geübter waren als Lucas', verwendete Jack das seltsame Werkzeug, um feinste Streifen aus der äußeren Schicht der Zitronenschale zu lösen.

Nachdem sich Jack umgedreht und die Temperatur des Ofens überprüft hatte, klatschte er in die Hände und sah Lucas an, dem das Ganze Spaß machte, auch wenn er sich offensichtlich nicht ganz wohlfühlte.

„Also gut, Herr Chefkoch, setzen wir den Kuchen zusammen. Backblech, Kuchenboden. Stich mit einer Gabel kleine Löcher in die Mitte."

Lucas folgte der Anweisung und Jack wendete sich an Lucy. „Auf den Boden kommt eine Schicht Eischnee. Darauf dann die Beeren."

Er wartete, bis Lucas seine Schüssel ausgeleert hatte. „Jetzt kommt der schwierige Teil."

Er zwinkerte Lucas zu und stellte sich so dicht neben ihn, wie beim letzten Mal in der Küche, nur dass er dem Briten jetzt einen Arm um die Schultern legte, während er auf das Backblech zeigte. „Jetzt müssen wir den Teig über den Beeren schließen und eine schöne Tasche daraus machen." Jack sah zu den beiden Frauen und ihren belustigten Gesichtern auf, als Lucas den Rand des Teiges über die Beeren faltete und sie zudeckte. Er spürte, wie angespannt Lucas war und da er davon ausging, dass die Blicke der Frauen auf Lucas' Arbeit gerichtete waren, senkte er seine Hand und strich damit sanft Lucas' Rücken hinab. Jack sah den hoffnungsvollen Blick, den der junge Mann auf ihn richtete, und lächelte. Dann zeigte er wieder auf den Kuchen. „Stell sicher, dass nirgendwo Löcher sind, sonst fließt der ganze Saft raus und das wäre schade."

Lucas klopfte scherzhaft hier und da auf den Teig, um sicherzugehen.

„Und jetzt, *le moment supreme*. Damit er eine schöne Farbe bekommt, bestreichen wir ihn mit ein wenig Eigelb und dann kommt er in den Ofen. In ungefähr fünfundzwanzig Minuten haben wir den besten Blaubeerkuchen, den Lucas je gebacken hat."

# 6

IN DER Woche darauf hatte er unglaublich viel zu tun und als dann der Freitagabend kam, war Jack glücklich, dass er endlich in seinem verhältnismäßig stillen und friedlichen Büro sitzen und sich um den Schriftverkehr kümmern konnte. Tatsächlich war es das erste Mal in dieser Woche, dass er sich lange genug in seinem Büro aufhielt, um sich an den Schreibtisch zu setzen. Heute Abend würde er der Eröffnung einer Kunstausstellung beiwohnen müssen, doch im Augenblick war er zufrieden damit, einfach dazusitzen und sich mit den vielen Briefen und Dokumenten zu beschäftigen, die seine Aufmerksamkeit verlangten.

Seine Sekretärin betrat mit einem Ordner unter dem Arm leise das Büro und brachte ein Tablett mit Kaffee und Kuchen herein.

„Bitte sehr, Mr. Christensen. Nett von Ihnen, sich mal im Büro sehen zu lassen", sagte sie mit einem frechen Lächeln. Da sie sich um den Terminkalender kümmerte, wusste sie ganz genau, womit er die ganze Woche über beschäftigt gewesen war und dass er den Großteil davon auf der Rückbank seines von einem Chauffeur gefahrenen Wagens auf dem Weg von einem Meeting zum nächsten zugebracht hatte.

Nachdem sie das Tablett abgestellt hatte, reichte sie ihm den Ordner. „Das ist der Entwurf für das Gesetz zur gleichgeschlechtlichen Ehe, das sie durch die Kammer und den Senat bekommen wollen, und ein Überblick über die vorausgehenden Debatten, mit allen Umfragen zur Meinung der belgischen Bevölkerung, die ich dazu finden konnte. Ehrlich gesagt weiß ich gar nicht, warum deshalb so ein Theater gemacht wird, aber meine Meinung ist wohl nicht sehr wichtig."

Jack war amüsiert. Sie war eine erschreckend effiziente Sekretärin und manchmal hatte er das Gefühl, sie könne seine Gedanken lesen. So auch jetzt. Er hatte seine Rechtsabteilung damit beauftragt, ihm den Entwurf zu besorgen, doch es war Mrs. Claessens, die sich in dem Wissen, dass er sich für mehr als nur das neue Gesetz interessierte, um die Debatten und Umfragen gekümmert hatte. Ihr professionelles Verhalten gebot ihr, ihre Meinung für sich zu behalten, doch da sie Belgierin und damit Bürgerin der erst zweiten Nation war, die die Legalisierung der gleichgeschlechtlichen Ehe in Betracht zog, interessierte ihn ihre Meinung zu einem Thema, das, wie er wusste, in seinem eigenen Land ein sehr heikles war.

„Kommen Sie, Mrs. Claessens. In diesem verschlossenen Büro können Sie mir doch sicher sagen, was Sie denken? Ich verspreche, dass ich es Ihnen nicht übel nehmen werde." Er lächelte ihr zu und trank einen Schluck Kaffee.

Sie starrte ihn misstrauisch an. „Sie werden mir vielleicht nicht zustimmen, doch ich halte es für ein sehr sinnvolles Gesetz. Ich weiß überhaupt nicht, warum es so lange gedauert hat."

Jack legte seine Papiere auf den Tisch und trank einen weiteren Schluck, und da er immer noch gut gelaunt wirkte, sprach sie weiter: „Als Amerikaner sehen Sie das bestimmt anders, aber ich meine … diese Menschen leben zusammen, teilen alles – Haus, Kinder, Auto, was auch immer. Doch wenn dem Falschen was zustößt, endet der andere vielleicht auf der Straße oder man nimmt ihm sein Kind weg und das nur, weil ihre Beziehung nicht gesetzlich anerkannt war. Es ist barbarisch. Und das können Sie auch an Ihren Präsidenten weitergeben."

Jack lachte, als sie an der Vorderseite ihres Blazers zupfte, um das Gesagte zu unterstreichen.

„Ich bin ganz Ihrer Meinung", antwortete er.

„Tatsächlich?" Sie schien plötzlich aufzublühen.

„Ja, das bin ich. Verraten Sie es nicht meinem Präsidenten, denn es ist natürlich nicht die offizielle Haltung der USA, doch hier in der Abgeschiedenheit meines Büros kann ich Ihnen sagen, dass ich Ihrer Meinung bin. Leider müssten wir den hier lebenden Amerikanern erklären, dass eine in Belgien geschlossene gleichgeschlechtliche Ehe in den Staaten nicht gültig ist."

Mrs. Claessens seufzte. „Und ich nehme nicht an, dass sich das in näherer Zukunft ändern wird?"

Jacks Antwort war ein gequältes Lächeln.

„Ja, das dachte ich mir. Kann ich die jetzt mitnehmen?" Sie deutete auf den Stapel von Dokumenten, die Jack bereits durchgesehen hatte.

„Sicher, danke", antwortete Jack, als sie auf die Tür zuging.

Im letzten Augenblick drehte sie sich noch einmal um. „Mr. Christensen, das hätte ich beinahe vergessen. Mr. Carlton hat versucht, Sie zu erreichen. Er hat dreimal angerufen, aber er wollte keine Nachricht hinterlassen und auch nicht, dass ich ihn zu Ihrem Handy weiterleite. Ihre Nummer habe ich ihm natürlich nicht gegeben … und er war zweimal hier. Ich habe seine Handynummer. Soll ich ihn anrufen und zu Ihnen durchstellen?"

Jacks Herz machte einen Satz, als er Lucas' Namen hörte. Sie hatten noch nicht darüber gesprochen, was am Samstag zwischen ihnen passiert war. Genau genommen, hatten sie sich seit fast einer Woche nicht gesehen.

*Wahrscheinlich glaubt er, ich gehe ihm aus dem Weg.*

„Mr. Christensen? Vielleicht ist es etwas Wichtiges. Er hat zwar nicht gesagt, dass es dringend sei, aber ich meine, fünfmal …?"

Das riss Jack aus seinen Gedanken. Er schaute zu ihr auf und sah, dass sie mit mitfühlendem Gesichtsausdruck in der Tür stand. Anscheinend hatte sie den jungen Briten ebenfalls lieb gewonnen.

„Warum geben Sie mir nicht einfach seine Handynummer und ich rufe ihn selbst an?"

Nur wenige Sekunden später kehrte sie mit einem Zettel mit Lucas' Nummer zurück.

Als er wieder allein war, ergriff er den Zettel und starrte auf die Nummer. Sollte er anrufen? Wenn Lucas ihn aus geschäftlichen Gründen hätte kontaktieren wollen, hätte er eine Nachricht hinterlassen. Also ging es um etwas Privates.

Es war nicht so, als hätte er in dieser Woche nicht an Lucas gedacht. Tagsüber hatte er nur einfach zu viel zu tun gehabt. Doch die Nächte waren etwas anderes. Er war mehr als einmal mitten in der Nacht aus einem Traum erwacht, in dem er erneut seine Hände über den Rücken des umwerfenden Briten gleiten ließ, doch damit endeten die Träume nicht. Er erwachte mit einer hartnäckigen Erektion, die nach irgendeiner Form der Erleichterung verlangte. Als es zum dritten Mal passierte, war er aufgestanden und die Treppe hinuntergegangen, um Maria nicht zu wecken. Dann hatte er sich vor dem Fernseher, der die zwanzigste Wiederholung einer Serie aus den Achtzigern zeigte, auf dem Sofa niedergelassen und die Augen geschlossen. Es war ein Leichtes, sich Bilder von Lucas ins Gedächtnis zu rufen, während er eine Hand in seine weite Schlafanzughose schob. Er musste nur an das strahlende Lächeln des jungen Mannes denken, das enge schwarze Hemd, das er immer trug und das seinen gut gebauten Körper betonte, an das Gefühl von Lucas' Hand auf seiner eigenen …

Es war leicht, sich vorzustellen, Lucas' wohlgeformte Lippen zu küssen und ihre Körper aneinanderzupressen. Jack fuhr an seinem steinharten Schwanz auf und ab und konnte beinahe Lucas' Hände auf seinem Körper spüren, wie sie seinen Bauch streichelten, wie sein Mund sich über Jacks Hüften und Schenkel bewegte, wie er seine Brustwarzen leckte. Er konnte beinahe vor sich sehen, wie Lucas' Mund sein lechzendes Glied in sich aufnahm, bis, bis …

Jack verstärkte den Griff seiner Hand und kam mit Lucas' Namen auf den Lippen. Anschließend sackte er, immer noch zitternd, auf dem Sofa zusammen und ihm wurde klar, dass er den Namen des jungen Mannes in der Stille des Hauses laut ausgesprochen hatte. Er horchte, ob er damit vielleicht Maria aufgeweckt hatte, doch alles blieb still.

Und jetzt, wo er an seinem Schreibtisch saß, wusste Jack, dass er seine Gefühle für den jungen Mann nicht länger leugnen konnte. Er würde mit Lucas reden müssen. Er konnte höchstens noch darauf hoffen, dass er die Zeichen vielleicht falsch gedeutet hatte und Lucas ihn lediglich bewunderte. Vielleicht war das alles und Lucas betrachtete Jack nur als ein Vorbild, nach dem er strebte. Das würde sich zeigen.

AN IHREM Schreibtisch vor dem Büro des Botschafters sortierte Gertje Claessens die Papierstapel, die sie aus dem Büro ihres Chefs mitgenommen hatte, und dachte über das Gespräch nach, das sie soeben mit ihm geführt hatte. War es richtig gewesen, ihm Lucas' Telefonnummer zu geben? Natürlich ging es sie nichts an, warum Lucas so verzweifelt darum bemüht schien, Mr. Christensen zu erreichen. Sie mochte den jungen Briten. Er war ein charmanter junger Mann und gleichzeitig sehr höflich, ohne dabei zu schüchtern zu sein, und wenn sie ihn ins Büro ihres Chefs führte, tauchte jedes Mal ein warmes Leuchten in seinen Augen auf.

Ihren Chef mochte sie ebenfalls. Er verhielt sich ihr gegenüber freundlich und wohlwollend und kommandierte sie niemals herum. In den wenigen Monaten, seit er seinen Posten angetreten hatte, war er ihr gegenüber immer respektvoll gewesen und hatte sie mehr als einmal nicht nur nach ihrer Meinung gefragt, sondern diese auch berücksichtigt. Es war etwas, an das sie sich noch gewöhnen musste.

Wie er an „Mrs. perfekte Botschafterfrau" geraten war, würde sie nie verstehen. Die Frau mochte an seinem Arm vielleicht hübsch aussehen, doch als sie mitgehört hatte, wie Maria sich vor ihrem Mann darüber wunderte, dass ihm „eine von dieser mütterlichen Sorte" als Assistentin zugeteilt worden war, hatte Gertje sie sofort dementsprechend eingestuft. Natürlich würde sie Maria immer mit Höflichkeit begegnen, jedoch nur so viel wie unbedingt nötig.

Jack Lucas' Telefonnummer zu geben war richtig gewesen, beschloss sie also, ganz egal, welche Absichten Lucas haben mochte. Davon abgesehen war Jack Christensen ein erwachsener Mann. Er hatte es nicht so jung so weit gebracht, indem er schlechte Entscheidungen traf. Als sie gerade mit Nachdruck den Aktenschrank schloss, kam Jack aus seinem Büro und reichte ihr auf dem Weg nach draußen einen weiteren Papierstapel.

„Ich glaube, das war dann alles. Und jetzt mache ich mich auf den Weg, um das zwanzigste Jubiläum des Tages zu feiern, an dem ich meine Frau kennengelernt habe. Sie wissen also, wo Sie mich erreichen, aber nur, wenn es sein muss." Er ging um die Ecke, aber kam dann noch einmal zurück. „Wenn ich dann bei der Kunstausstellung bin, können Sie gerne den nationalen Notstand ausrufen."

Beide lachten.

„Kommen Sie schon, Eure Exzellenz, es ist Kunst", spottete Gertje.

„Es ist nicht die Kunst, die mich langweilt, sondern die Politiker, die finden, sie müssten mir ihre Meinung über die Kunst mitteilen und mich damit in den Wahnsinn treiben!" Jack rollte die Augen, bevor er ihr zuwinkte und diesmal wirklich ging.

LUCAS SAß mit seinem Handy in der Hand in seinem abstellkammergroßen Büro in der britischen Botschaft. Er wollte Jack anrufen, der beruhigenden Stimme des Mannes lauschen und ein Treffen arrangieren, damit sie reden und da weitermachen konnten, wo sie am Abend der Einladung in Jacks Haus aufgehört hatten. Nur leider war es mehr als deutlich, dass Jack ihm so gut er konnte aus dem Weg ging. Jedes Mal, wenn er angerufen hatte, gab es eine schlechte Ausrede der Sekretärin und als er während seiner Mittagspause hinübergelaufen war, hatte er es ebenfalls nicht an ihr vorbeigeschafft. Sie hatte zweifellos die Anweisung, ihn nicht hineinzulassen.

Da ihm Jacks Durchwahlnummer nicht bekannt war, müsste er es wieder mit dem Wachhund versuchen.

Er wusste, dass er zu weit ging, doch er war einfach so sicher, dass der ältere Mann seine Gefühle nicht nur zur Kenntnis genommen, sondern auch einige Anzeichen dafür gezeigt hatte, dass er sie erwiderte. Doch jetzt befanden sie sich wieder in der wirklichen Welt und da sie nicht zusammen waren, fiel es Jack wahrscheinlich leicht, seine Gefühle zu leugnen und sich für sein sorgenfreies, bequemes Leben mit Maria zu entscheiden.

Doch Lucas konnte nicht vergessen, wie Jacks Hand langsam seinen Rücken hinuntergeglitten war, sich bewusst die Zeit genommen hatte, jeden Knochen und Muskel zu fühlen. Und damit Lucas gequält hatte, der das gute Gefühl, das Jacks streichelnde Hand in ihm hervorrief, noch nicht einmal zur Kenntnis nehmen durfte, da die Blicke ihrer beider Frauen auf sie gerichtet waren.

Lucas hatte sich jeden Morgen in der Dusche einen runtergeholt und sich dabei vorgestellt, wie es sich anfühlen würde, Jack wirklich zu berühren, ihn zu küssen, mit ihm zu schlafen. Heute Morgen wäre er fast dabei überrascht worden, da ihm entgangen war, dass Lucy ihr winziges Badezimmer betreten hatte. Offenbar war er während seines Höhepunktes nicht still gewesen, denn Lucy fragte ihn, ob alles in Ordnung sei. Er hatte irgendetwas gemurmelt und sich nicht getraut, den Kopf hinter dem Duschvorhang hervorzustecken, weil sie dann sein rotes Gesicht bemerkt hätte.

„Verdammt!"

Lucas stand hastig auf und nahm seine Jacke von dem Haken an der Tür. Ein letztes Mal. Ein letztes Mal würde er zu Jacks Büro gehen und um Einlass bitten.


„ER IST nicht da, Lucas, es tut mir leid." Gertje Claessens fühlte mit Lucas, als sich Enttäuschung auf seinem Gesicht ausbreitete. „Hören Sie zu, setzten Sie sich doch einen Moment und lassen Sie mich Ihnen eine Tasse Kaffee holen. Oder Tee. Sie mögen doch Tee, oder?"

Lucas schüttelte den Kopf. „Haben Sie ihm meine Nummer gegeben?"

„Ja, mein Lieber, das habe ich."

Er versuchte zu lächeln. „Danke, Gertje." Dann drehte er sich um und wollte gehen.

„Lucas …" Als er sich ihr wieder zuwandte, sah er deutlich, wie sie zögerte. „Gehen Sie heute Abend zum Palais des Beaux Arts. Da findet die Eröffnungsgala für die Ausstellung indianischer Kunst statt. Hier …" – sie wühlte in ihrer Schublade – „… ist Jacks Ersatzeinladung. Ich frage immer nach einer, falls er und Mrs. Christensen mal nicht zusammen ankommen können."

Mit einem strahlenden Lächeln machte er zwei Schritte auf sie zu, nahm ihr Gesicht zwischen die Hände und verpasste ihr einen Schmatzer auf die Lippen.

Er hörte sie noch rufen: „Tun Sie nichts, was ich nicht auch tun würde", als er aus dem Büro rannte.

MARIA HATTE ihren Tag in einem Wellness-Center in Grimbergen verbracht. Es war ihre Begrüßung im American Women's Club Belgiens gewesen und auch wenn ihr Lebensziel nicht gerade darin bestand, ihre Zeit dort zu verbringen, wie es bei den meisten aus einem anderen Land hierhergekommenen Frauen der Fall war, genoss sie es genauso sehr, verwöhnt zu werden, wie jeder andere auch.

Sie trug ein cremefarbenes Unterhemd, ein knappes Höschen und keinen BH, und betrachtete sich in dem riesigen Badezimmerspiegel, der den größten Teil der Wand bedeckte. Sie sah nicht anders aus, als an diesem Morgen. Immer noch ziemlich knochig und, so befürchtete sie, ohne die Kurven einer richtigen Frau und mit zu wenig Busen, um einen BH richtig auszufüllen. Was für ein Glück, dass es Wonderbras gab. Außerdem war sie muskulös, und zwar genau an den richtigen Stellen, wie sie fand, denn Jack gefiel es so. Und nach den vielen Peelings und Schlammbädern, die sie im Laufe des Tages erhalten hatte, fühlte sich ihre Haut schön weich an.

Als sie gerade mit der Hand über ihren flachen Bauch strich, sah sie Jack an seinem üblichen Platz neben dem Türpfosten stehen.

„Na, Fremder … gefällt dir, was du siehst?", fragte sie in verführerischem Tonfall.

Maria sah, wie Jack langsam sein Hemd auszog und von hinten auf sie zukam. Als er seine Arme um sie legte, stöhnte er anerkennend. „Hey, Maire, du riechst nach Rosen und deine Haut fühlt sich an wie Seide."

Seine Berührungen waren sanft und brachten ihre Haut schon bald zum Kribbeln, sodass sie sich zurücklehnte, um ihn näher bei sich zu spüren. Er küsste ihren Hals und presste in langsamen Bewegungen seine wachsende Erektion gegen ihren Hintern, während er seine Hand ihren Bauch hinab und in ihr Höschen gleiten ließ. Maria gefiel diese neue Seite an Jack. Er war nie der abenteuerlustigste Liebhaber gewesen, doch ein zuverlässiger Ehemann war auch viel wert. Doch jetzt sah sie sich selbst im Spiegel, während er ihre Schulter küsste und mit seinem Finger langsam um ihre Klitoris kreiste, was sie feucht werden ließ.

Sie schob eine Hand hinter ihren Rücken, um seine Hose zu öffnen. Seine Finger auf sich zu spüren war großartig, doch es gleichzeitig auch noch zu sehen, ließ ihr Herz wild pochen. Sie wollte ihn in sich fühlen, sich über das Waschbecken beugen, während er sich in sie rammte und ihm die ganze Zeit dabei zusehen.

„Komm schon, Jack. Zeig mir, was du hast."

Das ließ ihn aufschauen und ihr Spiegelbild betrachten. Seine himmelblauen Augen waren ein wenig glasig, seine Lippen rot und feucht, nachdem er ihren Hals geküsst hatte. Ihr Haar löste sich und er lächelte, als sie es wieder hochsteckte, damit es ihr nicht ins Gesicht fiel. Er ließ Hose und Boxershorts zu Boden fallen und stieg hinaus, bevor er sich bückte, um ihr Höschen nach unten zu schieben.

„Ich möchte sehen, wie du mich fickst, Jack, gleich hier vor dem Spiegel. Würde dir das gefallen?" Sie atmete scharf ein, als er sie nach vorn über das Waschbecken drückte und grob zwei Finger in sie hineinschob.

Als sie zu ihm aufschaute, lächelte er breit. „Du bist tropfnass, Maire."

„Na ja, was dachtest du denn?"

Sie stöhnte, als er direkt in sie eindrang, nachdem er die Finger herausgezogen hatte. Er fühlte sich gut an und sie wusste nur allzu gut, dass er der selbstloseste Liebhaber war, den sie je gehabt hatte. Sie hoffte nur, dass der berauschende Anblick ihrer Spiegelbilder ihn nicht zu schnell zum Höhepunkt brachte. Sie wollte es länger genießen. Andererseits schaute er gar nicht so genau hin. Sie spürte seine Hände auf ihren Hüften und seinen keuchenden Atem in ihrem Nacken.

Als er begann, sich langsam zu bewegen, wurde ihr klar, dass sie mehr wollte. Sie wollte die Kontrolle übernehmen, was wesentlich normaler war, als die Tatsache, dass sie abenteuerlustig genug waren, um es vor dem Badezimmerspiegel zu treiben, den sie beide hassten, seit sie zum ersten Mal das Haus betreten hatten. Plötzlich wusste sie ihn zu schätzen.

Maria schob sich selbst und damit Jack vom Waschbecken weg und auf den geschlossenen Toilettendeckel. Er klammerte sich an sie und keuchte, als sie auf der harten Oberfläche landeten. Sie stellte fest, dass sie von dort aus einen guten Blick auf ihr vollständiges Spiegelbild zwischen den zwei Waschbecken hatte. Als sie langsam ihre Beine spreizte und sich zurücklehnte, konnte sie sehen, wo sich sein von der Feuchtigkeit in ihrem Innern glänzender Schwanz in sie schob. Sie beugte sich in seinen Armen wieder nach vorn, sodass sie sich mit den Händen auf seinen Knien abstützen konnte, als sie begann, sich auf ihm zu bewegen. Sie fing langsam an und stellte fest, dass es leicht war, den Winkel ein wenig zu verändern, bis er genau die richtige Stelle traf und mit genau dem richtigen Druck an ihr entlangrieb, um sie zum Keuchen und Stöhnen zu bringen. „Oh, Jack, das ist so gut, Jack."

Er schob seine Hände zu ihren Rippen hoch, damit er sie besser stützen konnte, als sie sich schneller bewegte und er aufwärts stieß. Im Spiegel zu sehen, wie sie seinen wunderschönen, harten Schwanz ritt, war atemberaubend. Als sie spürte, wie sich die Spannung in ihrem Unterleib aufbaute, wusste sie, dass sie so heftig kommen würde wie schon lange nicht mehr. Jack spreizte ebenfalls die Beine und schob ihre dabei noch weiter auseinander. So konnte sie sich nicht mehr gut abstoßen, doch als sie aufschaute, sah sie seine Augen, die dunkel vor Leidenschaft ihrer beider Reflexionen in dem glänzenden Spiegel betrachteten, und der Anblick brachte sie zum Höhepunkt, ließ sie um seinen harten Schwanz erbeben. Sie spürte, wie er sein Gesicht in ihrem Nacken vergrub, und hörte ihn etwas wie „ja, ja, jetzt darfst du" murmeln, bevor seine Bewegungen ebenfalls unrhythmisch und verkrampft wurden.

Sie ließ sich gegen Jacks nun erschlafften Körper fallen und wurde sich undeutlich bewusst, dass sie sich noch nicht einmal geküsst hatten. Sein Körper unter ihr fühlte sich warm und verschwitzt an.

„Alles in Ordnung?", flüsterte sie.

„Ja", krächzte er. „Ich brauche nur einen Moment."

Als sie sich aus der unbequemen Position erhob und ihn aus ihr gleiten fühlte, entschied sie, dass sie beide eine Dusche brauchen würden, bevor sie irgendwohin gehen konnten.

Und sie mussten der Eröffnung einer Kunstausstellung beiwohnen.

# 7

JACK UND Maria kamen zu spät bei dem argentinischen Restaurant an, in dem sie einen Tisch reserviert hatten, und dank des Freitagabendverkehrs, würden sie sich bei der Eröffnung der Kunstausstellung zweifellos noch mehr verspäten.

Jack war ganz offensichtlich fantastischer Stimmung und während des Essens schwelgten sie in Erinnerungen an ihre erste Begegnung bei einer Party der Botschaft in Argentinien, wo Marias Vater die Abteilung für Öffentlichkeitsarbeit leitete und Jack seinen ersten Überseeposten antrat. Das war jetzt zwanzig Jahre her und Maria war froh, dass sie immer noch ihren Mann ansehen und sich sagen konnte, dass ihn zu heiraten, die beste Entscheidung ihres Lebens gewesen war.

„Also erklär mir noch mal, warum es fast eineinhalb Jahre gedauert hat, bis du zum ersten Mal mit mir geschlafen hast", neckte sie ihn.

Jack tupfte sich mit der Serviette die Mundwinkel ab und zählte die Gründe auf, die sie akzeptieren würde. „Was soll ich sagen, ich war eben ein Gentleman. Außerdem wusste ich nicht, wie es in meinem Leben weitergehen würde. Du wusstest doch auch, dass ich fast ohne Vorwarnung überallhin hätte versetzt werden können, also wollte ich wohl erst sichergehen, dass du die Richtige für mich warst. Und ich wollte erst meinen Master abschließen, damit wir, wenn ich dich mit ins Ausland nehmen würde, wenigstens ein Gehalt zum Leben hätten.

„Tja, es war nett von dir, bei meinen Eltern so einen guten Eindruck zu hinterlassen. Ich glaube, das war das einzige Argument, das irgendeinen Effekt auf sie hatte, als ich ihnen gesagt habe, dass ich mit dir nach Dänemark ziehen wollte, obwohl wir nicht verheiratet waren." Sie legte ihre Hand auf seine und spielte mit seinem Ehering. „Obwohl ich sagen muss, dass du die achtzehn Monate, die ich auf dich warten musste, heute Nachmittag wieder gutgemacht hast."

„Ich dachte, das hätte ich schon vor langer Zeit getan, Maire", antwortete Jack ein wenig verlegen.

„Tja, dann weiß ich nicht, was du vorhin wieder gut machen wolltest, aber du darfst es sehr gerne wieder tun!" Sie verdrehte die Augen und trank einen Schluck Wein.

Jack verstummte, bis ihm klar wurde, dass er wahrscheinlich schuldbewusst wirkte. „Also, was hältst du von Nachtisch?", fragte er ohne Enthusiasmus.

MIT LUCY an seinem Arm betrat Lucas das Palais des Beaux Arts. Er wäre gern ohne sie gegangen, doch in Anbetracht ihrer leuchtenden Augen, als er ihr erzählt hatte, wo er seinen Abend verbringen würde, hatte er es nicht übers Herz bringen können, sie nicht mitzunehmen.

Obwohl es sich um ein großes Museum handelte, fand der Empfang in einem der kleineren Säle statt, und dieser war ziemlich überfüllt. Die meisten Gäste waren ältere spießige Männer mit gelangweilt wirkenden Frauen an ihrer Seite und nur wenige Besucher sahen sich tatsächlich die Ausstellungsstücke an.

Lucas suchte den Raum nach Jack ab, doch da er ihn nicht finden konnte, führte er Lucy zu dem großen Wandteppich, der den größten Teil der Wand neben ihnen bedeckte. Er wollte nicht zu tief in die Menge geraten, damit er Jack nicht übersah, falls dieser hereinkam.

Große, elegante, doch ernst dreinblickende junge Männer im Frack durchschritten den Raum mit Tabletts voller Getränke und Lucas beeilte sich, zwei Gläser Champagner zu nehmen und eines davon Lucy zu reichen.

„Wir sollten uns unter die Leute mischen, Lucy, es sind viele wichtige Menschen hier", schlug Lucas vor, doch dann bemerkte er die Panik, die sich auf dem Gesicht seiner Freundin abzeichnete. „Keine Sorge, ich bin ja bei dir", beruhigte er sie mit einem Lächeln, auch wenn er es damit so gut wie unmöglich machte, an diesem Abend allein mit Jack zu reden.

Genau in diesem Augenblick leuchteten am Haupteingang Blitzlichter auf und aller Augen richteten sich auf das hereinkommende Paar.

Jack trug einen eleganten dunklen Anzug und Schlips und Maria schien in ihrem graublauen Zweiteiler geradezu zu strahlen. Sie wurden vom Kurator des Museums begrüßt und auch viele andere Gäste strömten zur Tür, um ihnen die Hand zu schütteln.

Lucas wusste, dass Lucy und er noch abwarten mussten, bevor sie zu ihnen gehen konnten. Veranstaltungen wie diese folgten strengen Verhaltensregeln, und ihr Status als private Freunde würde ihnen hier nicht weiterhelfen. Vermutlich würde Jack die Ausstellung eröffnen oder der Eröffnung zumindest beiwohnen, und es würden viele andere hochrangigere Funktionäre mit ihm sprechen wollen, bevor Lucas und Lucy ihn begrüßen konnten.

Obwohl Lucas das wusste, wollte er den Amerikaner trotzdem auf seine Anwesenheit aufmerksam machen und so führte er Lucy wie nebenbei in sein Blickfeld. Er hatte immer noch das Gefühl, die letzte Woche über von Jack ignoriert worden zu sein und darüber wollte er sich heute Klarheit schaffen, egal wie.

„Warum können wir uns nicht mit den anderen anstellen und ihnen Hallo sagen?", fragte Lucy.

„Weil da andere Leute sind, die er vor uns begrüßen muss, Lucy", sagte er und seufzte dann. „Entschuldige. Aber wir können nicht einfach …" Lucas beendete den Satz nicht, da ihm plötzlich Jack mit ausdrucksloser Miene direkt in die Augen sah. Nach einem kaum wahrnehmbaren Nicken wandte Jack seinen Blick einer älteren, traditionell indianisch gekleideten Dame zu, die sich ihm gerade vorstellte. Die surreale Stimmung des Augenblicks ließ Lucas daran zweifeln, ob er das begrüßende Nicken wirklich gesehen hatte oder ob es nur Wunschdenken gewesen war.

Als ein Kellner mit einem neuen Tablett vorbeikam, tauschte Lucas sein leeres Champagnerglas gegen ein volles. Jack wurde zu dem zur Ausstellung führenden Gang geleitet, wo er ein Band würde zerschneiden müssen, um sie offiziell zu eröffnen, und so folgte Lucas mit Lucy am Arm den anderen Gästen, die in den Gang strömten. Er stellte sich weit vorn in die Menge, die sich in einem Halbkreis versammelt hatte, um den kurzen Ansprachen und der offiziellen Begrüßung zu lauschen.

Lucas konnte nicht anders, als zu bewundern, mit welch natürlicher Leichtigkeit Jack seine Aufgabe meisterte und wie gewandt er die Aufmerksamkeit von sich selbst und seiner Anwesenheit auf die Problemsituation antiker Kulturen in der heutigen globalen Gesellschaft lenkte und darauf, wie wichtig es war, indigene Kunst und Kultur zu bewahren. Auch an Humor fehlte es in seiner kurzen und prägnanten Rede nicht, denn er fügte hinzu, dass Belgier besonders viel Verständnis dafür hätten, nachdem sie so oft von anderen Nationen erobert wurden, bevor sie zu einem eigenständigen Land wurden.

Lucas dachte gerade darüber nach, ob Jack seine Reden selbst schrieb, als sich ihre Blicke erneut begegneten. Auch diesmal war Jacks Gesicht ausdruckslos und er wandte sich schnell ab, was bei Lucas zu einem mulmigen Gefühl im Magen führte. Er konnte nicht einfach dastehen. Das würde ihn in den Wahnsinn treiben. Wenn Jack wirklich nie wieder etwas mit ihm zu tun haben wollte, musste er es ihm schon persönlich sagen.

Nachdem das Band zerschnitten war, durfte die Menge den Ausstellungsraum betreten und zerstreute sich schnell. Lucas und Lucy konnten sich endlich Jack und Maria nähern, die immer noch von allen möglichen Leuten begrüßt wurden.

„Lucy, Lucas!" Maria begrüßte das junge Paar freundlich mit Küssen auf die Wange. „Was für eine Überraschung! Lucas, ich wusste nicht, dass es zu deinen Pflichten als Verbindungsbeamter gehört, bei der Eröffnung einer Kunstausstellung anwesend zu sein."

„Tut es nicht", antwortete Lucas, während er vergeblich versuchte sich eine Entschuldigung einfallen zu lassen. „Ich … war nur interessiert." *Aber nicht an der Kunst.*

„Lucas, würde es dich sehr stören, wenn ich deine bezaubernde Verlobte für einen Moment entführen würde? Hier sind einige Leute, die sie bestimmt gern kennenlernen würde, und schließlich möchte ich aus ihr eine perfekte Diplomatenfrau für dich machen."

Es handelte sich offenbar um eine rhetorische Frage, denn während Lucas noch nach einer intelligenten Antwort suchte, hatte Maria Lucy bereits zu einem Grüppchen von Frauen mittleren Alters am anderen Ende des Raumes gezogen, sodass er sich selbst überlassen blieb, und das nur ein paar Schritte entfernt von Jack.

Lucas hatte bisher noch nicht einmal Hallo sagen können, da Jack immer noch mit einigen Amerikanern und Belgiern beschäftigt war. Lucas hörte, wie er Englisch und Französisch sprach, manchmal sogar Spanisch, und dabei scheinbar mühelos zwischen den Sprachen hin und her wechselte. Lucas wusste, dass er Beziehungen knüpfen sollte, mit Leuten reden und sich vorstellen, doch er musste jetzt wirklich mit Jack sprechen. Unglücklicherweise hätte sich der Amerikaner genauso gut am anderen Ende der Welt befinden können.

Letztendlich begab sich Lucas auf einen Rundgang durch den Raum, um die vielfältigen Ausstellungsstücke zu bewundern, in der Hoffnung, dass Jack seine anhaltende Anwesenheit bei dieser Veranstaltung als den Schrei nach Aufmerksamkeit verstehen würde, der er war.

Als die Kellner ihre Runden mit den Getränketabletts beendeten, machten sich die ersten Gäste auf den Heimweg und Lucas fand sich beinahe allein in einer Ecke des Raumes wieder. Er hatte Maria und Lucy mit einigen Leuten sprechen sehen, und jetzt saßen sie im Foyer zusammen, wo sie, ihren aufgeregten Gesichtern nach zu urteilen, Frauengespräche führten.

„Mir fällt immer wieder auf, wie mühelos indigene Kunst erscheint", hörte Lucas eine vertraute Stimme mit amerikanischem Akzent sagen. „Sie ist Teil alltäglicher Gegenstände, wie zum Beispiel dieses Teppichs, und stellt alltägliche Begebenheiten dar." Lucas schloss die Augen und ein Lächeln legte sich auf seine Lippen. Er wagte nicht, zur Seite zu schauen, aus Angst, dadurch den Bann zu brechen, und die Stimme fuhr fort. „Außerdem ist diese Kunst etwas Gemeinschaftliches und das Ego des Künstlers steht im Hintergrund. Vielleicht ist dir aufgefallen, dass bei vielen dieser Werke der Künstler überhaupt nicht vermerkt ist, da der Name oder die Namen nicht bekannt sind." Lucas hätte dieser Stimme stundenlang zuhören können und suchte nach der richtigen Frage, um ihn zum Weitersprechen zu bringen.

Schließlich riskierte er einen Blick zur Seite und stellte fest, dass dort niemand stand. Dann entdeckte er Jack, der auf den Flur hinausging. *Oh nein, er würde ihn nicht einfach gehen lassen!*

Mit einem Blick durch den Raum versuchte Lucas einzuschätzen, ob es verdächtig wirken würde, wenn er Jack folgte. Als er feststellte, dass fast niemand mehr da war, rannte er schon beinahe in die Richtung, in die Jack hinausgegangen war. Als er den Flur betrat, sah er Jack gerade noch in der Herrentoilette verschwinden. Hier standen noch einige Leute mehr und ein paar von ihnen schauten in seine Richtung. Er bemühte sich unauffällig zu wirken und nach einem tiefen beruhigenden Atemzug ging er auf die Seite des Raums mit den Toiletten zu.

Als er eintrat, wusch sich Jack gerade die Hände.

„Kannst du mir jetzt vielleicht sagen, warum du mir aus dem Weg gehst?"

Jack schaute hoch und bedachte den jungen Mann mit einem strengen Blick. Er trocknete sich mit einem Papiertuch die Hände ab, bevor er die Türen der einzelnen Kabinen öffnete, um sicherzugehen, dass niemand darin war. Glücklicherweise waren sie alle leer. Lucas sah ein, dass er unvorsichtig gewesen war, und ließ die Schultern hängen.

„Es tut mir leid."

„Nein, tut es dir nicht", antwortete Jack in humorvollem Tonfall.

Als Lucas den älteren Mann ansah, entdeckte er ein Lächeln auf Jacks Gesicht. „Warum kommt mir dieses Gespräch bekannt vor?"

„Na ja, wenn du dir abgewöhnst, dich für Dinge zu entschuldigen, die dir eindeutig gar nicht leidtun, müssen wir es nicht wieder führen."

Lucas machte einen Schritt auf den Amerikaner zu. *Komm schon, ihr seid beide erwachsen. Könnt ihr dann nicht auch wie Erwachsene darüber reden?* „Ich habe versucht dich zu erreichen, mit dir über die …" Lucas' Stimme war plötzlich zittrig. „… Situation zu reden."

„Ich hatte diese Woche viel zu tun, Lucas. Das erste Mal, dass ich mich nicht nur in meinem Büro aufgehalten habe, um ein anderes Jackett anzuziehen, war heute Nachmittag. Ich …"

„Du hattest meine Handynummer. Gertje hat sie dir doch gegeben?"

Jack nickte, doch da Lucas anstelle von ihm immer noch die Wand hinter ihm ansah, fügte er hinzu: „Ja, aber erst vor ein paar Stunden. Ich wollte dich …"

„Du wolltest mich Montag anrufen, oder?" Lucas seufzte, aber schaute Jack dann trotzig genau in die Augen. „Dann hast du wohl gedacht, es geht um etwas Geschäftliches?"

Jack schüttelte, ein wenig verblüfft von Lucas' aggressivem Tonfall, den Kopf.

„Schön, dann lass uns das hier als eine Verhandlung betrachten. Verhandlungen funktionieren am besten, wenn beide Seiten einander offen und ehrlich gegenüberstehen. Also warum nennst du die Dinge nicht einfach beim Namen und sagst mir, was in deiner Küche passiert ist."

„Nicht so laut, wir sind hier in der Öffentlichkeit", warnte Jack.

„Ist das ein Spielchen von Maria und dir?", fragte Lucas, jetzt wesentlich leiser. „Du verführst vor ihren Augen junge Männer und dann muss sie dich zurückgewinnen?"

„Ich habe dich nicht verführt!", widersprach Jack und versuchte ebenfalls, nicht zu laut zu werden.

Er zeigte auf Lucas. „*Du* hast deine Hand auf meine gelegt. *Du* hast den ersten Schritt gemacht." Der Amerikaner wich ein wenig zurück und lehnte sich gegen die Trennwand zwischen zwei Kabinen.

Lucas, dem es einigermaßen gelungen war, seine Fassung wiederzufinden, war jetzt wesentlich ruhiger. „Ich konnte nicht anders. Ich wollte dir zeigen, wie viel du mir bedeutest." Mit einem kleinen Kopfschütteln wandte er den Blick ab. „Ich wollte dir sagen, dass ich ständig an dich denken muss. Ich hatte nicht damit gerechnet, dass du meine Gefühle erwidern würdest. Schließlich bist du ja verheiratet … Aber dann hast du deine Hand nicht weggezogen und mich mit diesem Blick angesehen und …"

Lucas schaute zu Jack auf, der ihn nun ansah und ihm mit verletzlichem Gesichtsausdruck und weit aufgerissenen Augen eine Hand entgegenstreckte. Er machte einen zögerlichen Schritt vorwärts und hob seine Hand, um Jacks zu berühren.

Jack räusperte sich. „Als du den Nachtisch gemacht hast, konnte ich nicht anders, als dich zu berühren. Wir haben so nah zusammengestanden und du hast nach Pfefferminz und Wein gerochen und … ich war froh, dass vor uns die Arbeitsplatte war, denn sonst hätten die Frauen etwas gesehen, das sie nicht verstanden hätten. Mir ist erst später klar geworden, dass wir in ernsten Schwierigkeiten gewesen wären, wenn du auf meine Berührung reagiert hättest."

Lucas spürte, wie Jacks Hand ihn näher zu sich zog. Anstatt nachzugeben, wandte er sich einer Kabine zu, zog Jack mit sich hinein und schob ihn mit dem Rücken gegen die Trennwand. Mit seiner freien Hand schob er den Türriegel vor, was zumindest annähernd für Privatsphäre sorgte. Dann beugte er sich vor, um zu flüstern: „Ich war auch dankbar für die Arbeitsplatte, bei dem was deine Hand auf meinem Rücken mit mir gemacht hat …" Nach einem sanften Kuss auf Jacks Schläfe lehnte er seinen Kopf gegen den des anderen und presste sich auch mit dem Rest seines Körpers gegen ihn. Er spürte, wie sich Jacks Hand zögernd über seinen Rücken bewegte, ganz wie beim ersten Mal in der Küche, und Lucas stöhnte beinahe, als sie diese erste wirkliche Berührung zwischen ihnen nachzeichnete.

Lucas' rechte und Jacks linke Hand hatten sich nicht voneinander gelöst, seit sie sich einen Moment zuvor gefunden hatten, doch jetzt hob Jack seine Hand, um sie sanft hinter Lucas' Kopf zu legen. Ihre Lippen berührten sich beinahe. Er spürte die Wärme, die Jack ausstrahlte und wie ihm sein Atem über das Gesicht strich. Beide hielten kurz inne und schauten einander in die Augen, dann zog Jack Lucas' Kopf zu sich und küsste ihn. Der Kuss begann unschuldig, mit einer Berührung ihrer Lippen, doch nach und nach öffnete sich Jack ihm. Er konnte spüren, wie das Verlangen des älteren Mannes zunahm, und reagierte darauf, indem er begierig an der Unterlippe des Amerikaners saugte.

Doch im selben Moment zog Jack sich zurück, so weit er konnte, und stand keuchend zwischen Lucas und der Trennwand.

Lucas war verwirrt, irgendwo zwischen Enttäuschung und Verlegenheit, und versuchte, Jack ein wenig Platz zu verschaffen, doch Jack schlang die Arme um seinen schlanken Körper und zog ihn an seine Brust. „Oh Gott, Lucas, ich wollte dich nicht wegstoßen, ich bin nur … Bitte sag mir, dass ich hier gerade keinen riesigen Fehler mache, dass meine Gefühle echt sind und ich sie mir nicht nur einbilde."

Der Brite presste seinen Körper gegen Jacks. „Fühlt sich das echt genug an?" Er fühlte, wie ein Teil der Anspannung aus Jacks Umarmung wich, also legte

er den Kopf nach hinten und lächelte. „Schon seit dem Abend in der Botschaft ...
Ich hätte nur nie gedacht, dass du ...“

Jack unterbrach ihn mit einem sehnsüchtigen Kuss, diesmal hungrig und
hemmungslos. Lucas spürte die Zunge des Amerikaners in seinem Mund und gab
sich ihm völlig hin, löste sich erst nach einer scheinbaren Ewigkeit von ihm –
einerseits, um wieder zu Atem zu kommen, andererseits, weil sein Körper auf die
wachsende Erregung des anderen reagierte. „Wenn wir jetzt nicht aufhören, könnte
ich wahrscheinlich nicht aufhören, bevor ...“

Jack ließ den Briten mit einem leisen Lachen los. „Ja, ich weiß, was du
meinst ...“

So standen sie da, an gegenüberliegende Wände der Kabine gelehnt, und
hielten sich immer noch bei der Hand, fürchteten sich beinahe davor, loszulassen.
Doch schließlich lösten sie sich von ihrer jeweiligen Wand, um zusammen die
Kabine zu verlassen.

„Ich gehe vor“, bot Lucas an, „und gucke, ob die Luft rein ist.“

„Ja ...“, murmelte Jack dicht neben ihm. „Ich hoffe, dass niemand
reingekommen ist, ich weiß nämlich nicht, wie leise wir waren.“

Nachdem erst Lucas die enge Kabine verlassen hatte, dann Jack, überprüften
sie ihr Erscheinungsbild im Spiegel an der Wand gegenüber.

Lucas warf einen Blick auf Jack. „Warte mal ...“ Er stellte sich hinter den
Amerikaner und zog seine Anzugjacke nach unten, bevor er ihm über die Schultern
strich.

„Danke, Maria ...“ Jacks spöttische Bemerkung überraschte Lucas. „Sie
macht das auch immer, tut mir leid ...“

„Nein, tut es dir nicht ...“, antwortete Lucas mit einem schiefen Lächeln,
während er seine Krawatte zurechtrückte und seine eigene Jacke gerade zog.

Beide Männer lächelten, als sie wieder in die Außenwelt hinaustraten.


„Oh, und da dachte ich immer, nur wir Damen könnten nicht alleine für kleine
Mädchen gehen.“

Die beiden Männer drehten sich um, als sie Marias spöttische Bemerkung
hörten, und sahen die beiden Frauen, die an der Außenwand der Herrentoilette
lehnten.

„Lucy hat euch darin verschwinden sehen, also haben wir beschlossen, hier
zu warten, um euch die Neuigkeiten mitzuteilen.“

„Ja, und ihr zwei habt ewig gebraucht“, fügte Lucy mit einem Augenrollen
hinzu.

„Und was sind jetzt die Neuigkeiten?“, fragte Jack.

„Lucy und ich werden das nächste Wochenende in Amsterdam verbringen.
Es wird Zeit, dass sie Europa ein bisschen kennenlernt. Sie ist jetzt schon fast ein

Jahr hier und ich kann einfach nicht glauben, Lucas, dass du ihr überhaupt nichts gezeigt hast."

Lucas' Herz schlug schneller. Ein Wochenende allein mit Jack. Er warf dem Mann einen Blick zu, doch dieser hatte sein Pokerface aufgesetzt.

Maria schob ihre Arme unter die ihres Mannes. „Mach nicht so ein Gesicht, Schatz, ich werde die Kreditkarte schon nicht überziehen." Sie streckte ihren Arm zu Lucy aus, die daraufhin ebenfalls näherkam und Lucas' Hand nahm. „Und ich verspreche, auch Lucy von allen Versuchungen fernzuhalten. Außerdem habt ihr doch bestimmt ein paar Männersachen zu tun, die – was hast du an dem Abend noch gleich gesagt – ‚für uns Frauen ein bisschen langweilig werden könnten'", sagte sie ganz unschuldig, obwohl Jack wusste, dass diese Bemerkung ganz und gar nicht so gemeint war.

Lucas sah, wie sich ein Lächeln auf Jacks Lippen legte. „Ja, ich bin sicher, dass wir uns nicht langweilen werden."

# 8

ALS DER Präsident den Krieg für beendet erklärte, fing die Arbeit in der Botschaft in Belgien erst richtig an. Die belgische Regierung hatte sich immer lautstark gegen den Krieg ausgesprochen und jetzt, wo eine Friedensmission das verwüstete Land beim Wiederaufbau unterstützen sollte, ließ der Widerspruch keineswegs nach. Genau wie Deutschland und Frankreich, weigerten sie sich schlicht und einfach, sich mit ihren Truppen den internationalen Streitkräften anzuschließen und Jack kam es so vor, als mache er nichts anderes mehr, als sich ständig wegen dieses Problems mit dem Premierminister und dem Verteidigungsminister zu treffen. Es sah nicht gut für ihn aus, denn da sich das Hauptquartier der NATO in diesem Land befand, hatte er von seinem Präsidenten klare Anweisungen erhalten: Bring sie dazu, sich in diesem Konflikt auf Amerikas Seite zu stellen.

Die Tatsache, dass Jack mit seiner Regierung nicht einer Meinung war, machte die Sache nicht leichter. Doch das passierte nicht zum ersten Mal und er wusste nur zu gut, dass seine eigene Meinung völlig unerheblich war.

Trotzdem hatte das Ganze auch sein Gutes: Der britische Premierminister hatte sich eingemischt und Großbritanniens Unterstützung zugesagt. Normalerweise lag diese im Aufgabenbereich des britischen Botschafters, doch da man diesen für längere Zeit beurlaubt hatte, war der Gesandte dafür zuständig. Da die Aufgaben beider Ämter zugleich selbst für einen kompetenten Mann wie Sean Gallagher ein wenig zu viel waren, hoffte Jack, dass er hierbei um Lucas' Hilfe bitten konnte.

Im Auto auf dem Weg vom Obersten Hauptquartier der Alliierten Streitkräfte in Europa zurück zur Botschaft war Jack nicht in der Lage, sich auf die Unterlagen zu konzentrieren, die er durchgehen wollte. Die durch den Krieg verursachte Krisensituation in der Europäischen Union hatte ihn das ganze Wochenende über in Atem gehalten, doch aus irgendeinem Grund, begannen seine Gedanken nun zu den Ereignissen bei der Ausstellungseröffnung am Freitag zurückzuwandern. Lucas zu küssen und zu berühren hatte sich zweifellos gut angefühlt. Aber tat er das Richtige? Der junge Brite war darüber offensichtlich nicht so besorgt wie er selbst. Wahrscheinlich hatte Lucas mehr Erfahrung oder hatte weniger Schuldgefühle dabei, seine Partnerin zu betrügen.

Jack hätte sich dafür ohrfeigen können, dass er so viel darüber nachdachte – aber war es richtig, so einfach einen Mann zu begehren? Wenn er diese Gefühle erfolgreich unterdrückt hatte, seit er erwachsen war, warum war es dann plötzlich so schwer?

Maria liebte ihn auf ihre eigene direkte, nüchterne Art. Daran bestand keinerlei Zweifel. Sie war eine fantastische Ehefrau, die Art starke Frau, die er brauchte, jemand, der die Entscheidungen in der Beziehung traf, da Jack sie schon in jeder Minute seines Berufslebens treffen musste, bis er ihrer müde war. Es war ein gutes Gefühl, in ein warmes Zuhause zurückzukehren, zu einer Partnerin, die ihr eigenes Leben hatte und ihm niemals vorwarf, dass er zu spät nach Hause kam oder sich nicht genug Zeit für sie nahm, aber irgendwie trotzdem immer für ihn da war.

Nur die Leidenschaft fehlte. Sie brachte niemals sein Blut in Wallung, niemals sein Herz dazu, schneller zu schlagen. Wahrscheinlich hätte er sogar darauf verzichten können, mit ihr zu schlafen, und wenn sie ihn nicht hin und wieder verführt würde, wäre ihr Sexualleben praktisch nicht vorhanden.

Dann war Lucas in sein Leben spaziert und es war um ihn geschehen. In dem Moment, in dem er den schönen jungen Briten zum ersten Mal gesehen hatte, war etwas mit ihm passiert, das er nicht verstehen konnte. Er erinnerte sich noch genau an Lucas' festen Händedruck, seine leuchtenden Augen und die offenkundige Selbstsicherheit, die man so leicht mit Arroganz verwechseln könnte, wäre da nicht das entwaffnende Lächeln und die jungenhafte Unbekümmertheit gewesen.

Aus irgendeinem Grund konnte er die Hände nicht von ihm lassen und obwohl sie sich nur geküsst hatten (*und was für ein Kuss!*), sehnte er sich ernsthaft nach Lucas. Selbst vor diesem aufregenden ersten Kontakt hatte Jack sich ausgemalt, wie es sich anfühlen würde ihn in den Armen zu halten, seine nackte Haut mit seiner eigenen zu berühren, mit ihm zu schlafen …

Jack wies seinen Fahrer an, die Trennwand zwischen ihnen hochzufahren. Er wollte Lucas anrufen und dazu musste er allein sein.

Es klingelte ein paar Mal, bevor sich Lucas meldete.

„Hey du. Kannst du gerade sprechen?", fragte Jack mit gedämpfter Stimme.

Lucas' Stimme klang freundlich, aber ein wenig seltsam. „Herr Botschafter, wie schön, von Ihnen zu hören!"

„Lucas?", fragte Jack leicht überrascht. „Hör zu, ich kann später anrufen, wenn es …"

„Oh nein, Sir. Wir haben gerade davon gesprochen, wie eng unsere Botschaften in dieser Situation zusammenarbeiten müssen und …"

Jack lächelte. Es war ganz offensichtlich jemand mit Lucas im Raum, dem er demonstrieren wollte, was für gute Arbeit er als Verbindungsbeamter für die Amerikaner leistete. Vermutlich handelte es sich um Gallagher. Sein Lächeln wurde noch breiter, denn nach einem traumatischen Jahr, in dem sie beide für ihre jeweilige Botschaft in Beirut gearbeitet hatten, kannte er den Stellvertreter des britischen Botschafters ziemlich gut. Jetzt war Jack neugierig, wie gut Lucas improvisieren konnte.

„Na ja, ich habe gerade über unsere Pläne für das Wochenende nachgedacht …", tastete sich Jack mit leiser Stimme vor.

„Ja, natürlich Sir. Daran habe ich auch gedacht." Er sah beinahe vor sich, wie Lucas seinem Chef zunickte und auf seinem Stuhl herumrutschte.

„Hast du daran gedacht, was du mit mir machen willst, wenn unsere Frauen zwei Nächte lang weg sind?"

Stille. *Sprich mit mir, Lucas. Ich möchte deine Stimme hören.* Jacks eigene Stimme war sanft und verführerisch. „Komm schon, Luke, zeig mir, was in dir steckt. Kannst du etwa nicht sagen, was du mir wirklich sagen willst?"

„Ich würde, wenn ich könnte … Sir", antwortete Lucas mit fester Stimme, „aber es verstößt gegen britische Prinzipien."

„Verstößt es gegen britische Prinzipien, über Sex zu reden oder verstößt es gegen britische Prinzipien, deinem Chef, der offensichtlich mit dir im Büro sitzt, zu sagen, dass du mit deiner Aufgabe als Verbindungsbeamter für die Amerikaner etwas zu weit gegangen bist?"

Nach einer weiteren kurzen Stille: „Ich fürchte, Sir, dass ich mich erst mit meinem Vorgesetzten besprechen muss, bevor ich Ihnen eine verbindliche Antwort darauf geben kann."

Jack konnte beinahe hören, wie Lucas lächelte, und war froh, dass dieser seine letzte Bemerkung nicht zu ernst genommen hatte.

„Ich finde nicht, dass wir letzten Freitag zu weit gegangen sind, Lucas. Ich hoffe …"

„Nein, Sir, ich bin auch der Meinung, dass wir es nicht übertrieben haben. Ich denke, die andere Seite hat eine angebrachte Reaktion auf meine Annäherung gezeigt."

„Und wie soll deiner Meinung nach dann das Wochenende ablaufen?", erkundigte sich Jack, amüsiert über Lucas' Professionalität.

„Ich denke, wir sollten das Risiko erhöhen, Sir. Natürlich erst, nachdem wir die Lage sondiert haben und einschätzen können, wie die andere Seite reagieren wird. Ganz vorsichtig, bis sie angebissen hat, und dann ziehe ich sie an Land. Wie klingt das … Sir?"

Meine Güte, Lucas hatte wirklich ein Talent für so etwas. Jack hätte nie gedacht, dass ein junger Mann ihn erregen könnte, indem er ihn „Sir" nannte und über Verhandlungen sprach, selbst wenn es nicht wirklich das war, worauf der Brite sich bezog.

„Warum kommst du nicht heute Nachmittag bei mir im Büro vorbei? Mit etwas Glück bin ich für den Rest des Tages da", schlug Jack zögerlich vor.

„Ja, Sir, ich stimme zu, dass wir so bald wie möglich unsere Strategie besprechen sollten. Ich werde Sie heute Nachmittag aufsuchen."

LUCAS KLAPPTE sein Handy zu und sah den ernsthaften hellhaarigen Mann an, der ihm an seinem Schreibtisch gegenübersaß.

48

„Christensen?", fragte Gallagher, während er Lucas über die randlosen Gläser seiner Brille hinweg betrachtete.

„Ja, Sir", antwortete Lucas, ohne sein Lächeln unterdrücken zu können.

„Ein kompetenter Kerl", gab der Generalkonsul zu, „aber vergessen Sie ihre Position nicht, Carlton. Wir Briten sind da, um die Amerikaner zu unterstützen und, wenn nötig, zu beraten, ohne sie zu dominieren. Sie sind in jeder Hinsicht sein Untergebener und sollten sich dementsprechend verhalten. Er hat wesentlich mehr Erfahrung in diesen Dingen und Sie können noch eine Menge von ihm lernen."

*Das beruht wohl auf Gegenseitigkeit*, dachte Lucas.

Auf dem Gesicht des erfahrenen Diplomaten breitete sich ein Lächeln aus. „Wir kennen uns schon ewig, Christensen und ich. Das Hotel, in dem wir in Beirut Verhandlungen geführt haben, wurde bombardiert. Es war wirklich haarscharf." Sean Gallagher schien gute Erinnerungen mit dieser Zeit zu verknüpfen. „Und jetzt zurück zum Wesentlichen, Carlton. Selbst wenn die Verhandlungen mit Belgien in Bezug auf den Krieg scheitern sollten, vergessen Sie nicht, dass uns, auch wenn es sich um ein kleines Land handelt, wichtige Handelsbeziehungen verbinden, die wir nicht verlieren dürfen. Also sorgen Sie dafür, dass Sie den Verhandlungstisch im Guten verlassen, in Ordnung?"

Lucas nickte, während er mit den Gedanken einen zehnminütigen Fußweg weit entfernt war.


UNGEFÄHR EINE Stunde später ging Lucas an den amerikanischen Sicherheitsleuten vorbei und hinauf zum Büro des Botschafters.

„Er hat Sie schon erwartet", informierte ihn Gertje mit einem Zwinkern, als sie hinter ihrem Schreibtisch hervorkam, um ihm die Tür zu öffnen. „Sagen Sie ihm, ich werde keine Anrufe durchstellen."

Lucas küsste ihre Hand, was sie furchtbar erröten ließ, und betrat das Büro.

Jack saß an seinem Schreibtisch, der buchstäblich mit Papieren bedeckt war. Auf seiner Stirn, die er beharrlich runzelte, zeichneten sich tiefe Falten ab. „Dieses Land ist dämlich. Es ist einer der größten Handfeuerwaffenlieferanten der Welt, aber spricht sich gegen Kriege aus."

Lucas schob einen Papierstapel zu Seite und lehnte sich auf Jacks Tisch. „Ja, das macht es interessant, nicht wahr?"

Jack musste lächeln. Es beeindruckte ihn immer wieder, wie ruhig und gelassen der junge Mann sein konnte, solange er sich nicht beobachtet fühlte. Dann konnte er sich allerdings in diesen nervösen, stotternden Teenager verwandeln, der nicht wusste, wohin mit seinen Händen. Doch im Augenblick war er das nicht. Jetzt, wo sie sich allein in der Abgeschiedenheit des Büros befanden, war Lucas die Ruhe selbst, was sich auch auf Jack übertrug. Er legte sanft eine Hand auf den Oberschenkel des jungen Mannes.

„Ich habe dich am Wochenende vermisst. Ich bin froh, dass du kommen konntest."

Lucas schaute aus dem Fenster in Jacks Rücken und lächelte. „Tja, ich hatte die perfekte Ausrede. Sean fand, wir sollten über unsere Strategie reden, und wie könnte ich meinem Boss widersprechen?"

Jack bewunderte das Spiel der Sommersonne auf der olivfarbenen Haut und den kastanienbraunen Locken seines Liebhabers. Passierte es wirklich? War der junge Mann dabei, zu seinem Liebhaber zu werden? Oder war der Kuss nur etwas Einmaliges gewesen, ein Test, der nicht wiederholt werden würde. Da er hoffte, dass es nicht so war, erhob er sich von seinem bequemen Stuhl und stellte sich zwischen Lucas und das Licht. „Ich bin trotzdem froh, dass du gekommen bist. Ich habe mir unseren Kuss immer wieder vorgestellt."

Lucas lächelte nur, löste seine übereinandergeschlagenen Beine und stellte sie etwas weiter auseinander, um Jack dazu einzuladen sich zu nähern. Gerade als Lucas seinen Arm um Jack legte und seinen Rücken berührte, um ihn an sich zu ziehen, brachte ein zweimaliges kurzes Klopfen an der Tür Jack dazu, zurückzuweichen und sich von Lucas zu entfernen.

Gertje betrat das Büro und ihr Blick war auf einen Ordner in ihren Händen gerichtet. „Ich bin da auf noch ein paar Informationen gestoßen, die Ihr Vorgänger zurückgelassen hat, Mr. Christensen. Notizen und Protokolle aus Konferenzen mit dem französischen Botschafter und unserem Botschafter für Frankreich zum Waffenhandel mit dem Nahen Osten."

Jack ging zu ihr und nahm den Ordner an sich. „Danke, Mrs. Claessens." Und dann, in der Hoffnung, dass sie den Hinweis verstehen würde: „Sie stellen keine Anrufe durch, richtig?"

„Natürlich, Sir", antwortete sie mit einem rätselhaften Lächeln und verließ das Büro.

Jack ging zurück zu Lucas, der immer noch geduldig auf der Schreibtischkante saß. „Wo waren wir stehen geblieben?"

Lucas griff erneut nach ihm und zog ihn an sich, diesmal etwas energischer. Jetzt lag keinerlei Zögern mehr in der Berührung ihrer Lippen. Jack spürte sein Herz schneller schlagen, erregt durch die Entschlossenheit des Mannes. Lucas' Hände zogen ihn dicht gegen dessen Körper und er spürte, wie die Erektion des anderen Mannes gegen seine eigene wachsende Härte rieb. Er wusste, dass sie aufhören mussten, dass sie so etwas nicht in seinem Büro tun konnten, wo es nur eine Frage der Zeit war, bis man sie erwischte, doch es fühlte sich so gut an, dass er nicht loslassen wollte. Es war Lucas, der sich ihm schließlich entzog. Seine Augen waren dunkel und sein Haar zerzaust – ganz zu Jacks Überraschung, da wohl nur er dafür verantwortlich sein konnte. Er löste seine Finger aus den weichen Locken, die sich so bereitwillig darum gewickelt hatten, und holte tief Luft, ohne dabei seinen Blick von den braunen Augen des jungen Mannes abzuwenden, gegen dessen Stirn seine eigene immer noch gepresst war. Sie beide lachten leise.

Genau in diesem Moment klopfte es erneut an der Tür. Jack wandte sich ab, ließ sich in seinen Stuhl fallen, drehte sich und schob seine Beine unter den Tisch, gerade als Gertje mit einem Tablett hereinkam. Lucas versuchte, unbekümmert zu wirken, während er ein Blatt Papier in die Hand nahm, das neben ihm lag.

„Ich dachte, da zwei Männer ja nicht selbst auf sich achtgeben können, sollte ich das übernehmen, also habe ich Kaffee, Tee und Kuchen mitgebracht. Macht das Arbeiten doch angenehmer, oder?"

„Danke", antworteten beide gleichzeitig. Es fiel ihnen schwer, nicht in Gelächter auszubrechen, bevor sie das Tablett auf dem kleinen Beistelltisch platziert hatte und hinausgegangen war. Sobald sie verschwunden war, ließen sie ihm freien Lauf.

„Wir spielen mit dem Feuer, Mann", bemerkte Lucas dann mit einer Hand vor dem Mund. „Du bist ganz rot und deine Lippen ..." Er beugte sich für einen trägen Kuss auf Jacks Lippen vor. „... sehen frisch geküsst aus."

„Naja, du könntest dich auch nicht gerade umdrehen, ohne auszusehen ..." Er warf einen Blick zwischen Lucas' Beine „... als würdest du strammstehen."

Lucas legte eine Hand auf Jacks und sein Gesicht wurde ernster. „Warum besorge ich uns dann nicht ein Hotelzimmer für Freitag? Glaubst du, du kannst den Secret Service loswerden?"

Jack hörte ebenfalls auf zu lachen. „Ja, ganz sicher. Schließlich bin ich nicht der Präsident. Bei mir müssen sie nicht erst in der Herrentoilette nachsehen, bevor ich sie benutzen darf."

„Noch vier Tage", seufzte Lucas.

„Ja. Ähm, Lucas ..." Wie sollte er es dem jungen Mann nur sagen?

„Was? Willst du einen Rückzieher machen?", fragte Lucas leicht besorgt.

„Nein!", antwortete Jack hastig. „Nein, das ist es nicht. Ich ... vergiss es. Es wird sich für alles eine Lösung finden."

Lucas stand auf und beugte sich noch einmal hinunter, um Jack zu küssen. „Ja, Liebster. Ganz bestimmt."

Jack wollte den schönen Briten nur ungern gehen lassen. „Du musst los, oder?"

„Ja", antwortete Lucas, „weil wir hier sowieso nicht zum Arbeiten kommen."

Jack sah zu, wie er zu dem kleinen Tisch ging, die Tassen nahm und Jack seinen Kaffee brachte. Dann stürzte er den jetzt lauwarmen Tee in einem Schluck hinunter, stellte die Tasse ab und zwinkerte, als er sich umdrehte und die Hand auf den Türgriff legte. Er warf Jack einen spielerischen Handkuss zu und ging hinaus.

Noch vier Tage.

# 9

„UND, HAST du alles gepackt?", erkundigte sich Jack beim Morgenkaffee in der Küche.

Maria las gerade die New York Times. „Ja, so ziemlich."

„Wann fährt dein Zug?", fragte Jack so beiläufig wie möglich und trank einen Schluck Kaffee, in der Hoffnung, dass er nicht zu ungeduldig wirkte.

„Gegen halb zwölf. Der Fahrer holt mich ab, nachdem er dich abgesetzt und Lucy abgeholt hat", antwortete Maria, während sie die Seiten umblätterte.

„Und wann kommst du zurück? Sonntag, oder?" Jack war erneut darum bemüht, beiläufig zu klingen und mehr, als würde er sie vermissen und nicht, als wollte er sichergehen, dass er zu Hause war ... und allein ... und geduscht ... wenn sie zurückkam.

„Irgendwann nachmittags. Ich glaube, der Zug kommt ungefähr um halb vier am Midi an. Der Fahrer holt mich wieder ab."

Jack merkte sich die Ankunftszeit und versuchte, sie über den Rand seiner Kaffeetasse hinweg anzusehen, ohne dass sie es bemerkte. Heute Abend würde er sich in irgendeinem Hotelzimmer in Antwerpen mit Lucas treffen und er spürte einen Anflug von Schuldgefühlen. Was tat er da? Maria war die beste Frau, die ein Diplomat haben konnte. Anspruchslos, aber unabhängig, klug, schön, treu. Treu ... im Gegensatz zu ihm. Er wollte gar nicht darüber nachdenken, was passieren würde, wenn sie es herausfand. Wenn sie herausfand, dass er am Wochenende nicht mit Lucas arbeitete, sondern es mit ihm trieb. Wie konnte er ihr je erklären, dass Lucas ihn Dinge empfinden ließ, die sie nie in ihm auszulösen vermocht hatte, obwohl er noch nicht einmal mit ihm geschlafen hatte?

„Hey, du Schlafmütze. Wach werden. Jack?"

Als er aufschaute, stand Maria vor ihm. Er war offenbar tief in Gedanken versunken gewesen. „Entschuldige."

Maria ging in den Flur hinaus und Jack hörte sie murmeln: „Also ehrlich, dieser Mann ist manchmal so was von weggetreten ..."

Als Jack bemerkte, dass es schon beinahe Zeit für sie war, zu gehen, sprang er auf und lief ihr nach. „Maire!"

Er holte sie im Flur ein, umarmte sie von hinten und küsste ihren Nacken. „Viel Spaß in Amsterdam."

Sie drehte sich um und gab ihm einen kurzen Kuss auf die Lippen. „Überarbeitet euch am Wochenende nicht. Ich weiß, dass ihr beide Workaholics seid, aber gönnt euch auch mal ein paar Stunden im Bett, in Ordnung?"

Als er die aufrichtige Sorge in ihrem Blick sah, durchfuhr es ihn erneut. Nach diesem Wochenende würde er wissen, ob Lucas es wert war, sie zu betrügen. Erst, als sie bereits den Flur entlang und hoch ins Schlafzimmer gegangen war, registrierte er ihre Worte richtig. *Gönnt euch auch mal ein paar Stunden im Bett ...*

JACK HATTE den ganzen Tag lang Schwierigkeiten, sich zu konzentrieren. Er hatte mit dem Briten abgesprochen, dass dieser die Hotelzimmer buchen würde. Eine schicke Suite auf Jacks Namen, in der sie ein „Büro" einrichten konnten und ein kleineres Zimmer als Tarnung für Lucas. Jack hatte den ganzen Tag lang der Versuchung widerstehen müssen, Lucas anzurufen, nur um seine Stimme zu hören, herauszufinden, ob er aufgeregt war und ob die Verabredung noch stand. Dann erhielt er eine SMS: „Hilton Antwerp Altstadt. Exec Suite auf deinen Namen. Sei vor 6 da."

Es würde wirklich passieren.

DAS KLOPFEN an der Tür war so leise, dass Lucas wartete, da er nicht sicher war, ob er es wirklich gehört hatte.

Da war es wieder. Ein einzelnes, schüchternes, beinahe zögerliches Klopfen.

Lucas wartete direkt hinter der Tür, sodass sich Jacks Hand, als er die Tür plötzlich aufriss, immer noch in der Luft befand. Er wirkte verletzlicher, kleiner, als Lucas ihn in Erinnerung hatte. Kaum etwas wies darauf hin, dass es sich hier um einen einflussreichen, entschlossenen Mann handelte. Selbst der Anzug, der sonst immer maßgeschneidert aussah, schien ihm weniger gut zu passen. Wenige Minuten zuvor hatte der Portier sein Gepäck heraufgebracht und Lucas, der sich als der perfekte Assistent ausgab, hatte ihm gezeigt, wo er es abstellen sollte und ihn mit einem großzügigen Trinkgeld belohnt.

Einen Moment standen sie da und wussten beide nicht, was sie als Nächstes tun sollten, bis Lucas schließlich einen Schritt zur Seite machte, um Jack ins Zimmer zu lassen. Er ließ ihre Hände einander streifen, als Jack vorbeiging, doch der Ältere ging bis zum Fenster weiter, ohne darauf zu reagieren.

„Ich bin froh, dass du es gefunden hast. Ich hatte Angst, du würdest vielleicht nicht ..."

„Deine Wegbeschreibung war sehr gut", unterbrach ihn Jack tonlos.

„... kommen", beendete Lucas seinen Satz und senkte den Kopf, während seine Hand immer noch auf dem Türgriff lag.

„Vielleicht solltest du die Tür zumachen."

„Ja, stimmt", antwortete Lucas, als würde ihm plötzlich klar, in was für einer irrwitzigen Situation sie sich befanden. Sie hatten sich in einem Hotel verabredet, um ihre Partnerinnen zu betrügen. Er sollte zumindest dafür sorgen, dass sie nicht gesehen wurden. Nachdem er leise die Tür geschlossen hatte, ging er zu Jack am Fenster hinüber und stellte sich schweigend neben ihn.

Der Amerikaner wirkte traurig und vielleicht auch ein bisschen ängstlich. Lucas wusste, dass sein ruhiges Äußeres nur Vorwand war, um seine Nervosität zu verbergen. Plötzlich, als hätte er eine Entscheidung getroffen, drehte sich Jack zu ihm um.

Jacks Augen waren feucht, als er eine Hand um Lucas' Hinterkopf legte und ihn leidenschaftlich küsste. Lucas gab sich dem Kuss dankbar hin und berührte Jacks Lippen mit seiner Zunge, bat vorsichtig um Einlass. Er spürte, wie der Amerikaner sich ihm öffnete, ihn dann wegschob und gleich darauf wieder in eine feste Umarmung zog. Beide rangen nach Atem und Lucas wusste nicht, was er sagen sollte. Alles, was er fühlen konnte, war Jacks rasendes Herz, das gegen seine Brust hämmerte.

„Ich wollte dich nicht wegstoßen, entschuldige." Jack presste seine Stirn gegen Lucas'. „Warum mache ich das nur immer? Ich bin einfach …" Er seufzte tief und suchte nach den richtigen Worten. „… Ich will es ja, Lucas …"

Der junge Mann spürte, wie sich sein Liebhaber von ihm löste. „Aber du glaubst, du kannst es nicht und ich sollte dich lieber in Ruhe lassen", beendete Lucas den Satz für ihn.

„Ja … NEIN!" Jack ließ sich auf die Bettkante fallen und schloss kurz die Augen, während er geräuschvoll ausatmete. Er griff vorsichtig nach Lucas' Hand. „Bitte setz dich kurz hin. Ich versuche es dir zu erklären."

Lucas schluckte, aber blieb stehen. „Ist schon okay, Jack, ich verstehe das. Du musst an deine Karriere und deine Frau denken. Ich hätte nie glauben dürfen, dass das hier … das mit uns … möglich wäre."

Doch der Amerikaner zog an seinem Arm, sodass Lucas sich schließlich neben ihn setzte, vornübergebeugt und mit gesenktem Blick.

„Das ist es nicht, Lucas, bitte … ich weiß nur nicht, wie ich mich in dieser Situation verhalten soll." Jack legte eine Hand auf Lucas' Knie. „Ich war nämlich noch nie in dieser Situation."

Lucas richtete sich auf und drehte sich mit vor Erstaunen offenem Mund langsam zu Jack um, als er das Problem begriff. „Willst du damit sagen …"

Jack nickte mit einem verlegenen Lächeln.

„Du warst noch nie mit einem Mann zusammen?"

„Tja, danke, dass du das endlich änderst", schnaubte Jack und wandte den Blick ab, aber ließ die Hand auf dem Knie des jungen Mannes liegen.

„Warum hast du es mir nicht gesagt?", fragte Lucas und legte seine Hand auf Jacks.

„Weil es nicht gerade etwas ist, was man nebenbei im Gespräch erwähnen kann, Lucas."

„Dann bin ich der erste Mann, von dem du dich angezogen fühlst?" Lucas wollte es verstehen. Er legte eine Hand unter Jacks Kinn und hob es an, damit der Amerikaner ihn ansah.

„Gott, nein." Jack seufzte und schüttelte den Kopf. „Ich habe schon immer gewusst, dass ich Männer mochte. Schon seit ich mich in der Highschool in meinen besten Freund verliebt habe. Doch selbst damals wusste ich schon, dass ich dem nicht nachgeben durfte."

„Also hast du es schon immer gewusst, aber es immer unterdrückt?"

„Warum ist das so schwer zu glauben? Ich bin in einer Welt aufgewachsen, in der alles davon abhängt, wie man auf andere wirkt, und das Letzte, was sie in dieser Welt haben wollen, ist ein schwuler Diplomat!" Das Thema wühlte Jack ganz offensichtlich auf und Lucas drückte tröstend seine Hand.

„Ich bin auch in dieser Welt aufgewachsen, Jack."

Das schien Jack zu beruhigen. „Ich weiß. Aber du warst einfach ein bisschen abenteuerlustiger als ich." Lucas streichelte mit dem Daumen über die Seite von Jacks Hand. „Wir können es langsam angehen lassen. Kein Grund zur Eile." Er hob die Hand des älteren Mannes hoch, drehte sie um und küsste die Handfläche. „Hast du Hunger?"

Jack zuckte mit den Schultern und lächelte. „Ich glaube, ich bin zu nervös zum Essen", gestand er.

„Tja, dagegen werden wir etwas unternehmen müssen", antwortete Lucas, erhob sich vom Bett und nahm Jacks Hand. Er entfernte sich, zog Jack dabei auf die Füße und führte ihn zu der großen Glastür hinüber. Nachdem er sie geöffnet hatte, trat er auf die Dachterrasse hinaus.

„Was machst du da?", fragte Jack, dem es offensichtlich widerstrebte, Lucas nach draußen zu folgen.

Lucas drehte sich um und winkte ihn zu sich. „Komm her, damit ich es dir zeigen kann." Er entfernte sich weiter rückwärts und Jack konnte nicht anders, als dem verführerischen Mann zu folgen. „Das ist die Executive-Terrasse, die nur von den fünf Business-Suiten aus betreten werden kann, von denen wir eine belegen. Und da gerade Wochenende ist, sind die anderen vier frei und erst ab Montag wieder belegt."

Jack lachte und schüttelte den Kopf. Typisch Lucas. Er sah direkt vor sich, wie dieser die Empfangsdame bezirzte, um ihr diese Informationen zu entlocken. „Was für einen Unsinn hast du dem Hotelpersonal erzählt, um uns so viel Privatsphäre zu verschaffen?"

Lucas schaute unschuldig drein. „Nicht viel. Ich habe der Dame an der Rezeption nur erzählt, dass mein Boss gerne nackt an die frische Luft geht."

Jack legte den Kopf in den Nacken und lachte. „Du bist verrückt! Und vielleicht lockt das überhaupt erst Zuschauer an."

Lucas lachte ebenfalls. „Es schien ihr wirklich zu gefallen, dass du so mit der Natur im Einklang bist. Aber ernsthaft: Sie hören ‚Boss' und ‚Geschäftsmann' und denken sofort an ‚korpulent‘ und ‚älter‘ und ‚schlaff‘, also werden sie wohl eher verzichten.“

Sie standen am Rand der Terrasse und es kam Jack ganz natürlich vor, einen Schritt auf Lucas zuzugehen, die Arme um ihn zu legen und das Kinn auf seine Schulter zu stützen. „Es ist schön hier draußen. So friedlich, dass man gar nicht bemerkt, wie nah wir an der Stadtmitte sind.“

„Na ja, wir sind ungefähr im fünften Stockwerk und auf dem Vorplatz fahren keine Autos. Das macht einiges aus“, antwortete Lucas und drehte ein wenig den Kopf, um Jack ansehen zu können.

Jack zeigte auf den höchsten Punkt in ihrem Blickfeld. „Ist das eine Kirche?“

„Die Liebfrauenkathedrale“, korrigierte Lucas. „Eigentlich sollte sie zwei Türme haben, aber der Bau des zweiten wurde abgebrochen, weil ihnen das Geld ausgegangen ist.“

„Du bist ein ziemlich guter Reiseleiter.“ Jack legte seine Wange gegen Lucas‘ Haar.

Lucas übernahm Jacks gedämpften Tonfall. „Ich bin nicht zum ersten Mal in Antwerpen und ich informiere mich gerne vorher über die Städte, in die ich reise. Es steht alles in den Reiseführern.“ Er spürte, wie Jack ihn fester an sich zog und eine Zeit lang standen sie einfach da und wiegten sachte vor und zurück. „Es ist schön hier, aber lass uns wieder reingehen, ja?“

Lucas führte Jack zurück in ihr Zimmer, ohne seine Hand loszulassen. Drinnen drehte er sich um, damit er die Vorhänge zuziehen konnte, und spürte, wie Jacks Arme sich wieder um ihn legten. Da er so langsam ein paar Kleidungsstücke loswerden wollte, begann Lucas, seine Krawatte zu lockern. Sie waren beide an formelle Kleidung gewöhnt, doch mittlerweile fühlte Lucas sich in Hemd, Anzugjacke und Krawatte ein wenig eingeengt. Jacks Atem strich über seinen Nacken, was ein sinnliches Gefühl war, doch Lucas fand, dass sie sich noch ein bisschen wohler fühlen mussten. Jack bemerkte Lucas‘ Unruhe und lockerte seine Umarmung, damit der andere Mann sich umdrehen konnte. Lucas nahm Jacks Gesicht zwischen die Hände und schaute in seine graublauen Augen. Darin war zweifellos ein wenig Verwirrung erkennbar, genauso wie ein Hauch von Angst. „Sag mir, dass du dir sicher bist. Sag mir, dass du es genauso sehr willst wie ich.“ Lucas vermutete, dass es für Jack genauso wichtig war, es zu sagen, wie für ihn, es zu hören, und er musste sichergehen, dass er Jack zu nichts überredete, was dieser nicht wirklich wollte.

Jack nickte.

„Ich möchte es von dir hören, Jack. Ich möchte dich sagen hören, was du willst.“

„Ich will dich. Alles an dir“, flüsterte Jack.

Lucas legte seine Lippen langsam auf Jacks und ließ seine Hände von seinen Wangen zu seinem Kiefer und von da aus hinunter zu seinem Hals und seinem Hemdkragen wandern. Dort löste er vorsichtig den Krawattenknoten des

Amerikaners. Er bewegte sich langsam und bedächtig, als rechnete er damit, dass Jack erneut die Nerven verlieren und ihn von sich stoßen würde. Stattdessen tat Jack es ihm nach und zog vorsichtig die Enden von Lucas' schwarzer Seidenkrawatte auseinander, bis sie sich löste. Lucas fühlte Jack in den Kuss hineinlächeln, den sie noch immer nicht unterbrochen hatten, als ihre vier Hände in dem kleinen Zwischenraum um Platz zum Manövrieren kämpften.

„Vielleicht sollten wir es nacheinander machen", sagte Jack gegen Lucas' Lippen.

„Oder wir hören einfach auf uns zu küssen", bot Lucas an.

„Gott, nein!", widersprach Jack ein bisschen lauter, presste seinen Körper wieder dichter an Lucas und bedeckte seinen Mund mit vielen kleinen Küssen.

Lucas lächelte über den Ansturm seines Liebhabers und bemühte sich gleichzeitig, seine Jacke auszuziehen. Er versuchte, sie auf einen der Stühle zu werfen, aber verfehlte diesen.

Jack lachte, als er aus dem Augenwinkel die Jacke durch den Raum fliegen sah. Es kümmerte ihn nicht, wo ihre Kleider landeten, und irgendwie gefiel ihm die Idee, dass sie zusammen auf einem Haufen liegen würden. Als Lucas die Jacke von seinen Schultern schob, nahm er nacheinander die Hände vom Gesicht des jungen Mannes, um aus dem Kleidungsstück herauszuschlüpfen.

Als Lucas begann, sein Hemd aufzuknöpfen, wollte der Amerikaner dabei ebenfalls helfen.

„Darf ich es bitte allein machen?", fragte Lucas, sein Gesicht dicht bei Jacks. „Ich will dich langsam ausziehen. Ist das in Ordnung?"

Jack nickte und knöpfte stattdessen die Hemdsärmel auf, während Lucas sich um die anderen Knöpfe kümmerte. Wie aus weiter Ferne spürte er ein wenig Ungeduld in sich aufsteigen, doch in Anbetracht der beinahe kindlichen Unschuld, mit der der junge Mann seinen Körper erkundete, wollte er den Zauber nicht brechen. Schließlich hatte Lucas ihn freundlich darum gebeten und aus irgendeinem Grund fühlte Jack sich deshalb wohl dabei, dass Lucas die Führung übernahm.

Der Brite legte unter Jacks Hemd einen Arm um dessen Brust und ließ seinen Mund zu seinem Hals und seinem Schlüsselbein hinabwandern.

„Gott, du schmeckst himmlisch", murmelte Lucas vor sich hin, während seine Zunge weiter zu Jacks Brustwarze wanderte.

„Lass mich auch deine Haut spüren", antwortete Jack und versuchte dabei ruhig zu klingen. Er legte seine Arme um Lucas' schlanken Körper und zog sanft sein Hemd aus dem Hosenbund, was ihm Zugang zu Lucas' Rücken verschaffte. Jedes Mal, wenn Lucas sich ein wenig bewegte, konnte er das Spiel der festen Muskeln unter seinen Händen spüren. Er war schon seit dem Beginn ihres Kusses ein wenig hart gewesen, doch Lucas' heißer Mund auf seinen Brustwarzen und die weiche Haut unter seinen Händen ließ das Blut in seine Lenden schießen.

Als könnte er Jacks Gedanken lesen, richtete sich Lucas auf und fragte mit heiserer Stimme: „Ich quäle dich, nicht wahr?"

„Nein", antwortete Jack und musste sich ebenfalls räuspern. Lucas machte einen Schritt zurück und öffnete den obersten Knopf seines Hemdes, um es sich über den Kopf zu ziehen, zerrte ein wenig an den Ärmeln, als er nicht gleich die Hände freibekam, nur um sich, sobald er das Kleidungsstück losgeworden war, gleich wieder auf Jacks Mund zu stürzen.

Sie kämpften mit dem Gürtel des jeweils anderen, bis ihnen die Komik der Situation bewusst wurde. Grinsend ließen sie kurz voneinander ab, um ihre Schuhe abzustreifen und sich ihrer Hosen zu entledigen. Jack kam nicht umhin zu bemerken, dass Lucas unter seinen Boxershorts genauso steif war wie er selbst.

Als Jack sich gerade die Socken von den Füßen schob, stürzte sich Lucas auf ihn und warf sie beide mit überraschender Kraft auf das Bett. Jack fand sich unter dem Körper des jungen Mannes wieder, ihre Hände über ihren Köpfen miteinander verflochten, während Lucas' Zunge seinen Mund plünderte. Jack wusste nicht, ob er sich völlig hingeben oder ein wenig gegen den jungen Mann ankämpfen sollte. Als er versuchte, seine Arme zu bewegen, positionierte sich Lucas so, dass er ihn besser festhalten konnte, was ihre immer noch stoffbedeckten Schwänze auf sehr willkommene Art und Weise aneinander reiben ließ. Er umfasste Jacks Hände unnötig fest und wenn er zwischen ihren Küssen Luft holte, atmete er schwer. Jack konnte Lucas' Herz gegen seine Brust schlagen fühlen. Als er noch einmal versuchte sich zu bewegen, hielt Lucas inne und richtete sich ein wenig auf. „Alles in Ordnung? Soll ich aufhören?"

Jack lächelte zu dem herrlichen Anblick über ihm hinauf. Lucas war über ihn gebeugt, seine dunklen Locken umrahmten das schöne Gesicht und seine Augen waren dunkel vor Lust. „Nein, ich möchte, dass du niemals aufhörst. Ich habe dreißig Jahre lang auf das hier gewartet."

„Ooooh", antwortete Lucas mit leidendem Gesichtsausdruck. „Vor dreißig Jahren war ich noch nicht einmal geboren."

„Erinnere mich nicht daran", seufzte Jack lächelnd.

Lucas sah Jack in die Augen und begann, seinen Unterleib langsam vor- und zurückzubewegen. „Ist es das, was du willst?"

Jack konnte nur nicken. Das Gefühl ihrer steifen Schwänze, die sowohl gegeneinander als auch gegen die trennende Stoffschicht rieben, verhinderte, dass er einen klaren Gedanken fassen konnte. Lucas bewegte sich langsam und präzise. Er hielt immer noch Jacks Hände fest und schaute seinem Liebhaber in die Augen.

„Mach die Augen auf, Jack. Ich möchte das Feuer in diesen wunderschönen Augen lodern sehen."

Jack hatte nicht einmal bemerkt, dass er sie geschlossen hatte, doch als er sie öffnete, sah er nur unscharf und verschwommen. Er spürte, wie Lucas' gleichmäßige Bewegungen das Kribbeln in seinem Unterleib verstärkten und er wusste, dass er wie ein Teenager kommen würde, ohne wirklich berührt worden zu sein.

„Luke, ich … ich werde …"

„Lass es einfach zu, Jack", flüsterte Lucas. „Ich fange dich auf."

Jack bemühte sich darum, seine Augen offen zu halten, wie Lucas es sich gewünscht hatte. Er würde gleich kommen, vielleicht noch ein letzter Stoß … Dann hörte er ein leises Stöhnen, das kaum nach seiner eigenen Stimme klang, und ein strahlendes Lächeln legte sich auf das Gesicht seines Liebsten.

Lucas beugte sich vor und Jack nahm, schwindelig vor Glückseligkeit, nur undeutlich wahr, dass er seine Stirn gegen Jacks presste. „Du bist wunderschön, wenn du kommst, Jack." Er atmete schwer. Jack verspürte große Erleichterung und so langsam begriff er, was geschehen war. „Du bist noch nicht …"

Lucas küsste seine Schläfe. „Das macht nichts. Wir haben Zeit."

„Ich will dich anfassen", antwortete Jack mit einem Anflug von Bravour.

Lucas schenkte ihm ein breites Lächeln und bewegte seine linke Hand zusammen mit Jacks rechter zwischen ihre Körper. Als Jack seine Hand in Lucas' Boxershorts schob, streichelte der Brite sanft seinen Arm. Jack legte seine Hand vorsichtig um Lucas' steinhartes Glied und spürte, wie den jungen Mann ein Schauer durchlief.

„Gott, ja, Jack. Deine Hand fühlt sich gut an."

Es fühlte sich seltsam an, den Schwanz eines anderen Mannes in der Hand zu halten, doch irgendwie auch richtig. Jack ließ seine Hand langsam aber bestimmt auf- und abgleiten und hörte bei jeder Bewegung Lucas' Stöhnen. Er wusste, dass es nicht mehr lange dauern würde. „Komm für mich, Luke", flüsterte er, ermutigte den jungen Mann, sich einfach fallen zu lassen.

Jack spürte, wie Lucas heftig in seine Hand stieß, sich unter Jacks Fingerspitzen aufbäumte, dann schließlich für einen langen Moment erzitterte und endlich zum Höhepunkt kam. Jack bemerkte die warme, klebrige Flüssigkeit in seiner Hand, während er Lucas' schluchzenden Ausruf der Erleichterung hörte. „So lange. Oh Gott, ich wollte das schon so lange, Jack." Die Stimme verstummte und der schlanke Körper, der immer noch ein wenig zitterte, erschlaffte in Jacks Armen.

Jack war, immer noch an Lucas geklammert, gerade dabei einzuschlafen, als er den jungen Mann murmeln hörte: „… und wir haben gerade erst angefangen …"

# 10

LUCAS WACHTE auf, weil sich unter ihm irgendetwas bewegte. Er wollte noch nicht aufstehen, doch als er sich daran erinnerte, was passiert war, flogen seine Augen sofort auf. Er befand sich in einem Hotelzimmer mit Jack und die etwa sechsunddreißig Stunden, die sie hatten, würde er nicht mit Schlaf vergeuden.

Durch die Vorhänge fiel jetzt kaum noch Licht, doch seine Augen gewöhnten sich an die Dunkelheit und er konnte Jack erkennen, der ihm zugewandt lag und ihn ansah.

„Hallo du." Jacks Stimme klang ruhig. „Wie spät ist es?"

Lucas lehnte sich über den Körper seines Liebsten zum Nachttisch hinüber und griff nach seiner Armbanduhr. „Viertel nach zehn."

„Gut." Jack lachte. „Einen Moment lang hatte ich befürchtet, wir hätten die ganze Nacht verschlafen." Er setzte sich auf und streckte eine Hand nach dem jungen Briten aus. „Komm her. Ich will dich bis zum Sonntagnachmittag nicht wieder loslassen."

Lucas ergriff seine Hand und zog ihn auf die Füße. „In diesem Fall wirst du mir beim Duschen Gesellschaft leisten müssen."

Jack stand auf, zog Lucas an sich und küsste ihn, doch dieser tat, als würde er sich zieren und floh ins Badezimmer. Er war ein wenig überrascht darüber, dass Jack ihm nicht gleich folgte.

Er war bereits eingeschäumt, als er Jack hereinkommen hörte. Er hörte, wie Jacks Boxershorts zu Boden fielen und dann herrschte Stille. Er war sicher, dass der Amerikaner ihn beobachtete, und so ließ er sich Zeit, als er sich berührte, ließ die Hände erst über seine Schultern gleiten, dann über seinen Bauch und seine Schenkel. Der Gedanke, dass ihm jemand zusah, ließ ihn langsam steif werden. Als er begann, seinen Schwanz zu streicheln, hörte er Jack hinter sich und spürte, wie sich starke Arme um seinen Bauch legten.

„Oooh, schön glitschig!", witzelte Jack, während sich seine Hände anerkennend über Lucas' Körper bewegten.

„Meine Güte, was hat denn so lange gedauert?", seufzte Lucas. „Ich dachte, du wolltest mich nicht mehr loslassen?"

Jack lachte, drückte Lucas an sich und küsste seinen Hals. „Ich habe uns Essen bestellt. Wir müssen bei Kräften bleiben, ich habe nämlich den Verdacht, dass du ein paar ganz schön anstrengende Dinge für mich geplant hast."

Lucas drehte sich um und erwiderte die Umarmung. „Und ob ich das habe, alter Mann." Er legte die Hände an Jacks Kopf und küsste ihn leidenschaftlich, presste seine Erregung gegen Jacks Oberschenkel. „Und dir scheint gefallen zu haben, was du gesehen hast." Er zog Jack mit sich unter das dampfend heiße Wasser und legte eine Hand auf Jacks Brust, um die glatte Haut dort zu streicheln, während er den Körper seines Liebhabers bewunderte. „Und ich kann mich auch nicht gerade beschweren."

Jack lächelte und wirkte plötzlich schüchtern, als er den jungen Mann wieder an sich zog.

„Hat sie dir etwa nie gesagt, wie schön du bist, Jack?"

Der Amerikaner strich Lucas die nassen Haarsträhnen aus dem Gesicht. „Lass uns … von etwas anderem reden, ja?"

Lucas beugte sich vor, um Jacks Hals zu küssen. „Tja, aber du bist nun mal schön. In deinem schicken Geschäftsanzug siehst du so gut aus, dass ich bei unserer ersten Begegnung nur daran denken konnte, wie ich dich schnellstmöglich aus ihm rauskriege."

Ein weiteres schüchternes Lächeln von Jack.

Lucas bewegte sich behutsam vorwärts, bis Jack gegen die Wand der Dusche gepresst war. „Nicht zu kalt?"

Das Wasser war so heiß, dass sich Dampf im Zimmer ausbreitete, also schüttelte Jack den Kopf. „Wir haben nicht viel Zeit. Unser Essen kommt bald."

Lucas brachte ihn mit einem Kuss zum Schweigen und Jack ließ ihn gewähren. Was kümmerte ihn der Zimmerservice. Sie waren hier zu Gast und wenn das bedeutete, dass das Personal ihr Essen an der Tür stehen lassen musste, dann war das eben so. Nachdem diese Entscheidung getroffen war, erwiderte Jack den Kuss voller Hingabe.

Er wusste nicht, was er zuerst berühren wollte. Lucas Haut unter seinen Händen war glatt und seidig und die Tatsache, dass sie beide völlig durchnässt unter der luxuriösen Regendusche standen, machte es zu einer merkwürdig erotischen Erfahrung. Lucas schmeckte nach Seife und mit den nassen Locken, die an seinem lächelnden Gesicht hafteten, hätte er wie ein kleiner Junge ausgesehen, wären da nicht die Dinge gewesen, die sein Mund und seine Hände gerade mit seinem Liebhaber anstellten.

Lucas' Zunge wanderte Jacks Hals und Schulter hinab, über sein Schlüsselbein und zu seiner Brustwarze. Er leckte nur kurz darüber, was Jack erzittern ließ, und arbeitete sich dann rasch bis zu Jacks Bauchnabel vor.

Der junge Brite sah trotzig zu Jack auf, als er sich breitbeinig vor seinen Liebhaber kniete. Lucas berührte sich selbst, streichelte langsam seinen steifen Schwanz. Jack sah das Ganze wie in Zeitlupe. Lucas schaute zu ihm hoch und seine Augen waren beinahe schwarz vor Verlangen, als er den Mund öffnete und quälend langsam Jacks steinharte Erektion mit seinen Lippen umschloss. Jack atmete scharf ein, während er sich darum bemühte, nicht auf der Stelle zu kommen. Als er zusah, wie sein Schwanz sich langsam in Lucas' Mund hinein- und wieder hinausbewegte, musste er seine ganze Selbstbeherrschung aufbringen, um nicht einfach hineinzustoßen, doch es war vergebens, denn er spürte, wie sich sein Unterleib zusammenzog.

„Luke, ich …", stieß Jack hervor und ergoss sich mit einem lauten Stöhnen in Lucas' Kehle. Mit Lucas' Hand auf seiner Hüfte lehnte er an der Wand, doch dann spürte er seine Beine nachgeben und ließ sich keuchend auf den Boden sinken.

Lucas beugte sich für einen Kuss nach vorn, während er sich immer noch selbst streichelte. Der leicht scharfe, salzige Geschmack den Jack in Lucas' Mund wahrnahm, konnte nur von seinem Samen stammen.

„Ich möchte das Gleiche für dich tun", teilte Jack seinem jungen Liebhaber mit, als dieser den Kuss abbrach, um ihn zu Atem kommen zu lassen. „Ich will dich in den Mund nehmen."

Lucas betrachtete ihn, als wollte er abschätzen, wie ernst er es meinte, dann erhob er sich, sodass er vor Jack stand. Er stütze sich mit einer Hand an der Wand über Jacks Kopf ab und schob ihm seine Hüften weit genug entgegen, dass Jack ihn mit seinem Mund erreichen konnte.

Jetzt, wo sie die Plätze getauscht hatten, stellte Jack fest, dass die Aussicht von dort aus auch nicht zu verachten war. Aus dem Duschkopf prasselte noch immer heißes Wasser auf sie herunter, das sie auf den kalten Fliesen warm hielt. Lucas legte eine Hand auf Jacks Wange und liebkoste mit dem Daumen seine Unterlippe. Jack saugte den Daumen in den Mund, legte seine Hand um Lucas' Schwanz und hörte den jungen Mann keuchen, als er gleichzeitig saugte und streichelte.

Doch da er Lucas endlich schmecken wollte, näherte er seinen Mund langsam seiner streichelnden Hand. Als er vorsichtig die Spitze zwischen die Lippen nahm, sah er, wie Lucas' Muskeln sich anspannten, um nicht einfach in den warmen Mund zu stoßen. Seine Augen waren geschlossen, sein Kopf in den Nacken gelegt und es war offensichtlich, dass er nicht mehr lange durchhalten würde. Jack ließ seine Zunge um die glatte Haut der Spitze kreisen und das Loch darin erkunden, was Lucas erneut zum Keuchen brachte. Er schaute auf und sah Lucas mit glasigem Blick auf ihn herunterstarren. Er spürte, wie sich Lucas langsam in seinem Mund bewegte und sich dabei zweifellos mit aller Macht zurückhielt. Dann befand sich plötzlich die Hand des jungen Mannes in seinem Haar, um ihn etwas unsanft anzuleiten.

„Jack-g-ah!", rief Lucas, als Jack ihn fast vollständig in den Mund nahm. Er nahm Lucas' scharf-salzigen Geschmack in sich auf und stellte fest, dass sie nicht genau gleich schmeckten, während er alles hinunterschluckte, was der junge Mann ihm gab.

Lucas begann zu schwanken und Jack griff nach ihm, damit er nicht stürzte. Der junge Brite landete in Jacks Schoß.

„Tut mir leid", lachte er mit dem Kopf auf Jacks Schulter.

„Nein, tut es dir nicht", antwortete Jack, wie es zwischen ihnen bereits Brauch war.

„Doch, tut es." Lucas lächelte ein wenig müde. „Ich hätte dich ein bisschen besser warnen sollen, bevor ich …"

„Bevor du gekommen bist? Ich wusste, wann es so weit war, Luke. Du bist wunderschön, wenn du kommst."

Lucas warf ihm einen verlegenen Blick zu. „Na ja, viel hat es nicht gebraucht." Er küsste den Amerikaner voller Leidenschaft. „Du hast einen fantastischen Mund."

Beide hoben den Kopf, als sie ein Klopfen an der Tür und den Ausruf „Zimmerservice" hörten. Jack warf Lucas einen Blick zu. „Darum sollte ich mich lieber kümmern." Lucas nickte, stand auf und zog Jack mit sich auf die Füße. Nach einem kurzen Kuss stieg der Amerikaner aus der Dusche. „Du bleibst hier. Wenn wir beide nackt im Zimmer rumlaufen, könnte das ein bisschen verdächtig aussehen."

Lucas stellte das Wasser ab und sah zu, wie Jack sich ein Handtuch um die Hüften schlang und, immer noch tropfnass, das Badezimmer verließ.


LUCAS VERSUCHTE angestrengt, ein Kichern zu unterdrücken. Jack hatte soeben Sojasoße in die Vertiefung seines Brustbeines geträufelt und es kitzelte.

„Ich habe doch gesagt, dass das die perfekte Stelle dafür ist. Und jetzt probier das hier."

Jack nahm fachmännisch ein Stückchen Lachs-Sashimi zwischen seine Stäbchen, tauchte es in den Klecks Sojasoße und fütterte Lucas damit. „Und jetzt lieg still, sonst müssen wir die Laken schon wechseln lassen, bevor wir überhaupt darin geschlafen haben!"

Jacks ernster Gesichtsausdruck brachte Lucas zum Lachen. „Wer sagt denn, dass wir zum Schlafen kommen werden?"

Der Amerikaner nahm ein Stück Sushi und ließ sich offensichtlich Zeit damit, es mit Soße zu bedecken, bevor er es in den Mund steckte. „Versprich nichts, was du nicht halten kannst", antwortete er und stupste Lucas mit den Stäbchen an. „Willst du noch mehr?"

Lucas nickte. Sie befanden sich beide auf dem Bett, ihr Haar war noch ein wenig nass und sie hatten sich Handtücher um die Hüften gewickelt. Die Handtücher verbargen zwar nicht viel, aber zumindest würden sie ihnen dabei helfen, sich eine Weile aufs Essen zu konzentrieren.

Jack streckte über Lucas' liegenden Körper hinweg einen Arm zu dem Essenswagen neben dem Bett aus. Gewissenhaft suchte er ein schönes Stück Sushi aus und platzierte es mitten in der Sojapfütze auf Lucas' Brust, damit es die Soße aufsaugen konnte. Dann betrachtete er seinen jungen Liebhaber, während er das Röllchen aus Reis und Fisch ein wenig bewegte und dann über Lucas' Mund hielt.

„Nimm es zwischen die Zähne."

Lucas öffnete den Mund und nahm den angebotenen Bissen mit einem Lächeln entgegen.

Jack beugte sich vor, küsste Lucas auf den Mund und biss dabei ein Stückchen ab. Er hörte Lucas stöhnen, während sie beide ihren Teil des Bissens herunterschluckten. Jack ließ einen Finger durch den Rest der Sojasoße gleiten und spürte, wie Lucas' Muskeln sich als Reaktion darauf anspannten. Dann hob er den Kopf und sagte nur: „Fertig."

Lucas schaute an sich hinunter und sah, dass auf seinem Bauch das Wort „Meins" geschrieben stand. Er zog Jack für einen weiteren Kuss zu sich, sodass er neben ihm auf dem Bett lag, und legte sich dann auf ihn. „Noch nicht. Ich gehöre dir erst, wenn ich dich in mir gespürt habe."

„Willst du das? Willst du mich in dir?", flüsterte Jack.

„Gott, ja! Ich meine – natürlich nur, wenn du es auch willst. Ich will dich zu nichts zwingen!"

Jack brachte den jungen Mann mit einem leidenschaftlichen Kuss zum Schweigen und versuchte ihm damit seine Zustimmung zu vermitteln.

Lucas spreizte seine Beine, sodass er auf Jacks Hüfte saß, und bewegte sich vor und zurück, wie er es vor ein paar Stunden getan hatte, als er Jack das erste Mal zum Höhepunkt brachte.

Jack spürte, wie er langsam wieder hart wurde und wusste, dass er, nachdem er so kurz hintereinander gekommen war, diesmal wesentlich länger durchhalten würde. Das dämpfte jedoch nicht die Leidenschaft, die er für Lucas empfand und die das Bedürfnis in ihm weckte, bis ins Innerste seines Liebhabers vorzudringen und mit ihm zu verschmelzen. Er löste ungeschickt das Handtuch von Lucas' Hüften und spürte Enttäuschung in sich aufwallen, als der junge Mann aufstand und zu seinem Koffer am anderen Ende des Raumes hinüberging.

Jack stützte sich auf, bis er beinahe aufrecht saß, doch sein Gesichtsausdruck war wohl leicht zu deuten, denn Lucas lächelte und erklärte: „Wir brauchen da noch etwas."

Dann kehrte der Brite mit einer Handvoll Kondome und einer kleinen Flasche Gleitgel zurück. Er krabbelte an seinen alten Platz zurück und nahm Jacks Gesicht zwischen die Hände. „Keine Sorge, ich erkläre dir alles", murmelte er und küsste ihn erneut.

Jack ließ seine Hände Lucas' Rücken hinab zu seinem Hintern wandern und zog ihn an sich.

„Willst du mich vorbereiten?", fragte Lucas verführerisch mit vor Lust dunklen Augen.

Jack nickte. „Wenn du mir zeigst, wie."

„Es ist schon eine Weile her, also wird es ein bisschen dauern", stöhnte Lucas gegen Jacks Mund. Er schob sich ein Stück nach oben und bot Jack seinen Hals zum Küssen dar, während er nach dem Gleitgel griff. „Es handelt sich um einen Muskel, also musst du ihn langsam weiten, während ich versuche, mich zu entspannen. Viel Gel und ein Finger nach dem anderen." Er nahm Jacks Hand. „Komm her", sagte er und verteilte eine großzügige Portion Gel auf seinen Fingern.

Lucas schob sich ein Stück an Jacks Körper hoch und legte seine Arme um dessen Nacken. Sie waren fantastisch nah zusammengepresst, Lucas' tropfender Schwanz zwischen ihren Bäuchen, während Jack versuchte, mit der Hand um ihn herumzufassen, ohne alles mit Gleitgel zu verschmieren. Dafür, dass er es zum ersten Mal machte, zielte er ziemlich gut, doch Lucas löste trotzdem einen Arm, um ihn zu führen. „Hierhin." Seine Hand lag auf Jacks und er warf den Kopf nach hinten, als Jack mit einer Fingerspitze in ihn eindrang.

Lucas stöhnte mit offenem Mund und in den Nacken gelegtem Kopf. „Ein bisschen tiefer ..."

Jack spürte, wie der enge Muskel seinen Finger umschloss, aber fühlte ihn dann langsam nachgeben, als er seinen gelbedeckten Finger behutsam hinein- und wieder hinausgleiten ließ.

Lucas' Bewegungen sorgten für angenehme Reibung und Jack spürte seinen Liebhaber ungeduldig werden.

„Noch einen Finger, Jack", flüsterte Lucas ihm ins Ohr.

Jack wurde klar, dass er es liebte, Lucas' Gesicht so zu sehen – wenn er die Welt um sich herum ignorierte und nichts anderes mehr wahrnahm, als seinen Körper und den seines Liebhabers. Als er einen zweiten Finger hinzunahm, spürte er erneut die Enge, doch diesmal ließ sie noch schneller nach als beim ersten Mal. Lucas atmete jetzt schwer und bat Jack, tiefer einzudringen.

„Noch einen. Oh Gott, ich kann nicht mehr viel länger warten, Jack. Ich will dich tief in mir haben. Fuck, Jack!"

Mit drei Fingern in Lucas spürte Jack, wie er sich ihm öffnete. Er würde immer noch eng sein, doch allmählich wurde Jack ebenfalls ungeduldig und sein Atem beschleunigte sich in der Erwartung, Lucas' Wärme um sich herum zu spüren.

Jack war überrascht, als Lucas sich von ihm löste. Der junge Mann betrachtete ihn mit dunklen, von Lust erfüllten Augen, während er nach einem Kondom griff. Als Reaktion auf die Verwirrung in Jacks Blick, beugte sich der Brite vor und küsste ihn. „Ich bin so weit und ich kann nicht länger warten", erklärte er. Mit den Zähnen riss er die Folie auf und rollte das Kondom mit geübtem Griff über Jacks steinharte Erektion. Mit wenigen Bewegungen verteilte er Gleitgel darauf und näherte sich ihm dann wieder. „Gott, Jack, ich kann nicht mehr warten. Bist du dir sicher?"

Jack war vor lauter Erwartung so angespannt, dass er nur nicken konnte. Lucas verstand und machte es ihm leicht. Er legte eine Hand auf Jacks Schulter und stützte sich ein wenig hoch, sodass er sich langsam auf Jacks feuchten Schwanz hinunterlassen konnte.

Sich im Körper des jungen Mannes versinken zu sehen, war ein unglaublich erregender Anblick und die Wärme und Enge von Lucas' Körper machte es nur noch besser.

Er betrachtete Lucas' Gesicht, als der andere Mann mit geschlossenen Augen und offenem Mund innehielt, um sich an das Gefühl zu gewöhnen.

Als der Brite begann, sich langsam auf und ab zu bewegen, streckte Jack eine Hand nach Lucas' Brustwarze aus, die für seine Zunge zu weit entfernt war.

Lucas öffnete seine Augen ein wenig und lächelte. „Du siehst so ernst aus, aber du fühlst dich so gut an, Jack … so gut … ich kann dir gar nicht sagen …" Der junge Mann legte eine Hand an Jacks Gesicht und streichelte zärtlich seine Wange und seine Lippen, während er seine Bewegungen fortsetzte.

Jack sah voller Staunen zu, wie Lucas nach und nach die Beherrschung verlor. Er fühlte sich wunderbar eng an und Jack wurde klar, was ihm all die Jahre entgangen war. Er hatte sich eingeredet, dass mit einem Mann zu schlafen nicht so anders sein konnte, als mit einer Frau zu schlafen. Nur hatte Jack nie für eine Frau empfunden, was er für den jungen Mann in seinen Armen empfand.

Lucas veränderte seine Position, bis der harte Schwanz in ihm genau die richtigen Stellen traf. Dann nahm er Jacks Gesicht zwischen die Hände und küsste ihn. „Oh Gott, Jack, ich halte nicht mehr lange durch … bitte sag mir, dass du mit mir zusammen kommst … bitte!", flehte er gegen Jacks Mund.

Jack konnte lediglich nicken. Das Wissen, dass er in seinem jungen Liebhaber solche Gefühle auslöste, ließ das Blut in seine Lenden schießen. Er stieß nach oben, so weit es ihm aus seiner Position möglich war, und fühlte Wellen der Ekstase über sich hinwegspülen. Ihm war schwindelig und seine Augen waren feucht, als er sich tief in Lucas' Körper ergoss. Er bewegte sich durch seinen heftigen Orgasmus hindurch weiter, wünschte, dass er ewig andauern könnte. Lucas' Hand bewegte sich an seinem Schwanz zwischen ihren Bäuchen auf und ab, bis Jack spürte, wie er sich um ihn herum zusammenzog und die Beherrschung verlor. Lucas bewegte sich unkoordiniert und ungleichmäßig, als er sich an Jack klammerte, bebend den Atem anhielt, sich von dem Gefühl der Ekstase mitreißen ließ.

So blieben sie lange zusammen, hielten einander fest, während sie langsam in die Realität zurückkehrten. Als Jack nach einer Weile bemerkte, dass Lucas in seinen Armen zitterte, griff er nach einem der kurz zuvor abgelegten Handtücher und legte es dem jungen Mann um die Schultern. „Besser?"

Lucas nickte mit leicht glasigen Augen. „Mir war kalt, aber ich wollte dich nicht loslassen. Ich möchte dich in mir behalten, Jack."

„Irgendwann werden wir uns bewegen müssen."

„Ich weiß." Lucas küsste ihn zärtlich. „Ich weiß."

Jack nahm Lucas in die Arme, glitt aus ihm heraus und legte ihn auf den Rücken. Dann entfernte er das Kondom und stand ein wenig wackelig auf. Er ging ins Badezimmer, um einen warmen, feuchten Waschlappen zu holen, mit dem er sich auf der Bettkante niederließ. Als er vorsichtig Lucas' Bauch säuberte, konnte er immer noch das jetzt ziemlich verschmierte Wort „Meins" erkennen und musste lächeln. Lucas gehörte genauso sehr ihm, wie er Lucas gehörte, und er freute sich nicht auf den Sonntag.

# 11

JACK WURDE von einer warmen Hand auf seinem Rücken geweckt und etwas noch Wärmeres strich seine Seite entlang. Er fand sich auf dem Bauch liegend im Bett wieder und als er durch seine kaum geöffneten Augenlider spähte, sah er, dass die Matratze neben ihm leer war. Als er sein Gesicht zur Seite drehte, konnte er in den Laken immer noch Lucas riechen. Mit ziemlicher Sicherheit roch das ganze Zimmer noch nach Sex. Die Erinnerung rief ein Kribbeln zwischen seinen Beinen hervor und schließlich öffnete er die Augen ganz. Er schaute direkt in die schokoladenbraunen Augen, die ihm mittlerweile so wundervoll vertraut waren.

„Hallo Schlafmütze", sagte Lucas mit sanfter, liebevoller Stimme. „Raus aus den Federn, ich habe uns Frühstück besorgt."

Als Lucas von der Bettkante aufstehen wollte, hielt ihn Jack an der Hand fest. „Bleib hier." Er drehte sich auf den Rücken, um Platz für Lucas zu machen und sah, wie der junge Mann gerade noch rechtzeitig eine Tasse mit heißer Flüssigkeit zur Seite nahm, um sie nicht zu verschütten.

„Hey, da dachte ich mir, ich wecke ihn mit frischem Kaffee und Teilchen und dabei will er nur meinen Körper."

Jacks Magen knurrte und er strich sich träge mit der Hand über den Bauch, während er sich streckte. „Ein bisschen Frühstück könnte ich schon vertragen."

Lucas platzierte eine der großen Papiertüten in seiner Hand auf Jacks Bauch und ging zu der großen Terrassentür hinüber. Er balancierte den Kaffee und die andere Brötchentüte in einer Hand, öffnete mit der anderen Hand die deckenhohe Glastür, was die Sonne ins Zimmer scheinen ließ, und trat nach draußen. Jack spürte, dass die Backwaren in der Tüte noch warm waren, und roch den süßen Duft von Zimt und Honig. Er stand eilig auf und schlüpfte in Jeans, um seinem Liebhaber auf die Terrasse zu folgen. Lucas saß auf einer der Bänke und aß.

„Komm her, ich habe süße Brötchen – mit Zimt, Rosinen …"

„Dafür bist du extra rausgegangen?" Jack ging zu ihm und küsste sein Haar.

„Na ja, den Zimmerservice konnte ich nicht rufen und ich war kurz vor dem Verhungern. Außerdem ist direkt gegenüber vom Hotel ein Bäcker." Lucas legte den Kopf in den Nacken, um Jack auf den Mund zu küssen.

„Du schmeckst nach Mandeln."

Lucas hielt sein Brötchen in die Höhe. „Willst du probieren? Es heißt *Frangipane* und ist sehr süß, aber sehr lecker."

Jack biss von dem Brötchen ab und rümpfte die Nase über den süßen Geschmack, bevor er um Lucas herumging und sich im Schneidersitz vor ihm auf dem Boden niederließ. Nach einem großen Schluck aus der Kaffeetasse, wählte er ein Croissant aus und biss hinein.

„Also, was willst du an diesem Morgen machen?", fragte Lucas, der im hellen Sonnenlicht die Augen zusammenkniff.

Jack hob den Blick zum Himmel. „Ich glaube, ‚diesen Morgen' haben wir verpasst, aber vielleicht könnten wir heute Nachmittag einen Spaziergang durch die Stadt machen. Du kennst dich hier doch aus, oder? Also zeig mir alles, was man als Tourist nicht kennt."

Lucas lächelte. „Ich vermute mal, du willst dabei nicht mit mir Händchen halten?"

Jack zog eine Augenbraue hoch. „Was bist du? Ein kleines Mädchen?"

Lucas streckte ihm die Zunge heraus und kam sich dabei zwar ausgesprochen kindisch vor, aber er brachte sie beide zum Lachen. „Na ja, es wird das erste Mal sein, dass wir privat etwas zusammen unternehmen und wir werden draußen in der Öffentlichkeit sein."

„Ja", antwortete Jack nachdenklich. „Wir könnten dem einen oder anderen Amerikaner begegnen, der mich erkennt oder einem Briten, der dich erkennt. Versteh mich nicht falsch, Lucas, aber ich kann nun wirklich schlecht erklären, warum wir so vertraulich miteinander umgehen." Er hoffte, dass Lucas es nicht falsch auffassen würde, doch er musste seinem Liebhaber gegenüber ehrlich sein.

„Ich weiß", antwortete Lucas leise. „Ich weiß, dass ich dich in der Öffentlichkeit nicht berühren darf, aber ich möchte heute trotzdem etwas mit dir unternehmen."

Jack warf ihm einen schiefen Blick zu. „Was genau hast du dir vorgestellt?" Er sah, wie sich ein schelmischer Ausdruck im Gesicht des jungen Mannes breitmachte.

„Ich bitte dich um ein Date", antwortete Lucas selbstzufrieden. „Wir hatten bisher noch keins und vielleicht sollten wir von vorne anfangen. Ich lade dich zum Essen ein, also erwarte nichts allzu teures."

Jack betrachtete ihn, um herauszufinden, wie ernst er es meinte. „Na gut, aber wir sollten es nicht zu spät werden lassen."

Lucas lachte. „Oh, keine Sorge! Wenn ich den ganzen Tag die Finger von dir lassen muss, wird es ein sehr kurzes Essen!"


BEIDE VERLIESSEN das Fünfsternehotel in Jeans und Hemd gekleidet und mit Baseballmütze und Sonnenbrille. Das Wetter war sonnig genug, dass man im Hemd vor die Tür gehen konnte.

Lucas versicherte Jack, dass alles, was man sich nur wünschen konnte, vom Hotel aus zu Fuß erreichbar war, und so überquerten sie den Platz und machten sich auf den Weg in das Modeviertel, was damit endete, dass sie in der Umkleidekabine von Dries Van Notens Boutique heimliche Küsse und Berührungen tauschten, während sie einander Designeranzüge aussuchten. Nachdem sie dafür gesorgt hatten, dass man ihnen die Anzüge nach Hause liefern würde, spazierten sie weiter, besuchten Buchläden mit gebrauchten Büchern und die verschiedensten Musikgeschäfte.

In einem der Buchläden diskutierten Jack und Lucas gerade darüber, ob sie ein altes Buch über die Geschichte Antwerpens kaufen sollten, als Jack hinter sich eine Stimme hörte, die ihm irgendwie bekannt vorkam. „George, ich habe dir doch gesagt, dass er es ist!" Dann legte sich eine Hand auf seinen Arm. „Herr Botschafter, wie nett von Ihnen, unsere schöne Stadt zu besuchen. Sie hätten uns anrufen sollen, dann hätten wir Sie gebührend willkommen geheißen und zu uns nach Hause eingeladen!"

Jack drehte sich um und streckte mit schüchternem Lächeln die Hand aus. „Herr Pfarrer und Mrs. Wallace. Wie schön, Sie wiederzusehen!" Mrs. Wallace musterte Lucas und erwartete ganz offensichtlich, ihm vorgestellt zu werden. Nach kaum merklichem Zögern fing sich Jack wieder. „Darf ich Ihnen Mr. Carlton vorstellen? Er ist Vertreter der britischen Botschaft."

Mrs. Wallace schüttelte Lucas eifrig und mit weit aufgerissenen Augen die Hand. „Es freut mich, Sie kennenzulernen, Sir." Sie schüttelte immer noch seine Hand, während sie sich wieder an Jack wandte. „Sie verbrüdern sich also mit den Briten? Dann haben Sie sicher viele wichtige Dinge zu besprechen?"

Sie wollte ihm eindeutig Informationen entlocken. Lucas antwortete als Erster: „Ja, Ma'am, aber die sind bedauerlicherweise streng vertraulich."

Zu ihrem Glück war Pfarrer Wallace weit weniger interessiert und drängte seine Frau schon bald zum Aufbruch. „Herr Botschafter, wir werden Sie jetzt in Ruhe lassen. Ich bin sicher, dass Sie viel zu tun haben!" Und zu seiner Frau: „Lass uns gehen, Clarice. Kannst du nicht sehen, dass diese Männer wichtige Angelegenheiten zu besprechen haben?"

Beide Männer sahen zu, wie das ältere Paar den Buchladen verließ. Lucas hörte Jack seufzen, sobald sich die Tür hinter ihnen geschlossen hatte, und legte eine Hand auf die seines Liebhabers. „Das war knapp."

„Ich kann nicht glauben, was du gesagt hast. Streng vertraulich! Das klingt ja, als wären wir Spione", antwortete Jack, dem man das Zittern beinahe ansehen konnte.

Lucas lachte. „Na ich konnte ihr nun wirklich nicht die Wahrheit sagen!"

Jack ließ den Blick durch den Laden schweifen, um sicherzugehen, dass sie nicht beobachtet wurden, doch dieser war leer. Und so legte er einen Arm um Lucas und zog ihn an sich. „Entschuldige, ich bin einfach nervös geworden."

Lucas löste sich ein wenig. „Du weißt aber, dass man es uns nicht einfach ansehen kann, oder?"

Jack schloss die Augen, seufzte und lächelte. „Ja, ich weiß. Lass uns gehen."


Auf dem „Grote Markt" vor dem Rathaus war eine Bühne aufgebaut worden und eine große Menschenmenge lauschte einer ihnen unbekannten Musikgruppe. Da die Cafés um den Markt herum heillos überfüllt waren, kauften sie sich an einem der Stände Getränke und mischten sich unter die Leute. Die lebhafte karibische Musik brachte die Leute zum Mitsingen. Lucas erspähte eine etwas leerere Stelle in der Nähe eines der kleinen Bäume, die in Töpfen am Rand des Platzes standen, und nahm Jacks Hand, um ihn durch die Menge zu führen. Jack hatte das Gefühl, alle Augen wären auf sie gerichtet, doch als er sich umsah, wurde ihm klar, dass die Leute sie kaum beachteten.

Als sie den freien Platz in Besitz nahmen, stellte Jack außerdem überrascht fest, dass viele Paare die Arme umeinander gelegt hatten – und darunter nicht nur heterosexuelle. Bereits bei ihrem Spaziergang durch die Straßen hatte er händchenhaltende Männer gesehen. Er stellte sich ein wenig näher hinter Lucas, der vor ihm stand und der Band zusah, schlang die Arme um die Taille seines Liebhabers und hakte seine Daumen in den Hosenbund des jungen Mannes. Lucas lächelte und warf ihm über die Schulter hinweg einen Blick zu. Ein Stückchen von ihnen entfernt standen zwei Männer, die kein Geheimnis daraus machten, dass sie ein Paar waren und sich am Ende eines besonders romantischen Liedes sogar kurz küssten.

„Hier sind die Leute sehr tolerant, oder?", flüsterte Jack in Lucas' Ohr.

„Oh, ich weiß nicht. Die Sonne scheint, es wird fröhliche Musik gespielt", antwortete Lucas mit einem breiten Lächeln. Er schob sich ein bisschen näher, was Jack zusammenzucken ließ. „Keine Sorge", flüsterte Lucas, „ich würde dich zwar gern küssen, aber ich weiß, dass das nicht geht."

Jack lächelte schüchtern und fasste sich wieder. „Na ja, selbst wenn ich nicht verheiratet wäre, könnte ich mir nicht vorstellen, mich in den Staaten so zu verhalten."

Lucas nahm wieder seine Position vor Jack ein und griff nach dessen Hand, um sie zurück um seine Taille zu legen. „Das hier ist auch schön und niemand kann es sehen", flüsterte er nachdrücklich.

Jack entspannte sich. Die Menge war so dicht gedrängt, dass es nicht verdächtigt wirkte, wie nah sie zusammenstanden. Die meisten Leute schauten ohnehin auf die Bühne, und so konnte er Lucas' fantastischen Körper spüren, sein Shampoo riechen und auch das Grey-Flannel-Aftershave, das er aufgetragen hatte, kurz bevor sie das Hotelzimmer verlassen hatten.

„Sollen wir nicht ein bisschen früher essen und zum Hotelzimmer zurückgehen?", schlug Lucas vor, lehnte sich ein wenig zurück und sah über seine Schulter.

So langsam kam Jack der Verdacht, dass der Brite seine Gedanken lesen konnte.


DAS KLEINE Restaurant, das Lucas ausgewählt hatte, befand sich in einer der Seitenstraßen an der Kathedrale. Aus der Küche wehte ihnen der Duft von

Knoblauch und Koriander entgegen und es gab eine von in Töpfe gepflanzten Sträuchern umgebene Außenterrasse. Es war nur noch ein einziger kleiner Tisch in der Ecke frei, der die Männer dazu zwang, sich eine ziemlich schmale Bank zu teilen, was sie, so versicherten sie der Kellnerin, nicht im Geringsten störte.

Nachdem sie Falafel und Pita bestellt hatten, brachte die Kellnerin ihnen ein Tablett voller Soßenschälchen.

„Ooh, Knoblauchsoße!", strahlte Lucas, doch die Begeisterung ließ schnell nach. „Okay, entweder müssen wir sie beide essen oder keiner von uns."

Jack tauchte einen Finger hinein und leckte ihn ab. „Problem gelöst."

In diesem Augenblick gingen zwei Männer, die ihre Arme umeinander gelegt hatten, an der Terrasse vorbei. Sobald sie sich außer Hörweite befanden, flüsterte Jack: „Das ist das erste Land, in dem mir so sehr auffällt, wie tolerant die Menschen sind."

Lucas lachte. „Wir sind nur im richtigen Teil der richtigen Stadt. Daraus solltest du keine Schlüsse über den Rest des Landes ziehen. Außerdem glaube ich, dass es dir im Moment nur besonders auffällt." Er musterte Jack. „Du klingst wie Lucy. Sie sieht überall schwangere Frauen."

Jack wartete, bis die Kellnerin ihre Speisen gebracht und sich entfernt hatte, bevor er antwortete: „Habt ihr zwei über Kinder geredet?"

Lucas schüttelte den Kopf. „Nicht ernsthaft. Ihr Vater würde ihr wahrscheinlich den Kopf abreißen, wenn sie schwanger werden würde, bevor wir verheiratet sind. Er redet ja jetzt schon kaum mit ihr, weil wir ‚in Sünde' leben."

Jack lachte. „Maria und ich haben in Dänemark drei Jahre lang dasselbe gemacht. Ihr Vater war auch nicht gerade glücklich darüber."

„Und warum habt ihr keine Kinder?" Da Lucas wusste, wie persönlich seine Frage war, fügte er hinzu: „Du musst nicht antworten."

Jack lächelte. „Maria hat mir schon vor unserer Hochzeit gesagt, dass es ihrer Meinung nach auf dieser Welt zu viele elternlose Kinder gibt. Also haben wir uns darauf geeinigt, dass wir, wenn man mich jemals in einem Dritte-Welt-Land stationieren sollte, dort ein Waisenkind adoptieren würden. Sie wollte eine wirklich ‚globale' Familie, ein Kind aus Guatemala, eins aus Äthiopien und eins aus Vietnam."

„Und du?", fragte Lucas. „Wolltest du kein eigenes Kind?"

„Ich hatte nie das Bedürfnis, meine Gene weiterzugeben." Jack wandte den Blick von Lucas ab und den vorbeigehenden Menschen zu. „Ich wünschte nur, wir hätten nicht so lange gewartet. Maria fand nie, dass es der richtige Zeitpunkt war und außerdem sind wir immer in Europa gelandet und nie in einem Dritte-Welt-Land. Manchmal glaube ich, ihr gefällt es, wie es jetzt ist."

Lucas legte seine Hand auf Jacks. „Ihr habt noch Zeit. Vielleicht solltest du mit ihr darüber reden?"

„Lass uns nicht von Maria reden, okay? Ich bin mit dir hier, nicht mit ihr."

Sie aßen auf, bezahlten die Kellnerin und gaben ihr Trinkgeld und kehrten dann schweigend zum Hotel zurück.

JACK BETRAT die Suite und ging direkt bis zur Terrasse durch. Plötzlich fühlte er sich schuldig. Schuldig wegen seiner Untreue, schuldig, weil er die Zeit mit Lucas genoss – und zwar so sehr, dass er darüber nachdachte, alles hinzuwerfen, um der Beziehung mit dem jungen Mann eine Chance zu geben. Könnte er Maria verlassen? Sie war eine großartige Frau, doch seine Gefühle für Lucas waren so viel stärker als alles, was er je für seine Frau empfunden hatte.

Er stand über die Brüstung gebeugt und schaute auf den Platz hinunter, als er Lucas' zaghafte Stimme hörte. „Jack? Alles in Ordnung? Es tut mir leid … Ich hätte das Thema nicht ansprechen sollen, ich … ich habe nicht nachgedacht. Könntest du bitte vom Geländer wegkommen?"

Jack machte einen Schritt zurück, aber drehte sich nicht um. Er hörte, wie Lucas näher kam und sich zu ihm stellte.

„Dachtest du, ich würde springen?", fragte Jack, ohne ihn anzusehen.

„Ich weiß nicht. Nur … nach unserem Gespräch warst du so distanziert und …"

Jack konnte die unterdrückten Gefühle in Lucas' Stimme hören. „Was erwartest du von mir, Lucas?"

„Das ist eine sehr allgemeine Frage, Jack. Was ich von dir erwarte?"

Jack spürte den brennenden Blick dieser wunderschönen Augen und schaute zu Boden. „Warum sind wir hier? Ich meine, war unser Leben wirklich so furchtbar, dass wir für ein paar Nächte der Leidenschaft in einem schicken Hotel vor unseren Frauen in eine andere Stadt flüchten mussten? Ich mag mein Leben, Lucas. Ich mag meinen Beruf und bin immer noch der Meinung, dass er alle Opfer wert war."

„War er es wert, eine Lüge zu leben?", fragte Lucas mit aufrichtigem Interesse.

Jack dachte sorgfältig über seine Antwort nach. „Ich lebe keine Lüge."

„Und was bin ich dann? Ein verdammtes Experiment?"

Jack konnte ihn aus dem Augenwinkel sehen, aber wagte nicht hinüberzuschauen.

„Bin ich nur der eifrige kleine Emporkömmling, den du benutzt, um herauszufinden, ob die Gefühle für deinen Highschool-Freund damals echt waren?"

Als Lucas Anstalten machte, die Terrasse zu verlassen, drehte Jack sich endlich um. „Lucas!", rief er dem anderen Mann hinterher.

„Vergiss es. Unten ist noch ein Hotelzimmer für mich frei."

Jack holte ihn an der Glastür ein und ergriff seine Hand. Als sich Lucas befreien wollte, flehte Jack: „Lucas, bitte, es tut mir leid." Jack zog den Briten an sich und umarmte ihn. „Lucas, es tut mir leid, wenn ich dir dieses Gefühl gegeben habe. Niemand hat das Recht, dir das anzutun."

So standen sie an der Terrassentür, Jacks Arme um Lucas geschlungen, sein Kinn auf der Schulter des jungen Mannes. Lucas kehrte seinem Liebhaber weiter den Rücken zu, denn er wusste nicht, ob er ihm genug vertraute, um ihm zu glauben.

Jack küsste seinen Nacken. „Ich habe nie für jemanden empfunden, was ich für dich empfinde, Luke."

„Ich weiß", antwortete Lucas und seine Gefühle schwangen in seiner Stimme mit. „Ich weiß, was du meinst. Gestern habe ich den ganzen Weg hierher darüber nachgedacht, was für einen Beruf ich mir suchen könnte, in dem es keine Rolle spielt, ob ich verheiratet bin. Oder ob ich schwul bin. Und ich habe darüber nachgedacht, ob ich dich auch dazu überreden könnte, dich nach einem anderen Beruf umzusehen." Lucas holte tief Luft. „Ich weiß, dass es albern ist, ganz zu schweigen von naiv, aber …" Er legte seine Hände auf Jacks und streichelte sie sanft.

Jack manövrierte sie beide vorwärts ins Zimmer und küsste Lucas' Hals, bis er sich in seinen Armen entspannte. Sie liebten sich auf dem ordentlich gemachten Bett, bis die Decken und Kissen im ganzen Zimmer verstreut waren, erforschten in aller Ruhe den Körper des jeweils anderen, brachten einander bis kurz vor den Höhepunkt, nur um dann wieder innezuhalten, sanft zu berühren und zu lecken, zu kuscheln und zu küssen und dann von vorn zu beginnen, bis sich Lucas schließlich heftig zwischen ihren Bäuchen über die Hand seines Liebsten ergoss, während Jack tief in seinem Innern kam. Es dauerte lange, ehe sie sich wieder bewegen konnten, um sich zu säubern.


„ICH HÄTTE nichts dagegen."

Lucas war gerade dabei, in der großen Badewanne neben der ebenerdigen Dusche der Executive-Suite Jacks Haare zu waschen. Jacks Rücken und Kopf waren gegen Lucas' Brust gelehnt und Jack versuchte, den Briten an den Knien, die sich rechts und links von ihm befanden, zu kitzeln. So langsam kam ihm der Verdacht, dass es sich um eine der wenigen Stellen handelte, an der sein junger Geliebter nicht kitzlig war.

„Na ja, nur wenn du willst. Ich meine, es gefällt mir, dich hemmungslos zu sehen, und es gefällt mir, in dir zu sein, aber dich so verrückt vor Lust zu erleben macht mich neugierig, wie es sich anfühlt. Also würdest du es tun?"

Lucas goss Wasser über Jacks Kopf. „Tja, es ist großartig, dich in mir zu fühlen, aber ich habe nichts dagegen, mich zu revanchieren. Eigentlich gefällt es mir sogar, den Spieß ab und zu umzudrehen." Lucas grinste verschmitzt.

„Ihr Arsch gehört mir, Herr Botschafter."

Jack lachte und spritzte Lucas spielerisch ein bisschen Wasser ins Gesicht, doch er spürte bereits die Schmetterlinge in seinem Bauch flattern.


LUCY UND Maria nahmen ihren Sonntagslunch im Speisewagen des Thalys zwischen Amsterdam und Brüssel ein. Sie hatten ihre zwei Tage in Amsterdam mit von Einkaufsbummeln unterbrochenen Museumsbesuchen verbracht und befanden sich nun auf dem Rückweg.

„Ich finde nur schade, dass es schon vorbei ist. Es hat Spaß gemacht, Maria, danke für die Einladung. Natürlich habe ich Lucas vermisst, aber heute Nachmittag sehe ich ihn ja wieder." Lucy schien ihre Zugfahrt immer noch zu genießen, doch dann schaute sie plötzlich traurig drein. „Das heißt, wenn er nicht immer noch arbeitet."

Maria konnte nicht umhin, es seltsam zu finden, dass die junge Frau zum ersten Mal mit dem Zug fuhr und ihre Reise nach Belgien ihr erster Aufenthalt außerhalb der Staaten.

„Ich raube dir nur ungern deine Illusionen, Lucy, aber zu jeder Tages- und Nachtzeit und fast sieben Tage die Woche zu arbeiten, ist das normale Diplomatenleben, das er von jetzt an führen wird."

„So ist dein Leben mit Jack? Ich meine, ich habe euch zwei zusammen gesehen und ihr liebt euch. Er ist aufmerksam und liebevoll und ..." Lucy warf Maria einen verzweifelten Blick zu.

„Ich habe Jack nur dann für mich allein, wenn ich ihn mal eine Woche lang zu irgendeiner karibischen Insel entführe, und selbst dann nimmt er Zeitungen mit und ich muss ihn davon abhalten, CNN zu sehen. Unser letzter Urlaub ist schon fast drei Jahre her, Lucy. Meine letzten beiden Versuche sind erst an einem Brand in einem Nachtclub gescheitert, bei dem drei Amerikaner getötet wurden, und dann an der Versetzung nach Belgien." Sie legte ihre Hand auf Lucys, um ihr Mitgefühl zu zeigen. „Ich habe von Anfang an gewusst, dass Jack mit seiner Arbeit verheiratet war. Du wirst lernen, dein eigenes Leben zu leben und deine Augenblicke mit Lucas zu genießen, selbst wenn dir diese nur bei Banketten und Empfängen bleiben. Du kannst viel Gutes tun, Süße, wenn du nur die richtige Nische findest und dir einen guten Ruf erarbeitest. Glaub mir, ich bin realistisch genug, um zu wissen, dass ich niemals den Einfluss hätte, den ich jetzt habe, wenn ich nicht die Frau des Botschafters wäre. Lucas' Arbeit wird dir ein paar sehr große Vorteile bringen. Erwarte nur keine romantische Ehe."

Lucy seufzte – Marias Worte hatten sie offensichtlich nicht getröstet. „Vielleicht klinge ich wie ein weinerliches kleines Mädchen, aber ich erwarte zumindest, dass er ein bisschen Zeit mit mir verbringen *möchte*. Ich fühle mich so sehr wie ... Dekoration!"

„Hör zu, warum verbringst du nicht ein bisschen Zeit mit mir? Ich kann dir die ehrenamtliche Arbeit zeigen, die ich mache, und du überlegst dir, ob dir so was auch gefallen würde. Und ich kann Jack gegenüber erwähnen, dass du dich von Lucas vernachlässigt fühlst. Er wird es ihm wahrscheinlich sagen und mit ein bisschen Glück, fühlt er sich dann auch noch schuldig genug, um mit mir Urlaub zu machen. Wie klingt das?"

Lucys Gesicht hellte sich auf und Maria nickte gönnerhaft, mit der neuen Entwicklung zufrieden.

# 12

ALS LUCAS aufwachte, war er allein. Eigentlich wollte er wirklich noch ein bisschen länger schlafen, da er und Jack ihre letzte Nacht zusammen nicht schlafend hatten verbringen wollen, doch plötzlich überfiel ihn die ungute Vorahnung, dass Jack schon gegangen sein könnte. Er sprang aus dem Bett und griff nach seiner Armbanduhr auf dem Nachttisch. Viertel vor elf. Sie hatten geplant, gegen zwölf zu gehen, also sollte Jack noch da sein. Er schlang eines der Bettlaken um sich und eilte auf die Terrasse hinaus. Kein Jack. Badezimmer?

Lucas stoppte in der Badezimmertür, als er Jack vor dem großen Spiegel entdeckte. Er trug nur Boxershorts und stand vornübergebeugt, während er sich sorgfältig rasierte.

„Du siehst aus wie eine dieser griechischen Statuen", bemerkte Jack mit einem Blick auf Lucas.

Lucas ließ das Laken fallen, stellte sich hinter Jack und schloss ihn in die Arme. Er legte sein Kinn auf Jacks Schulter und betrachtete ihr Spiegelbild. „Ich wünschte, wir könnten einfach hierbleiben und müssten niemals zurück in die wirkliche Welt."

Jack legte seine Hände über Lucas' und lehnte sich an ihn. „Du weißt, dass das nicht geht, Luke."

„Ich weiß." Lucas seufzte und drückte Jack an sich. „Ich will dich nur einfach nicht gehen lassen."

Jack drehte sich um und hob den Arm, damit er ihn hinter Lucas' Kopf legen und ihn leidenschaftlich küssen konnte. „Es wird schon gehen, Luke", versprach er unbedachterweise. „Wir werden einen Weg finden."


ALS SIE ihre Sachen zusammenpackten, um das Hotelzimmer zu verlassen, nahm Lucas' Unruhe zu. Sie hatten sich nicht richtig über die Zukunft unterhalten, und auch wenn Lucas sicher war, dass Jack das Ganze ebenfalls genossen hatte, war er auch ziemlich sicher, dass der Amerikaner für ihn nicht seine Frau verlassen würde. War es dumm von ihm, tatsächlich an eine gemeinsame Zukunft zu denken? Konnte er sich damit begnügen, nur der Liebhaber zu sein, der Seitensprung? Auch wenn sie nur zwei Nächte miteinander verbracht hatten, wusste Lucas, dass es für ihn mehr als nur ein kleines Abenteuer war. Er wusste, dass seine Gefühle für Jack nichts mit seinen Gefühlen für seine bisherigen Freunde zu tun hatten. Es war Liebe, zumindest von seiner Seite aus.

Jack war bereits nach unten gegangen, um auszuchecken, und als Lucas noch ein letztes Mal prüfend den Blick durch den Raum schweifen ließ, bemerkte er ein paar Kondome, die noch auf dem Nachttisch lagen. Er ging schnell wieder hinein und stopfte sie zu seinem Portemonnaie in die Jackentasche.

SIE FUHREN beinahe schweigend nach Brüssel zurück, denn beiden war klar, dass sie Entscheidungen treffen mussten, doch sie fürchteten sich davor, darüber zu sprechen. Jack setzte Lucas bei seiner Wohnung im europäischen Viertel ab und fuhr weiter zu seinem Haus in Tervuren. Dort blieb er über eine Stunde lang im Auto in der Auffahrt sitzen und ließ sich die Geschehnisse des Wochenendes durch den Kopf gehen, bevor er in der Lage war, das Haus zu betreten.

„LUCAS?"

Lucas hörte Lucys Stimme aus dem Flur, als er gerade in der kleinen Küche Tee kochte. „Ich bin hier!", antwortete er und holte tief Luft. Das Wochenende war definitiv vorbei. Er hörte, wie Lucy ihr Gepäck fallen ließ und dann das Stakkato ihrer modisch hohen Absätze auf dem alten Holzboden.

„Ich kann gar nicht glauben, dass du tatsächlich zu Hause bist!", quietschte sie.

Er versuchte, sich nicht zu verspannen, als sie ihn umarmte und auf die Wange küsste. Oh ja, sie war eindeutig zurück.

„Hey Lucy, mein Mädchen." Lucas lächelte ihr zu und bemühte sich, erfreut darüber zu wirken, dass sie zurück war. „Wie war Amsterdam? Möchtest du auch einen Tee?"

Sie schüttelte den Kopf. „Amsterdam war fantastisch! All die alten Häuser und die Kanäle und diese malerischen kleinen Cafés. Es ist so anders als Brüssel. Man kann sich schwer vorstellen, dass es nur eine dreistündige Zugfahrt entfernt liegt. Der Zug war übrigens auch schön, sehr luxuriös."

Er lauschte ihren Schwärmereien darüber, wie großartig alles gewesen war und was Maria ihr alles gezeigt hatte, wie zum Beispiel das Van Gogh Museum und das Rijksmuseum. Lucas' Gedanken schweiften ab und er musste daran denken, wie wundervoll sein Wochenende gewesen war und dass er es ihr niemals erzählen konnte.

„Und als wir in diesen Coffeeshop gegangen sind, haben sie direkt vor unserer Nase Gras geraucht. Naja, nicht nur vor unserer. Wir haben da eine Zeit lang gesessen und die Luft war so verqualmt, dass wir ganz bestimmt high waren, als wir wieder gegangen sind."

„In den Niederlanden sind sie bei weichen Drogen nicht so streng", bemerkte Lucas geistesabwesend, um zu zeigen, dass er zuhörte.

„Ich weiß, aber das war wirklich … na ja, egal. Und wie war dein Wochenende?"

„In Ordnung", antwortete Lucas möglichst gelangweilt.

Sie kam wieder näher und schlang ihm verführerisch die Arme um den Hals. „Armer Schatz, du siehst wirklich müde aus. Ich hoffe, er hat dich nicht zu hart rangenommen, mein Liebling?"

„Na ja, du weißt ja, wie das ist." Lucas bemühte sich darum, sie nicht direkt zu belügen. Dabei hätte er ihr am liebsten die Wahrheit gesagt. *Eigentlich, Lucy, hat er mich tatsächlich hart rangenommen, mitten auf der Matratze. Wir haben es im Badezimmer getrieben und auf dem Sofa vor dem offenen Fenster. Er hat mich dazu gebracht, seinen Namen zu schreien und ich bekomme einen Steifen, wenn ich nur an ihn denke.* Aber er konnte sie auf keinen Fall so verletzten.

Sie beugte sich für einen Kuss vor, doch er drehte den Kopf, sodass ihre Lippen auf seiner Schläfe landeten. „Nimm du doch deinen Tee, leg eine DVD ein und mach es dir auf dem Sofa bequem. Ich kümmer mich um die Wäsche und nachher können wir uns Pizza oder so was bestellen, okay?"

Sie war wirklich süß, das wusste er, und sie liebte ihn. Also lächelte er und küsste sie auf die Stirn. „Danke, Lucy, das klingt toll. Aber ich kann bei der Wäsche helfen, wenn du möchtest."

„Sei nicht albern. Du arbeitest viel härter als ich. Entspann dich einfach und ich kümmere mich um alles." Sie streichelte ihm über die Brust und ging dann in den Flur, wo ihr Gepäck wartete.

Der Film, den Lucas ausgesucht hatte, lief erst seit fünf Minuten, als er auf dem Sofa einschlief.


LUCY LÄCHELTE, als sie die vertrauten, langsamen und flachen Atemzüge hörte und zog die Wohnzimmervorhänge zu, um abzudunkeln. Vielleicht konnte sie es doch. Sie kümmerte sich gern um Lucas und wenn Maria damit zurechtkam, würde sie es auch schaffen. Die Christensens waren zweifellos ein gutes Vorbild. Sie würde Marias Angebot annehmen und sich neben ihrem Studium für wohltätige Zwecke engagieren. Auf diese Weise würde sie nicht einsam zu Hause sitzen und auf Lucas warten müssen und sie würde vielen neuen Menschen begegnen und das Land etwas besser kennenlernen. Und nicht zuletzt würde es sich gut in ihrem Lebenslauf machen und ihr dabei helfen, sich in Gegenwart fremder Leute wohler zu fühlen. Sie bewunderte Marias Talent, in jeder erdenklichen Situation schön und selbstbewusst zu wirken. Diese Frau konnte nichts aus der Ruhe bringen.

Als sie die Wäsche sortierte, bemerkte sie, dass an einem von Lucas' teuren Hemden drei Knöpfe fehlten. Sie hatten zwar normalerweise einen Ersatzknopf, aber drei fehlende Knöpfe waren dann doch zu viel. Sie nahm sich vor, auch die anderen Hemden auf lose Fäden zu überprüfen. Wahrscheinlich handelte es sich um einen Fabrikationsfehler.

Nachdem sie die Waschmaschine angestellt hatte, packte sie ihre Toilettenartikel aus, stellte ihre Zahnbürsten gemeinsam zurück in den kleinen grünen Becher auf der Ablage über dem Waschbecken und Lucas' Rasierapparat und Rasierschaum in den Spiegelschrank. Keiner von ihnen hatte für seine jeweilige Wochenendunternehmung besonders viel gepackt, doch sie überprüfte trotzdem alle Seitentaschen.


MARIA BETRAT das Haus, dicht gefolgt von ihrem Fahrer, der ihren Koffer hereinrollte.

„Sonst noch etwas, Ma'am?"

„Nein, vielen Dank, Paul." Sie drückte ihm Trinkgeld in die Hand und ging zu Jack hinüber, der am Tresen saß und die Sunday Times las.

„Hallo Fremder." Sie legte Jack einen Arm um die Schulter und als er aufsah, begrüßte sie ihn mit einem kleinen Kuss. „Hast du mich vermisst?"

„Na ja", antwortete Jack und wandte sich demonstrativ wieder seiner Zeitung zu, während ihre Hand immer noch auf seiner Wange lag.

„Oh, okay, dann willst du dein Geschenk bestimmt auch nicht haben." Sie ging in Richtung ihres Koffers davon und warf ihm einen neckenden Blick zu, als sie ihr Gepäck an sich nahm und damit im Flur verschwand.

Jack wurde erneut von Schuldgefühlen geplagt. Kaum war sie für zwei Nächte nicht da, schlief er bereits hinter ihrem Rücken herum, und sie brachte ihm auch noch ein Geschenk mit. Einen Moment lang wünschte er sich, er könnte die Zeit zurückdrehen, doch dann dachte er an Lucas und an die Gefühle, die der junge Brite in ihm hervorrief. Er legte das Gesicht in die Hände und erinnerte sich daran, wie Lucas und er sich in der vergangenen Nacht geliebt hatten. Es war bereits mehr als nur Sex gewesen. Es war etwas viel Schöneres als nur das Befriedigen der eigenen Lust. Sie hatten sich viel Zeit dafür genommen, den Körper des anderen zu erkunden. Er konnte immer noch die wundervoll muskulöse Brust und die kräftigen Schultern unter seinen Händen spüren, die dunklen Brustwarzen, die hart wurden, wenn er sie berührte. Er konnte immer noch Lucas' Haut schmecken. Wie könnte er auch nur darüber nachdenken, auf all das zu verzichten? Wie könnte er sich von der einzigen Person abwenden, mit der er sich lebendig gefühlt hatte, seit … seit er denken konnte?

„Du arbeitest zu viel, Jack."

Jack zuckte zusammen, als ihn Marias Stimme aus seinen Tagträumen riss. Er hatte nicht bemerkt, dass sie zurück ins Zimmer gekommen war.


ALS SIE hereingekommen war, hatte sie bemerkt, wie müde er aussah. Er wirkte, als hätte er seit Freitag kaum geschlafen, und sie nahm sich vor, ihn an diesem Abend zu verwöhnen, da am nächsten Morgen eine neue, zweifellos sehr anstrengende

Woche beginnen würde. Sie wusste, dass ihr Mann ein Workaholic war und dass es noch schlimmer wurde, wenn sie nicht da war. Es war irgendwie liebenswert, wie Jack sich immer in seiner Arbeit vergrub. Er brauchte dringend ein Hobby.

Nachdem sie, mit ihrem Geschenk für ihn unter dem Arm, zurück nach unten gegangen war, beschloss sie etwas zu essen zu bestellen. Dann würde sie ihn zu einem Scrabble-Spiel herausfordern, um ihn von der Arbeit abzulenken.

Sie war oben in Jeans und T-Shirt geschlüpft und barfuß geblieben, sodass Jack sie nicht kommen hörte. Er hatte sein Gesicht in den Händen vergraben. Ihn heute in ihrem liebsten Wortspiel zu schlagen, würde eine Kleinigkeit sein!

„Du arbeitest zu viel, Jack."

Jack sah zu Maria hoch. „Hi."

Nachdem er sich kurz gesammelt hatte, schaute er um sie herum auf die Papprröhre hinter ihrem Rücken. „Darf ich es aufmachen?"

„Nö." Sie schüttelte den Kopf und hielt die Röhre von ihm weg.

„Du bist gemein, Maria Francesca!" Er benutzte ihren vollen Namen, wenn er sie ärgern wollte, denn er zeigte jedes Mal Wirkung.

Sie schürzte die Lippen. „Das bin ich wohl." Sie streckte die Posterrolle gerade so weit aus, dass er sie nicht erreichen konnte. „Aber du weißt doch auch, dass dir das gefällt."

Jack wartete kurz ab, bevor er sich nach vorn warf und die Rolle schnappte, bevor Maria sie wegziehen konnte. „Erwischt!"

Er schüttelte sie spielerisch, bevor er sie öffnete und zwei Poster herausfallen ließ. Als er sie auf dem Tresen entrollte, gab er ein anerkennendes Brummen von sich. „Dali und Miró."

Sie kam näher. „Ich weiß, wie sehr du Dali magst, aber ich finde, dein trostloses Büro braucht etwas fröhlichere Kunst und da ist der Miró vielleicht besser geeignet."

Er warf ihr einen liebevollen Blick zu. „Ich glaube, den Dali könnte das Büro auch vertragen."

Sie ging um den Tresen herum und lächelte. „Gut! Dann lasse ich sie einrahmen und in die Botschaft bringen."

Jack wandte sich wieder seiner Zeitung zu. „Danke, Maria."

Er musste wirklich sehr müde sein, wenn er ihre kleinen Kabbeleien so schnell aufgab. Sie betrachtete ihn, wie er dort saß, ein bisschen besorgt darüber, dass er nicht genug schlief, aber überzeugt davon, dass sich alles zum Guten wenden würde. Und wenn nicht, würde Jack dafür sorgen, dass es das tat, auch wenn seine momentane Erschöpfung vermutlich durch einen Gewissenskonflikt ausgelöst wurde. Maria war aufmerksam genug, um zu sehen, dass die Anweisung, die Belgier davon zu überzeugen, den Wiederaufbau nach dem Krieg mit Truppen zu unterstützen, im Widerspruch zu Jacks innerer Überzeugung stand. Sie hatten über die Möglichkeit einer solchen Situation gesprochen, bevor Jack seinen

Posten angetreten hatte, und Jack würde ganz bestimmt einen Weg finden, damit zurechtzukommen und seine Arbeit zu machen.

Sie sammelte die Zeitungen und Zeitschriften ein, die grundsätzlich an dem Platz im Haus verstreut waren, den Jack sich gerade zum Lesen auserkoren hatte, und machte sich Gedanken um das Abendessen. Sie würde das kleine Restaurant anrufen, in dem sie oft aßen und fragen, ob man dort ein Menü für zwei zusammenstellen könnte. Einer der Fahrer würde es abholen und dann könnten sie sich einen gemütlichen Abend zu zweit machen.

„ERKLÄR MIR das, Lucas!"

Lucas wurde unsanft aus dem Schlaf gerissen, als Lucy mit der flachen Hand auf den Couchtisch schlug. Sie baute sich mit herausfordernd vor der Brust verschränkten Armen und einem unheilvollen Blick in den Augen vor ihm auf. Zögerlich richtete er seinen Blick auf das, was sie auf den Tisch geworfen hatte und wurde hellwach, als er sah, dass sie die Kondome gefunden hatte.

„Ich wusste nicht, dass wir die brauchen, Lucy", sagte er versuchsweise.

Sie zuckte mit den Schultern und seufzte. „Ich glaub es einfach nicht. Hältst du mich wirklich für so dumm? Ich bin zwei Nächte lang nicht da. Nur zwei Nächte und schon treibst du es hinter meinem Rücken mit einer anderen."

Lucas sah, dass sie vor Wut kochte. Er konnte nicht glauben, dass sie sie gefunden hatte. Sie waren in seiner Jackentasche gewesen. Was hatte sie an seinen Jackentaschen zu suchen?

„Wer ist sie, Lucas? Kenne ich sie?"

*Nein, aber ihn.* „Lucy, es ist nicht das, wonach es aussieht …" Er verstummte, als sie sich umdrehte und in die Küche hinausging.

Er schloss die Augen. Wenn er ganz ehrlich war, wollte er, dass sie es wusste. Doch dann würde sie fragen, wer es war, und er wollte sie auf keinen Fall herausfinden lassen, dass es Jack war. Das durfte sie einfach nicht herausfinden.

Lucas stand auf und betrat langsam die Küche, wo eine ungeöffnete Pizzaschachtel auf dem Tisch lag.

„Du hast Pizza bestellt", stellte er ziemlich betreten fest.

„Lenk nicht vom Thema ab." Sie hatte immer noch die Arme verschränkt und starrte zu Boden. Dann konnte Lucas ihren Blick auf sich fühlen, stechend genug, um seine Haut zu durchdringen. „Ich bin dir durch die halbe Welt gefolgt und habe alles Bekannte zurückgelassen, um mit dir in dieses … dieses … unmögliche Land zu kommen. Und jetzt finde ich raus, dass ich dir noch nicht mal genug vertrauen kann, um dich für zwei verdammte Tage allein zu lassen. Du hast gesagt, du müsstest arbeiten, du würdest das ganze Wochenende mit Jack arbeiten …"

Sie atmete schwer, als sie mitten im Satz abbrach, und Lucas konnte ihren Verstand arbeiten sehen. Er versuchte unbeteiligt zu wirken und seine Angst zu verbergen, aber er wusste einfach, dass sie es sich gerade zusammenreimte. Und das durfte unter gar keinen Umständen passieren. Sie durfte das mit Jack nicht herausfinden. Er würde sie belügen müssen.

„Bitte sag mir, dass es nicht ... Oh Lucas, bitte sag mir, dass du nicht ... du und er ... du hast ihn dazu verleitet? Er ist ein verheirateter Mann, Lucas, und du hast ihn verführt, nicht wahr?" Ihre Wut verwandelte sich in etwas anderes. Etwas, das er nicht genau deuten konnte. War es Mitleid? Abscheu?

„Nein", antwortete er. „Natürlich nicht. Sei nicht dämlich, Lucy."

„Ich dachte, es wäre vorbei, Lucas. Ich dachte, du würdest dich nicht mehr in Männer verlieben. Aber du ... ich habe dich mit Jack gesehen und auch, wie du ihn angeschaut hast. Ich konnte es nicht glauben ... wollte es nicht glauben, weil du mit mir zusammen warst und du die Jungs ... die Männer hinter dir gelassen hattest. Du hast mir gesagt, du hättest all das hinter dir gelassen!"

„Luce, bitte, du musst mir glauben. Jack hat nichts damit zu tun." Seine Stimme war leise und angespannt, so sehr strengte er sich an ruhig zu bleiben.

„War ja klar, dass du ihn in Schutz nimmst! Deinen geliebten amerikanischen Botschafter. Ich frage mich, was seine perfekte Frau davon halten würde. Ich frage mich, was passiert, wenn ich Maria sage, was ihr Mann das Wochenende über gemacht hat."

Lucas fasste sich wieder. Wenn sie dachte, sie könnte ihn erpressen, kannte sie ihn schlecht. „Ich kann das echt nicht mehr glauben, Lucy. Aber ich muss dir zu deiner Fantasie gratulieren. Du findest Kondome und denkst sofort, ich schlafe mit Jack. Weißt du eigentlich, wie lächerlich das klingt? Da könntest du genauso gut vermuten, dass ich mit seiner perfekten Frau schlafe. Das ist ähnlich absurd, Lucy!"

Lucas musterte sie und hoffte, Zweifel in ihrem Gesicht zu sehen. Er atmete auf, als er sah, wie sie sich beruhigte.

„Ich habe nach Kleingeld für den Pizzaboten gesucht", sagte sie. „Er konnte keinen Fünfzigeuroschein wechseln ... und da waren sie, Lucas, gleich neben deinem Portemonnaie. Warum sollten sie in deiner Tasche sein? Warum solltest du Kondome kaufen, wenn du sie nicht benutzen willst?"

Er legte ihr eine Hand auf den Arm, doch sie entzog sich ihm.

„Es war spät und ich war müde. Ich habe dich vermisst und ja, ich gebe es zu, ich bin losgezogen, um mich nach jemandem umzusehen. Aber es ist nichts passiert, Lucy. Ich habe einen Rückzieher gemacht." Er hasste es, zu lügen, aber andererseits log er schon seit langem. Nicht ganz so offensichtlich wie jetzt, aber trotzdem ...

„Aber du wolltest wieder einen Mann." Sie seufzte und schloss kurz die Augen. „Warum, Lucas? Warum war ich nicht mehr gut genug für dich? Warum jetzt?"

Sie streifte ihn, als sie die Küche verließ. Er hörte sie Schubladen und Schranktüren in ihrem Schlafzimmer öffnen und folgte ihr.

„Lucy? Was machst du da?"

Sie verschloss die Reisetasche, die sie vollgestopft hatte, doch als sie versuchte sich an ihm vorbeizuschieben, versperrte er ihr den Weg. „Glaub ja nicht, dass ich jemals wieder mit dir in einem Bett schlafe. Jetzt geh bitte zur Seite."

„Luce …"

„Du bist … du bist ekelhaft und mein Vater hatte die ganze Zeit recht. Halt dich bloß von mir fern, du widerst mich an!"

Lucas machte einen Schritt zurück, damit sie vorbeigehen konnte.

„Ich hole den Rest, wenn du morgen bei der Arbeit bist."

„Wo gehst du hin, Lucy?", fragte Lucas überraschend ruhig.

Lucy sah ihn aus zusammengekniffenen Augen an. „Als würde dich das kümmern."

Er hörte die Haustür zuknallen und ließ sich auf das Bett fallen. Er fuhr sich mit den Händen durchs Haar und ließ jedes Wort, das sie gesagt hatte, Revue passieren. Er wusste, dass sie nicht zurückkommen würde. Unter ihrem schüchternen Äußeren verbarg sich eine entschlossene Frau, was sie schon allein damit bewiesen hatte, dass sie zu Beginn ihrer Beziehung mit ihm hierher gekommen war.

So viel Schlimmes konnte jetzt passieren, doch er fürchtete sich nur vor einer einzigen Sache: dass Lucy ihre neue Freundin Maria anrufen würde.

Er musste Jack Bescheid sagen, damit dieser zumindest gewarnt war.

# 13

„SIE WEIß Bescheid, Jack."

*Scheiße.*

Jack hörte Lucas am anderen Ende der Leitung seufzen.

„Geht es dir gut?" Jack wusste nicht, wie er reagieren sollte. „Ist sie noch da?"

„Sie ist gerade gegangen, mit Türenknallen und allem Drum und Dran. Du kannst dir wahrscheinlich vorstellen, wie sauer sie war."

„Wie …?", tastete Jack sich vor, um herauszufinden, wie Lucas wirklich über die Sache dachte.

„Sie hat die Kondome gefunden. Ich habe ihr nichts gesagt, Jack … aber dein Name ist schon ziemlich bald gefallen und ich fürchte, sie könnte es Maria erzählen." Lucas klang ruhig, aber auch unsicher, ein wenig ängstlich und besorgt, gar nicht wie der selbstbewusste junge Mann, den Jack kannte.

Jetzt war Jack an der Reihe zu seufzen. „Wie ist sie auf meinen Namen gekommen? Ich meine, sie hat doch nur geraten, oder?" Er erinnerte sich an Lucas' Bemerkung darüber, dass man es ihnen nicht ansehen könne. Vielleicht war Lucy klüger, als er ihr zugetraut hatte.

„Sie kennt mich, Jack. Sie wusste, dass ich vor ihr mit Männern zusammen war. Ich konnte nicht näher nachfragen, weil ich es abgestritten habe."

„Gut", antwortete Jack schnell. Zu schnell. Er runzelte die Stirn und ermahnte sich innerlich. „So war es nicht gemeint. Ich meine … vielleicht hat sie dir geglaubt und wird Maria nichts sagen."

Lucas blieb erstaunlich ruhig, schien langsam wieder der Alte zu werden. „Ja, das dachte ich auch. Ich wollte dich nur warnen, falls sie sich bei deiner Frau ausweint." Und dann, nach kurzem Schweigen. „Es tut mir leid, Jack."

Jack war von den Komplikationen nicht gerade begeistert, aber das konnte er natürlich nicht sagen. „Das muss es nicht. Wer weiß? Vielleicht kommt Lucy morgen zurück, wenn sie sich beruhigt hat und einsieht, wie unwiderstehlich du bist."

„Das ist nicht lustig, Jack."

„Aber es kann doch sein. Du hast selbst gesagt, dass sie dir wahrscheinlich geglaubt hat, also besteht noch Hoffnung."

„Hoffnung wofür, Jack? Das klingt, als wolltest du, dass ich diese Farce mit Lucy tatsächlich weiterführe. Außerdem kenne ich sie. Sie ändert ihre Meinung nicht. Genau genommen mochte ich das sogar an ihr. Sie ist weg, Jack. Ich … ich wollte nur, dass du Bescheid weißt. Sei auf der Hut."

Wenn Lucy wirklich entschlossen war Lucas zu verlassen, würde sie es mit ziemlich großer Wahrscheinlichkeit Maria sagen, und das beunruhigte Jack. Dieses dumme kleine Mädchen konnte nicht nur seine Ehe, sondern auch seine Karriere ruinieren. Gleich, als ihm der Gedanken kam, wusste er, wie ungerecht es war, Lucy für seine Entscheidungen verantwortlich zu machen. Trotzdem musste er etwas unternehmen. Er war kein Mann, der einfach herumsaß und wartete.

„Hör zu, ich glaube, ich kann mich wegschleichen, also warum komme ich heute Abend nicht bei dir vorbei? Wir müssen reden und das geht persönlich besser."

„Nein", antwortete Lucas entschieden. „Ich weiß nicht, wo Lucy hingegangen ist, aber falls sie aus irgendeinem Grund Maria anruft, wird es verdächtig aussehen, wenn du plötzlich einen dringenden Termin hast, nachdem meine Freundin mich verlassen hat. Mir geht es gut, ehrlich. Wir reden morgen, okay?"

Jack hörte das Klicken in der Leitung und senkte das Telefon. Er saß zu Hause in seinem Büro, wohin er sich zurückgezogen hatte, sobald er Lucas' Stimme hörte. Dass Lucy ihn verlassen hatte, machte alles noch viel komplizierter. In Diplomatenkreisen verbreiteten sich Gerüchte schnell. Sie würden noch vorsichtiger sein müssen als zuvor.

Er legte sein Gesicht in die Hände.

So wie er es sah, gab es zwei Dinge, die Lucy tun konnte, und keines davon gefiel ihm. Am wahrscheinlichsten war, dass sie Maria anrufen und um Rat fragen würde. Die beiden Frauen waren gute Freundinnen geworden, also wäre es nur logisch. Er kannte Frauen und wusste, dass es Tränen geben würde und letztendlich würde Lucy mit ihrer Vermutung herausrücken, dass Lucas sie betrogen hatte und dass die „andere Frau" eigentlich ein Mann war. Marias Mann.

Lucys andere Möglichkeit war, ihn öffentlich bloßzustellen.

Ein Gerücht in die Welt zu setzen war einfach. Eine einzige kleine Bemerkung im Beisein der richtigen Person, dass sie Lucas verlassen hatte, weil er mit dem amerikanischen Boschafter ein wenig zu vertraulich geworden war, würde genügen. Es abzustreiten würde es nur noch schlimmer machen, also brauchte er Maria an seiner Seite, um allen zu zeigen, dass es sich um einen Irrtum handelte. Und so wie er Maria kannte, musste er sie davon überzeugen, dass es wirklich eine Lüge war, bevor sie ihn unterstützte.

Jack wurde bewusst, dass er die Reaktion seiner Frau nicht erahnen konnte. Maria war nicht besonders emotional, doch vielleicht würde sie sich verletzt fühlen, und da sie ziemlich unbarmherzig sein konnte, würde sie vielleicht genussvoll Rache nehmen.

Verdammt. War es ihm das wert? Er liebte seine Arbeit und war nicht bereit, sie wegen eines Seitensprungs zu verlieren. Was empfand er für Lucas? Liebte er ihn? Oder war es nur Lust? Seine Gefühle für Lucas denen für Maria gegenüberzustellen, war wie Äpfel mit Birnen zu vergleichen. In beiden Fällen handelte es sich um Liebe, doch die für Lucas war überwältigend, leidenschaftlich und umwerfend, während die für Maria sich als angenehm, zuverlässig und vernünftig beschreiben ließ. Welches dieser beiden Gefühle würde die nächsten zehn Jahre überdauern? Konnte er sich vorstellen, Lucas dann immer noch zu lieben? Würde ihre Liebe zwei zerstörte Karrieren überstehen? Was, wenn es ihn beruflich ruinierte? Würde er es Lucas vorwerfen?

Jack rieb sich mit beiden Händen den Kopf und versuchte, seine Gedanken zu ordnen. Lucas wollte ihn nicht sehen. Vielleicht war es besser so. Vielleicht sollten sie sich eine Zeit lang unauffällig verhalten. Es würde ihm zweifellos dabei helfen, wieder einen klaren Gedanken zu fassen.


DER REST der Woche verlief in der üblichen rasenden Geschwindigkeit, denn er hastete von einem Meeting zum nächsten, besuchte diverse Handelskonferenzen, internationale Schulen und den Ausschuss, der den Gesetzesentwurf zur Schwulenehe ausarbeitete. Jack war froh, dass sein Verstand so stark in Anspruch genommen wurde. Normalerweise war er nicht allein unterwegs, sondern wurde von einem seiner Mitarbeiter in der Botschaft begleitet, der ihn auf dem Weg informierte oder ihn ihren Verhandlungspartnern vorstellte.

Die Nächte waren eine andere Sache. Auch wenn er sich bemühte Gedanken an Lucas zu verdrängen, zog er sich doch von Maria zurück. Ihr Sexualleben war nie besonders rege gewesen, doch jetzt erfand er Ausreden, um nicht im Schlafzimmer sein zu müssen, wenn sie ins Bett ging. Wenn das nicht möglich war, stellte er sich schlafend. Er ermahnte sich selbst, es einfach hinter sich zu bringen und wieder mit ihr zu schlafen, um mögliche Zweifel zu zerstreuen, denn falls sie irgendetwas wusste oder vermutete, würde sein ausweichendes Verhalten ihn erst recht schuldig aussehen lassen.

Doch es ging einfach nicht. Manchmal, wenn sie ihm den Rücken zugewandt hatte und er wusste, dass sie es nicht bemerken würde, sah er sie an, doch so sehr er sich auch bemühte, er konnte kein Verlangen in sich heraufbeschwören. Wenn er allein war, fiel es ihm leicht. Seine Gedanken wanderten ganz automatisch zu Lucas und er wurde steif. Er musste nur an Lucas' lusterfüllte Augen denken und daran, wie dunkel sie wurden, wenn Lucas ihn ansah, und schon fiel es ihm schwer, sich nicht zu berühren.

Als der Donnerstag kam, hielt er es nicht länger aus. Sie hatten seit Sonntagabend nicht mehr miteinander gesprochen und da Jack ungeklärte Angelegenheiten hasste, griff er nach dem Telefon, um anzurufen. Mitten beim Wählen hielt er inne. Darüber konnten sie nicht am Telefon reden. Hierbei ging es um sie, ihre Beziehung. Hier ging es um die Entscheidung, ob die Sache zwischen ihnen es wirklich wert war, eine Beziehung genannt zu werden, oder ob es sich nur um guten Sex handelte. Jack beschloss, dass er Lucas anstelle des Anrufs nach der Arbeit einen Besuch abstatten würde.

Es war nicht leicht, Mark, seinen immer gewissenhaften Secret-Service-Mann, davon zu überzeugen, dass er ohne Überwachung nach Hause fahren konnte und es nicht nötig war, den Männern am Haus seine voraussichtliche Ankunftszeit mitzuteilen. Er konnte natürlich nicht ins Detail gehen, aber versprach letztendlich, sich zu melden und Bescheid zu sagen, dass es ihm gut ging.

Er hatte Lucas am Sonntag zwar zu Hause abgesetzt, aber dabei nicht seine Wohnung betreten. Er fand den Hauseingang und rannte bis in die dritte Etage hoch, wo er, mehr als nur ein bisschen außer Atem, vor der Tür stehen blieb. Als er den Finger zur Türklingel ausstreckte, sah er die Namen auf dem Klebeschild darüber: „Lucas Carlton – Lucy Marsh". Er lächelte. Seine erste Frage war damit beantwortet.

Trotzdem war er nicht ganz sicher, wie Lucas reagieren würde. Was, wenn er wütend war? Jack hatte ihn vier Tage lang nicht kontaktiert und in der Zwischenzeit konnte alles Mögliche passiert sein, zum Beispiel könnte Lucas beschlossen haben, dass Jack es nicht wert war.

Jack bekam Angst vor dem, was ihn hinter dieser Tür erwarten würde und drehte sich um. Er ging in dem kleinen Flur auf und ab und versuchte sich zu entscheiden, sodass er die Tür im Rücken hatte, als diese sich öffnete.

„Wie wär's, wenn du aufhören würdest, die Fliesen abzunutzen und stattdessen reinkommst?" Lucas' Stimme war gedämpft und Jack fand, dass er in seinem ausgeblichenen roten T-Shirt und seiner beigen Cargohose unglaublich gut aussah.

Jack versuchte in seinem Gesichtsausdruck zu lesen, ob er schlechte Laune hatte oder wütend auf ihn war, doch Lucas' Augen wirkten warm und einladend und ein kleines Lächeln umspielte seine Lippen.

„Komm rein, bevor die Nachbarn anfangen zu reden. Es ist schon schlimm genug, dass sie mich ständig nach Lucy fragen." Lucas ergriff seinen Arm, zog ihn in die Wohnung und schloss die Tür.

„Warum bist du hier?", fragte Lucas leise und ohne dabei vorwurfsvoll zu klingen.

„Woher wusstest du, dass ich da draußen war?", fragte Jack und beäugte ihn misstrauisch.

Der junge Brite lächelte, während er abwechselnd Jack und einen Punkt auf dem Boden hinter ihm betrachtete. „Die Tür hat einen von diesen …", er gestikulierte in Richtung der Tür, „… Spionen? Und ich habe Schritte gehört, also …"

„Wir müssen reden, Luke."

„Ja, das müssen wir wohl."

„Ist Lucy wirklich weg?"

„Sie ist weg."

Lucas schaute Jack geradewegs in die Augen.

„Und hat sie irgendwas davon gesagt, es Maria zu erzählen?"

„Ich glaube nicht."

Sie standen da und sahen sich an, fragten sich beide, was der andere fühlte und versuchten, einen Hinweis darauf in dessen Augen zu finden, doch es war Jack, der den ersten Schritt machte, plötzlich auf Lucas zuging, seine Hände um den Kopf des jungen Mannes legte und ihn leidenschaftlich küsste.

Lucas keuchte vor Überraschung, doch erwiderte den Kuss sofort, öffnete einladend den Mund und saugte und knabberte gierig an den Lippen des Amerikaners.

In den Armen seines Liebsten zu sein fühlte sich großartig an und Jack dreht sie herum, um Lucas gegen die Tür zu schieben, und küsste ihn, jetzt, da er ihn gegen eine feste Oberfläche pressen konnte, nur noch entschlossener. Er musste Luft holen, aber wollte den Kontakt, der ihn vor Lust erzittern ließ, nicht aufgeben und so ließ er seinen Mund an Kiefer und Hals des jungen Mannes entlangwandern.

Jacks gierige Verführung brachte Lucas zum Lächeln und er versuchte, ihn aus seinem Mantel zu befreien.

Nachdem er auch seine Jacke losgeworden war, riss Jack die Krawatte von seinem Hals und ließ sie landen, wo auch immer die Schwerkraft sie hin befördern würde, bevor er seine Hände rechts und links von Lucas' Kopf gegen die Tür stützte. Er presste sich gegen ihn, rieb sich mit seinem ganzen Körper an ihm, bis der Brite in seinen Mund stöhnte. Auch wenn sie sich nur vier Tage nicht gesehen hatten, war es wie ein Wiedersehen nach jahrelanger Trennung. Es war ihm unbegreiflich, wie er auch nur daran gedacht haben konnte, das aufzugeben.

Lucas schob Jacks Hemd hoch und streichelte mit seinen weichen, kräftigen Händen Jacks Haut. Jack schob eine Hand zwischen ihre aneinandergepressten Körper, um den Knopf seiner Hose zu öffnen. Als Lucas' Hände seinen Rücken hinabglitten und sich auf seinen Hintern legten, wusste er genau, was er wollte.

Jack hob ein wenig den Kopf.

„Ich will …"

Er knabberte an Lucas' Unterlippe.

„Dich …"

Er zog die geschwollene Lippe zwischen seine Zähne, was Lucas zum Stöhnen brachte.

„In mir fühlen."

Jacks Stimme war heiser und als er sich ein Stück von seinem jungen Liebhaber löste, sah er Lucas' Lächeln, die geschwollenen Lippen und die herrlich dunklen Augen und wusste, dass er seinen Willen bekommen würde.

„Das wurde auch Zeit", sagte Lucas leise und presste die Hände gegen Jacks Hintern, um ihn dichter an sich zu ziehen.

„Schlafzimmer?"

Lucas schüttelte langsam den Kopf. „Das ist kein gutes Zimmer." Er stieß sich von der Tür ab, schob Jack von sich und wandte sich ab, um seinen hungrigen Händen auszuweichen.

„Wo gehst du hin?", fragte Jack, ließ ihn nicht so leicht davonkommen. „Bleib hier."

Lucas küsste ihn noch einmal und stöhnte, als er sich von ihm löste. „So gierig … geh nicht weg."

Er verschwand im Schlafzimmer und kam gleich wieder heraus. „Jetzt gehöre ich ganz dir, so lange du mich willst."

„Was …", murmelte Jack, aber wurde zum Schweigen gebracht, als Lucas wieder über seinen Mund herfiel. Er wurde in Richtung Sofa geführt und verstand den Sinn von Lucas' kleinem Ausflug, als er das Knistern einer Kondomverpackung hörte. Sie stolperten übereinander und die Möbel, kamen beinahe zu Fall, weil sie versuchten einander auszuziehen, ohne dabei das Küssen und Streicheln zu unterbrechen.

Lucas stieß Jack auf das Sofa und entledigte ihn gleichzeitig seiner Hose und Boxershorts. Dann richtete er sich wieder auf, um seine Cargohose hinunter zu schieben und sich Jack in seiner ganzen Pracht zu präsentieren. Der Amerikaner konnte nicht anders, als sich vorzubeugen, um Lucas' stattliche Erektion in den Mund zu nehmen, doch Lucas stoppte ihn und ließ sich auf die Knie fallen. „Nicht", sagte er leise. „Es gibt nur einen Ort, an dem ich heute kommen möchte, nämlich tief in dir." Er küsste Jack zärtlich. „Lass es mich langsam angehen und richtig machen." Lucas ergriff Jacks Schultern und schob ihn nach hinten gegen die Polster. „Lehn dich einfach zurück und entspann dich – wenn ich mit dir fertig bin, wirst du nämlich Sterne sehen."

Beide Männer hielten den Atem an und schauten einander in die Augen, als Lucas in Jacks Kniekehlen fasste und ihn dazu brachte, die Beine anzuziehen. Der Amerikaner keuchte in gespannter Erwartung und schloss für einen Moment die Augen, damit Lucas' hungriger Blick und sein verruchtes Lächeln ihn nicht auf der Stelle kommen ließen. Es war ihm gerade gelungen, sich unter Kontrolle zu bringen, als er den warmen Körper seines Liebsten über sich spürte und ihre tropfenden Schwänze aneinander rieben.

„Du musst dich entspannen, Jack", flüsterte Lucas ihm ins Ohr. „Atme durch den Mund. Schließ die Augen. Lass dich einfach von den Empfindungen forttragen. Denk nicht nach, fühle einfach. Ich verspreche, dass ich dir nicht wehtun werde."

Jack konnte nur nicken, als Lucas sich von ihm löste und Gleitgel auf seine Finger tröpfelte. Er wollte dies so sehr, dass er das Gefühl hatte, er würde zerspringen. Lucas hatte ihn angewiesen die Augen zu schließen, doch er wollte es sehen. Er erinnerte sich an Lucas' verzückten Gesichtsausdruck, als er ihn zum ersten Mal vorbereitet hatte, und wollte nichts davon verpassen.

Jack keuchte, als sein Liebhaber seinen Schwanz in den Mund nahm und mit seinem Speichel befeuchtete. Er riss die Augen auf und hoffte, Lucas würde verstehen, dass es ihm nicht helfen würde, länger durchzuhalten. Sprechen war gerade nicht möglich, denn Lucas ließ von seinem Schwanz ab und kreiste mit einem kalten, gelbedeckten Finger um sein Loch.

Er streckte eine Hand aus, doch Lucas stieß ihn fort.

„Quäl mich nicht, Luke, bitte, ich brauche dich ...“

Lucas ließ seinen Finger bis zum ersten Gelenk durch den engen Muskel gleiten. Er ließ sich Zeit, nicht um Jack zu quälen, sondern damit er sich daran gewöhnen konnte, als er den Muskelring langsam dehnte und seinen Finger tiefer schob.

„Entspann dich, Jack, du bist sehr eng.“

Seiner verschwommenen Sicht zum Trotz konnte Jack das zufriedene Lächeln des Briten ausmachen und er öffnete seinen Mund noch weiter, als ein zweiter Finger sich neben den ersten schob. Es brannte ein wenig, doch da Lucas seine Finger einfach still hielt, zwang sich Jack, sich noch mehr zu entspannen.

„Tiefer“, keucht er und sah Lucas direkt in die Augen.

Der junge Mann lachte. „Wenn du noch reden kannst, gebe ich mir eindeutig nicht genug Mühe.“ Er spreizte leicht die Finger und strich dabei über eine glatte Stelle in Jacks Innerem, was den Amerikaner aufschreien und seine Muskeln verkrampfen ließ. Lucas beugte sich vor, hielt seine Finger still. „Ganz ruhig, entspann dich, ich werde es nicht noch mal machen.“

„Nein!“ Jack seufzte. „Mach ... mach es nicht ... noch mal.“ Er sah jetzt schon Sterne und dabei war Lucas noch nicht einmal in ihm. Zumindest nicht auf die Art, auf die er es wollte. Er biss sich auf die Unterlippe und war dankbar für das kalte Gleitgel, das mit Lucas‘ drittem Finger in ihn eindrang.

„Gott, Luke, ich kann nicht ... länger warten.“

„Du bist fast so weit, Liebling“, flüsterte Lucas leicht atemlos. Er bemühte sich, Jacks Prostata nicht noch einmal zu berühren, da er fürchtete, dass es ihn diesmal wirklich zum Höhepunkt bringen würde, doch da Jack sich immer mehr entspannte, zog er langsam seine Finger heraus. Er wühlte unter dem Kissen, um das Kondom zu finden, das er dort bereitgelegt hatte, und öffnete es eilig. Er war hart und sehnte sich nach Erleichterung, streichelte sich ein paar Mal, bevor er das Kondom überstreifte.

„Gott, du siehst heiß aus, wenn du dich anfasst.“

Jack sah ihm hungrig und ungeduldig zu und Lucas lächelte. „Ich möchte einfach richtig bereit für dich sein, Liebling.“ Er träufelte sich eine großzügige Menge Gel in die Hand und verteilte es auf seiner Erektion, bevor er einen neckenden Schmollmund zog und sich für einen hungrigen Kuss zu Jack hinunterbeugte.

„Bist du so weit?“

Jack nickte und öffnete wieder leicht den Mund. Er krallte sich in die Sofalehne, um Halt zu haben, als er spürte, wie die Spitze von Lucas‘ Schwanz in ihn eindrang. Das Brennen nahm zu und er versuchte, sich nicht dagegen zu wehren, als Lucas sich ganz langsam tiefer schob.

Lucas keuchte schwer gegen Jacks Hals und versuchte, sich zurückzuhalten. „Fuck, Jack, du bist so eng.“ Er verspürte den Drang, wild in seinen Liebsten zu stoßen, doch damit würde er Jack wehtun und das war das Letzte, was Lucas wollte. Also wartete er, eine Hand auf die Rückenlehne des Sofas neben Jacks Kopf gestützt, während die andere sanft über seine Brust streichelte.

„Sag Bescheid, wenn du so weit bist", bat Lucas leise.

„Tu es!", antwortete Jack mit gepresster Stimme. „Nur ... vorsichtig."

Und das tat Lucas. Er bewegte sich langsam vor und zurück, beobachtete dabei immer die Reaktion seines Liebsten und richtete sich nach dem unwillkürlichen Stöhnen, das aus Jacks Innerem hervorbrach.

Der Amerikaner gewöhnte sich an das Gefühl, Lucas in sich zu haben, und als Lucas sich für einen Kuss vorbeugte, ermunterte er ihn. „Schneller, Luke, bitte. Ich will mehr."

Mehr Aufforderung brauchte Lucas nicht, und als Jack instinktiv die Knie höher hob und den Winkel veränderte, änderte sich auch sein Stöhnen. Lucas zog sich jetzt bei jedem Stoß fast ganz aus ihm zurück, nur um sich wieder tief hineinzuschieben, sodass man das Geräusch ihrer gegeneinander klatschenden Haut hören konnte. Beide atmeten schwer und kamen dem Höhepunkt immer näher.

„Komm ... mit mir ... Luke", rief Jack und bäumte sich mit weit aufgerissenen Augen vom Sofa auf.

Lucas suchte Jacks Blick und sah die Ekstase in seinem Gesicht, spürte, wie sich sein eigener Unterleib spannte, als er zum Höhepunkt kam. Durch seinen Orgasmus hindurch stieß er weiter tief in Jack hinein, bis er spürte, wie dieser sich um ihn herum zusammenzog und warme, klebrige Flüssigkeit auf ihre Bäuche spritzte. Als er schließlich auf Jacks kraftlosem Körper zusammenbrach, fühlte er diesen immer noch von den Nachwirkungen seines Höhepunktes zittern. Er bemerkte außerdem, dass sich ihre Finger irgendwann miteinander verflochten haben mussten und ihre Lippen sich beinahe berührten, genau wie in dem Hotelzimmer in Antwerpen, als er Jack das erste Mal zum Höhepunkt gebracht hatte. Während er sich daran erinnerte, ließ er seine Lippen über Jacks Wange wandern, wo er salzige Tränen schmeckte. Er befreite eine seiner Hände, um die Nässe fortzuwischen. „Geht es dir gut?"

Jack öffnete träge die Augen und es dauerte einen Moment, bis er antwortete: „Ich liebe dich, Lucas. Warum sollte es mir nicht gut gehen?"


NACHDEM SIE sich gesäubert hatten, landeten sie wieder auf dem Sofa, wo sie einfach nicht genug davon bekommen konnten, einander zu berühren, während sie langsam in die Wirklichkeit zurückkehrten.

Jack hatte sich kurz bei Mark gemeldet, wie er es im Austausch für ein wenig Zeit für sich versprochen hatte. Er erfuhr, dass Mark ihn bei Maria entschuldigt und ihr mitgeteilt hatte, Jack befände sich in einem voraussichtlich mehrstündigen Meeting.

„Also vertraust du Mark mit unserem Geheimnis?", erkundigte Lucas sich leicht beunruhigt.

„Mark weiß ja keine Einzelheiten. Ich habe ihm nur gesagt, dass ich eine Auszeit bräuchte und ihm nicht sagen könnte, wohin ich wollte."

„Ja, aber die Leute vom Secret Service sind ziemlich gründlich. Er ist dir wahrscheinlich hierher gefolgt, um dich zu schützen, und woher willst du wissen, dass er nicht draußen in seinem Auto sitzt und wartet, bis du wieder rauskommst?"

„Sei nicht paranoid, Luke", antwortete Jack leise, obwohl er tief in seinem Innern wusste, dass sein Liebhaber durchaus recht haben konnte. Wahrscheinlich hatte Mark gemerkt, dass irgendetwas vor sich ging. Jack und Lucas konnten nur hoffen, dass er diese Information für sich behalten würde.

Lucas lag mit dem Rücken zur Sofalehne auf der Seite und hatte sich von hinten an Jack geschmiegt. Sie waren noch immer nackt, doch die schwüle Hitze der Innenstadt ließ gerade erst nach, sodass sie nicht froren, solange sie dicht beieinanderlagen.

Jack legte seinen Kopf ein wenig nach hinten. „Wir müssen reden, Lucas. Wir müssen uns der Realität stellen."

Er hörte seinen jungen Liebhaber seufzen und spürte die warmen Lippen des Briten auf seiner Schulter. „Ich weiß. Es ist nur … Mir gefällt unsere eigene kleine Realität und wenn wir darüber reden, lassen wir die ganze schreckliche Welt wieder hinein."

Jack lächelte. „Ich weiß. Und wir können unsere eigene kleine Realität behalten, nur für dich und mich." Er legte seine Hände über die von Lucas und zog dessen Arme fester um seinen Körper. „Aber ich glaube, wir müssen beide wissen, wo wir stehen."

Jack fühlte Lucas nicken und erneut seinen Nacken küssen. „Ich liebe dich auch, Jack."

Der Amerikaner seufzte. „Ich brauche Zeit, um es Maria beizubringen, Luke. Ich kann sie nicht einfach damit überfallen. Sie hat genauso viel in meine Karriere investiert wie ich und wenn das alles den Bach runtergehen sollte, braucht sie auch eine Alternative. Das bin ich ihr schuldig."

„Ich möchte nicht, dass du deine Karriere aufgibst, Jack. Ich weiß, wie wichtig sie dir ist! Wir können abwarten und schauen, was passiert."

Jack drehte sich auf den Rücken, weil er das Gesicht seines Liebsten sehen wollte. „Du meinst, wir sollen uns weiterhin verstecken und herumschleichen?"

Lucas lehnte seine Stirn gegen Jacks. „Wenn wir es öffentlich machen, hat keiner von uns beiden mehr eine Karriere. Ich weiß nicht, wie es dir geht, aber ich hätte keine Ahnung, was ich sonst machen sollte."

Jack strich Lucas eine Locke aus dem Gesicht und küsste ihn auf die Stirn. „Ich habe nicht vor, für immer mit diesem Versteckspiel weiterzumachen, Luke. Ich möchte nur, dass du das weißt."

„Ich weiß." Lucas lächelte ihn an. „Und jetzt solltest du dich lieber anziehen und nach Hause fahren."

„Hast du mich etwa schon satt?", neckte Jack.

„Ja, alter Mann. Geh zurück zu deiner Frau, bevor sie misstrauisch wird."

Einen kurzen Moment lang fragte sich Jack, wie ernst diese Bemerkung gemeint war, doch Lucas hielt nicht lange durch, bevor er loslachte. Dann wurde er wieder ernst, doch diesmal wirkte sein Gesichtsausdruck sanft. „Es wird schon werden, Jack. Irgendwann wird sich eine Situation ergeben, in der wir nicht mehr so sehr der Öffentlichkeit ausgesetzt sind und es nicht wichtig ist, ob du die perfekte Frau hast."

Jack nickte, obwohl er wusste, dass sie sich etwas vormachten. Zumindest hatten sie jetzt etwas mehr Zeit.

Und Lucas hatte ihm gesagt, dass er ihn liebte.

# 14

DER EUROPÄISCHE Widerstand gegen den Krieg hatte seinen Höhepunkt erreicht und Lucas befand sich in Jacks Büro, wo sie sich auf ihr Treffen mit den Ministern aus Deutschland, Belgien und Frankreich in Paris vorbereiteten. Sie hatten soeben eine Telefonkonferenz mit den amerikanischen Botschaftern in Deutschland und Frankreich beendet und hatten übereingestimmt, dass sie gut auf die harten Verhandlungen vorbereitet waren.

Lucas ordnete ihre Unterlagen, während Jack seine Aktentasche mit „Hausaufgaben" füllte.

„Also, was hast du Maria gesagt, wann du heute von der Arbeit zurückkommst?", fragte Lucas, nicht ganz ohne Hintergedanken.

„Gegen acht", antwortete Jack mit einem Lächeln auf den Lippen.

„Dann haben wir ..." Lucas sah auf die Uhr. „Ungefähr zwei Stunden."

„Ja", antwortete Jack und ließ den Blick über den Körper seines Liebhabers wandern. „Zwei Stunden."

Beide Männer wurden aus ihren Gedanken gerissen, als ein Agent des Secret Service in den Raum stürzte.

„Herr Botschafter? Die Botschaft wurde vollständig abgeriegelt." Der Mann warf einen Blick auf Lucas. „Mr. Carlton? Ich fürchte, Sie können wir ebenfalls nicht gehen lassen. Am besten informieren Sie alle Personen, die es wissen müssen, telefonisch. Es könnte eine Weile dauern."

„Was ist los, Mark?", fragte Jack, aufrichtig besorgt.

„Eine Bombendrohung, Sir. Die Tunnel wurden auf beiden Seiten des verdächtigen Fahrzeugs ungefähr einen Kilometer weit geräumt. Im Umkreis von zwei Kilometern wurde der Verkehr gestoppt."

„Dann hat man auch alle Straßen gesperrt?"

„Ja, Sir. Könnten Sie und Mr. Carlton bis auf Weiteres in Ihrem Büro bleiben? Das würde uns helfen, den Überblick zu behalten. Und halten Sie sich bitte von den Fenstern fern."

Jack sah Lucas an und seufzte. „Also gut. Viel anderes können wir wohl sowieso nicht tun. Wie weit weg ist das Auto?"

„Wahrscheinlich könnte man es von hier aus sehen, Sir. Am Ausgang des Tunnels."

Zum ersten Mal konnte Lucas etwas nicht ganz Professionelles im Tonfall des Mannes ausmachen. Offenbar handelte es sich um eine ernste Bedrohung.

„Ich lasse Sie jetzt allein, Sir, denn ich bin ebenfalls für den Rest der Etage zuständig. Falls Sie irgendetwas brauchen, wissen Sie, wo Sie mich finden." Und damit war der Secret-Service-Mann aus der Tür.

Jack und Lucas betrachteten einander von ihrem jeweiligen Ende des Raumes, denn beide waren nicht sicher, was sie als Nächstes tun sollten. Lucas ging zum Fenster hinüber, um sich das Auto anzusehen.

„Lucas! Mark hat gesagt, wir sollen nicht ans Fenster gehen. Falls das Ding explodiert, wird im ganzen Gebäude keine Glasscheibe heil bleiben."

Die Spannung im Raum war beinahe greifbar und Lucas lachte nervös, als er sich vom Fenster entfernte und zu Jack hinüberging. „Ich muss sagen, deine Secret-Service-Leute hast du dir gut ausgesucht. Was genau muss man hier machen, damit Mark einen ein bisschen gröber anfasst?"

Jack war von der Frage verblüfft, doch er fing sich schnell wieder, schnappte sich das Handgelenk des Briten und drehte ihn um. Während Lucas noch gegen die Überraschung ankämpfte, presste Jack ihn mit seinem Körper vorwärts gegen die mit aufwendigen Schnitzereien verzierte Tür.

Lucas stellte fest, dass er sich nicht bewegen konnte, selbst als Jack eine Hand löste, um damit die Tür abzuschließen. „Hey, ihr Botschafter bekommt ja echt gutes Selbstverteidigungstraining!"

„Tja, du wolltest doch ein bisschen gröber angefasst werden", flüsterte Jack ihm ins Ohr. „Ich fand nur nicht, dass Mark das Vergnügen haben sollte."

„Oooh, Jack", scherzte Lucas mit hoher Stimme, ein bisschen unsicher in Bezug darauf, was passierte, da er nach wie vor ziemlich fest gegen die Tür gepresst war, aber gewillt zu sehen, wohin das Ganze führte. Es war ein ziemlicher Kontrast zu Jacks sonst so sanftem und eher passivem Wesen, doch Lucas' Körper zeigte bereits eine Reaktion.

Plötzlich wurde Lucas' Jacke von seinen Schultern und bis knapp zu seinen Ellbogen gezogen, sodass er seine Arme erst recht nicht mehr bewegen konnte. Jack zog ihn von der Tür weg, wobei er eine Hand in Lucas' Nacken legte und ihm mit der anderen die Hände auf dem Rücken festhielt, und schob ihn zum Schreibtisch hinüber.

Jack war grob und Lucas konnte das Blut in seinen Schwanz schießen fühlen, als er gegen den Tisch gestoßen wurde. Jack ließ seinen Nacken los, um ein bisschen von dem Krimskrams auf dem Schreibtisch zur Seite zu schieben, sodass Blätter über den Rand und zu Boden flatterten. Lucas sah ebenfalls, dass Jack das typische „Familienfoto" mit dem Bild nach unten auf den Schreibtisch legte, bevor seine Hand zu Lucas' Nacken zurückkehrte und ihn nach unten drückte.

Beide atmeten jetzt laut und Jack zog Lucas' Hüften von der Schreibtischkante weg, um erst in der einen, dann in der anderen Hosentasche zu wühlen. Lucas wusste, wonach Jack suchte, und beschloss ihm behilflich zu sein. „Aktentasche, Taschenrechnerfach", murmelte er.

„Rühr dich nicht von der Stelle", befahl Jack mit rauer Stimme und ging zu Lucas' Aktentasche.

Lucas dachte gar nicht daran. Er ließ sogar die Hände hinter dem Rücken.

Schon bald stand Jack wieder hinter ihm. Er platzierte Kondom und Gleitgel direkt vor Lucas' Gesicht, bevor er die Hose des jungen Mannes öffnete und herunterzog, so weit es bei Lucas' gespreizten Beinen möglich war.

Der Brite fühlte Jacks Erektion gegen seinen Hintern reiben, während dieser das Gleitgel öffnete. Er würde gleich gefickt werden, und zwar hart und über den Schreibtisch des Botschafters gebeugt, während ein Verrückter draußen ein Auto in die Luft jagen wollte. Willkommen im diplomatischen Dienst!

Lucas holte scharf Luft, als ihn das kalte Gleitgel berührte. Gleich darauf drang ein Finger in ihn ein. „Weiter, du kannst noch einen zweiten nehmen, Jack", stöhnte Lucas und atmete mit offenem Mund, um so entspannt zu bleiben wie möglich. „Gott, ich will dich in mir, Jack."

Plötzlich klopfte es an der Tür. Dann noch einmal, jetzt etwas energischer. „Herr Botschafter?"

Marks Stimme. Er versuchte die Tür zu öffnen.

Lucas schloss die Augen und schürzte die Lippen. Was für ein Glück, dass Jack so vorausschauend gewesen war, sie abzuschließen.

Das Klopfen hörte auf. Sie konnten gedämpfte Stimmen hören. „Sind sie gegangen?" „Nein, Sir, ich war die ganze Zeit an meinem Schreibtisch. Sie sind wahrscheinlich mal wieder völlig in ihre Diskussionen vertieft. Glauben Sie mir, der Mann hört überhaupt nichts mehr, wenn er arbeitet."

Lucas befürchtete, Jack würde aufhören, doch dann bewegten sich die Finger in ihm und Lucas öffnete den Mund wieder, um zu atmen.

Jack beugte sich vor, um ihm ins Ohr zu flüstern: „Ich höre auf, wenn du möchtest."

„Gott, nein!", antwortete Lucas, vermutlich ein bisschen zu laut. Als ihm das klar wurde, flüsterte er: „Ich bin so weit, Jack, fang ruhig an."

Jack öffnete seinen Reißverschluss und nahm das Kondom und den Rest des Gleitgels vom Tisch. Dann, nachdem er Lucas' Boxershorts unter seinen Hintern geschoben hatte, drang er mit einem einzigen harten Stoß in ihn ein.

Beide atmeten schwer. Lucas versuchte, sich an das scharfe Brennen zu gewöhnen, und Jack versuchte, so lange still zu halten.

Dann begann das Telefon zu klingeln.

„Fuck", brummte Jack.

„Ja, bitte!", war alles, was Lucas herausbrachte. Das Brennen ließ langsam nach und er wollte, dass Jack sich bewegte. Er bog den Rücken durch und schob sich Jack vielsagend entgegen.

Jack verstand den Wink und begann, sich zu bewegen. „Ignorier … es."

„Das … hatte … ich … vor", antwortete Lucas mit gepresster Stimme. Jack legte sich ganz schön ins Zeug und verdammt, es war gut. Er konnte sich unter Jacks Gewicht kaum bewegen und die Schreibtischkante grub sich in seine Hüftknochen, doch es war ihm egal.

Jack ließ eines seiner Handgelenke los und Lucas befreite die Hand, um sich am Tisch festzukrallen, wobei er einen Stifthalter umstieß und beinahe die Lampe vom Tisch warf.

Das Telefon klingelte immer noch und hinter der Tür hörte man wieder Marks Stimme rufen.

„Einen Moment … ich komme sofort!", antwortete Jack mit angespannter Stimme.

Lucas wusste, dass es nicht lange dauern würde. Jack traf genau die richtigen Stellen und sein eigener steinharter Schwanz war zwischen seinen Bauch und die glatt polierte Schreibtischplatte gepresst. So wurde er ausreichend stimuliert, doch es war nur eine Frage der Zeit, bis es dem Secret-Service-Agenten gelingen würde, die Tür zu öffnen.

Ein Telefonklingeln, ein unablässiges Klopfen an der Tür, ein Stoß von Jack, der seine Prostata traf, während der Amerikaner immer noch einen Arm auf seinem Rücken festhielt. Lucas war fast so weit.

„Komm für mich, Lucas, komm, Baby", stöhnte Jack in sein Ohr.

„Gott, ja!"

Jacks Stöße wurden schneller und unkontrollierter, während Lucas' Unterleib sich zusammenzog. Als er Jack mit einem leisen Stöhnen zum Höhepunkt kommen fühlte, folgte er ihm und kam mit einem unterdrückten Aufschrei, während seine Beine nachgaben. Jacks Atem wärmte seinen Nacken und das Gewicht des Amerikaners auf seinem Rücken war ein gutes Gefühl.

Als er sich unter Jack entspannte, zog er auch seinen Arm zwischen ihnen hervor und ihm wurde klar, dass seine Schultern am nächsten Tag schmerzen würden. Doch für so ein großes Vergnügen war das ein geringer Preis.

Das Telefon hörte auf zu klingeln.

„Gott sei Dank", murmelte Jack und stützte sich hoch.

Der Amerikaner ging, immer noch ein wenig wacklig auf den Beinen, um den Tisch herum und holte eine Schachtel Taschentücher hervor, die er vor Lucas auf den Tisch stellte. „Wir müssen vorzeigbar sein, wenn sie reingestürmt kommen", brachte er als Entschuldigung hervor, als er sich, immer noch ein wenig außer Atem, in seinen Stuhl fallen ließ.

Lucas lächelte zu ihm hoch und hoffte, dass sein Hemd nicht allzu viel abbekommen hatte. Als er sich von der Tischplatte hochstützte, konnte er an Jacks Gesichtsausdruck erkennen, dass er vergeblich gehofft hatte.

„Es ist gut, dass du dich jetzt selbst um deine Wäsche kümmerst, Luke", lachte Jack, während Lucas begann, sich mit einem Taschentuch sauber zu wischen.

Auch der Tisch hatte es nicht unbeschadet überstanden und Jack putzte ihn ab, während Lucas sein Hemd in die Hose steckte.

„Also, wie sehen wir aus?", fragte Lucas, der gerade seine Krawatte zurechtrückte.

Jack stand auf und schnappte sich Lucas, um ihn leidenschaftlich zu küssen. „Zum Vernaschen gut." Er lächelte, als er ihn losließ und zur Tür hinüberging. „Ich lasse Mark jetzt rein, okay?"

Mark stand direkt vor der Tür, als Jack sie öffnete.

„Alles in Ordnung?", erkundigte Jack sich in seinem professionellsten Tonfall.

Mark schien nicht ganz sicher zu sein, wie er darauf antworten sollte. „DOVO hat uns mitgeteilt, dass die Bombe entschärft wurde, Sir. Die Botschaft ist wieder freigegeben ... wenn Sie keine Einwände haben, Sir."

Beide Männer bemerkten, wie Mark sich misstrauisch im Raum umsah.

„Gibt es sonst noch etwas, Mark?", fragte Jack, dessen eine Hand immer noch auf der Tür lag.

„Nein, Sir", antwortete Mark widerstrebend, aber rührte sich nicht vom Fleck.

Da Lucas sehen konnte, dass der Secret-Service-Mann der Situation nicht ganz traute, lenkte er ihn mit einer Frage ab.

„Dürfen wir das Büro jetzt wieder verlassen?"

„Ja, Sir."

„Sehr gut. Vielen Dank für Ihren Einsatz und dafür, dass Sie die Situation so gut im Griff hatten. Gute Arbeit!", sagte Jack und schlug Mark die Tür vor der Nase zu.

Lucas stellte sich hinter ihn und steckte ihm die Hinterseite seines Hemdes in die Hose. „Gut, dass du dich nicht umgedreht hast."

Jack drehte sich um und lächelte. „Ich dachte, er würde gar nicht mehr gehen."

„Er hat nur seine Arbeit gemacht", neckte Lucas.

„Ich wette, er fragt sich, warum ich es bin, der dich auf dem Schreibtisch vögeln darf und nicht er", konterte Jack.

„Meine Güte, das will ich doch nicht hoffen!", antwortet Lucas. „Glaubst du, er ... weiß es?"

Jacks Gesicht wurde ebenfalls ernst. „Ich kann nur hoffen, dass ihm dazu die Fantasie fehlt."

„Na ja, sie könnten das Stöhnen gehört haben."

Jack schaute leicht besorgt drein. „Ich glaube, wir können uns darauf verlassen, dass Mark und Mrs. Claessens so etwas für sich behalten."

Lucas schürzte die Lippen. „Ich glaube, deine Sekretärin ist auf unserer Seite, aber bei Mark bin ich mir nicht sicher. Natürlich kenne ich ihn nicht so gut wie du."

Jack küsste seinen Liebsten flüchtig. „Mach dir nicht so viele Sorgen." Er zeichnete die Falten auf Lucas' Stirn nach. „Du bist hübscher, wenn du lächelst."

# 15

B EI EINEM Treffen mehrerer US-Botschafter war es normalerweise üblich, dass sie in der gastgebenden Botschaft untergebracht wurden. Doch da die Botschaft in Paris diesmal umfangreichen Renovierungsarbeiten unterzogen wurde, bot man den Gästen liebenswürdigerweise Hotelzimmer an.

Als Jack und Lucas auf dem Weg zu ihren Zimmern ihre Schlüsselkarten verglichen, stellten sie fest, dass sie nicht nur in derselben Etage, sondern auch noch in nebeneinanderliegenden Zimmern untergebracht worden waren. Und als sie ihre Suiten betraten, wurde es noch besser, denn sie entdeckten eine Verbindungstür.

„Das kann nur Gertjes Werk sein, oder?", fragte Lucas.

„Tja, ich kann mir nicht vorstellen, dass das hiesige Botschaftspersonal auf die Idee kommen würde, den Botschafter und den britischen Vertreter praktisch ein Zimmer teilen zu lassen. Ich bin sicher, dass sie das Hotel angerufen hat, sobald sie wusste, wo sie uns unterbringen würden, um in ihrem perfekten Französisch die genauen Bedürfnisse ‚ihres' Botschafters mitzuteilen. Schade, dass wir kaum hier sein werden." Jack bedauerte ganz offensichtlich, dass sie das Wochenende über arbeiten mussten.

Lucas bemerkte, wie müde und abgearbeitet Jack aussah. Nachdem er seinen Zweitanzug und seine Hemden aufgehängt hatte, betrat er Jacks Zimmer, wo er sah, wie Jack sich gerade zwei kleine weiße Pillen in den Mund steckte und sie trocken hinunterschluckte.

„Dabei solltest du wirklich etwas trinken", bemerkte Lucas und ging zur Minibar, um eine Flasche Evian zu holen. „Geht es dir nicht gut?"

Jack zuckte mit den Schultern. „Einfach müde schätze ich. Vielleicht brüte ich auch eine Erkältung aus. Ich habe furchtbare Kopfschmerzen."

Lucas kam näher und legte die Arme um seinen Liebhaber. „Du könntest anrufen und fragen, ob wir die Vorgespräche auf morgen früh verschieben können."

„Lieber nicht. Je eher wir unsere Karten auf den Tisch legen, desto besser können wir morgen Nachmittag mit denen da oben reden. Diese Gespräche dauern immer länger, als man denkt, aber wenn sie gut laufen, können wir morgen ausschlafen." Jack warf seinem jungen Geliebten einen neckenden Blick zu, doch dieser konnte Lucas' Sorgen nicht zerstreuen. Es war offensichtlich, dass etwas nicht stimmte und es war definitiv kein gutes Wochenende, um krank zu werden.

Nur wenige Minuten später steckten sie in ihren Anzügen und stiegen in ein vor der Tür wartendes Auto, das sie zur amerikanischen Botschaft brachte.

Wie von Jack vorausgesagt gestalteten sich die Gespräche als schwierig. Jeder der Botschafter hatte seine Gründe, um eine andere Vorgehensweise zu bevorzugen, wenn es darum ging, seine jeweilige Regierung davon zu überzeugen, ihre Meinung zu ändern. Irgendwann schlug Lucas vor, dass jeder von ihnen einzeln Gespräche mit seinem Gastgeberland führen könnte, doch dafür bedachten ihn vier der Anwesenden mit einem Blick, der deutlich sagte: „Du bist zu jung und unerfahren, um das zu verstehen."

Als Lucas Hilfe suchend zu Jack schaute, sah er, dass es dem Amerikaner schlecht ging. Er schwitzte, war blass und hatte trübe, gerötete Augen.

Um ein Uhr nachts einigte man sich darauf, sich zurückzuziehen und die Gespräche um neun Uhr am nächsten Morgen wieder aufzunehmen. Als Jack sich von seinem Stuhl erhob, sah Lucas, dass er leicht schwankte und griff nach seinem Arm, um ihn zu stützen.

„Alles in Ordnung?", flüsterte er mit besorgter Miene.

Jack fing sich schnell wieder und entzog Lucas seinen Arm, als er bemerkte, dass einige der anderen Botschafter sie ansahen. „Mir geht`s gut", krächzte er mit leicht belegter und zittriger Stimme.

Lucas machte sich den ganzen Rückweg hindurch Sorgen und dann noch mehr, als er Jacks Zimmer betrat, aber der Amerikaner ihn nicht bleiben lassen wollte.

„Geh in dein eigenes Zimmer, Lucas. Die Nacht ist kurz und ich würde dich nur beim Schlafen stören."

Lucas wusste nicht, wie er Jack umstimmen sollte. „Ich will mich um dich kümmern, Jack. Schick mich bitte nicht weg. Ich mache mir Sorgen, du bist unübersehbar krank."

Jack begegnete Lucas' Bitte mit einem strengen Blick. „Lucas, mir geht es gut, aber ich brauche jetzt Schlaf, weil es sich im Moment so anfühlt, als wollte mein Gehirn meinen Kopf verlassen."

Lucas seufzte und gab sich geschlagen, aber nur vorerst.

Er begab sich in sein eigenes Bett, wo er dann lag und den Geräuschen im Nebenzimmer lauschte.

Einige Zeit später rissen ihn ein dumpfer Knall und ein unterdrückter Fluch aus dem Schlaf. Eigentlich wollte er nicht gleich aufstehen, doch als er Jacks Husten und dann das Klirren zerbrechenden Glases hörte, beschloss er, lieber nachzusehen. Er hütete sich davor das Licht einzuschalten, da er Jacks Kopfschmerzen nicht noch verschlimmern wollte, doch er arbeitete sich bis zum Badezimmer vor, wo er gerade eben den Amerikaner ausmachen konnte, der am Türrahmen lehnte.

„Komm nicht näher. Alles ist voller Glas." Jacks Stimme war schwach und heiser.

Lucas blieb sofort stehen, denn er war barfuß. „Kann ich dann das Licht anmachen?"

Auch wenn er als Antwort nur ein Brummen bekam, ging er ein paar Schritte zurück, um das Licht in seinem eigenen Zimmer einzuschalten, damit er hoffentlich genug sehen konnte, ohne dabei Jacks Kopfschmerzen zu verschlimmern. Anschließend schlüpfte er in seine Schuhe, damit er sich nicht schnitt.

Als er aufschaute, sah er Jack immer noch am Türrahmen lehnen, doch seine Augen waren zusammengekniffen und er hatte den Kopf abgewandt. Er hörte das Glas unter seinen Füßen knirschen, als er drüber ging.

„Bleib da, Jack, ich hol dir deine Schuhe."

Der Amerikaner wollte das nicht zulassen. „Geh einfach, Lucas. Geh …" Er gestikulierte abwehrend mit den Händen. „… Geh einfach weg."

Lucas, der sich nicht so leicht abschrecken ließ, bemühte sich um einen ruhigen, besänftigenden Tonfall. „Lass mich nur dafür sorgen, dass du heil ins Bett kommst. Ich feg das Glas weg und dann lass ich dich schlafen. Was hast du überhaupt gemacht?"

Jack, dessen Augen immer noch geschlossen waren, seufzte genervt. „Mir ein verdammtes Glas Wasser geholt, was denn sonst?" Das Echo seiner eigenen lauten Stimme in dem kleinen Badezimmer ließ ihn zusammenzucken.

„Na gut, dann hol ich dir ein Glas Wasser, aber lass mich dir erst …"

„Hau verdammt noch mal ab. Du bist nicht meine verdammte Frau und ich brauche keinen verdammten Babysitter!"

Lucas atmete tief durch und versuchte, seine eigenen Gefühle unter Kontrolle zu bringen, während er durch den schwach erleuchteten Raum ging und Jacks Schuhe holte. Auch wenn ihm der Vergleich mit Maria nicht gerade gefiel, bemühte er sich ruhig zu bleiben, indem er sich sagte, dass er ähnlich schlechte Laune hätte, wenn er so krank wäre. Wieder bei Jack angekommen räusperte er sich, damit seine Stimme ruhig, aber fest klang. „Hör zu, deine Schuhe stehen direkt vor dir. Du bist ja wohl nicht stur genug, um barfuß durch Glassplitter zu laufen."

Er kehrte in sein eigenes Zimmer zurück, um ein sauberes Glas und etwas Wasser zu holen, und als er zurückkam, saß Jack mit dem Kopf in den Händen auf dem Bett, aber hatte die Schuhe an den Füßen.

Lucas reichte dem älteren Mann das Glas. „Trink es aus und dann füll ich es dir noch mal auf."

Jack stürzte das Wasser so gierig hinunter, dass ein Teil davon an der Seite seines Kinns hinablief, aber er weigerte sich, das Glas zurückzugeben.

Lucas runzelte über sein Verhalten die Stirn. „Na gut, wenn du dich lieber dumm anstellen und dir wieder wehtun willst, wenn du in einer Stunde durstig aufwachst – mir soll's egal sein!"

Damit stürmte Lucas aus dem Zimmer und zurück in sein eigenes.

Am nächsten Morgen war die Verbindungstür abgeschlossen. Lucas ließ sich wieder auf sein Bett fallen und seufzte. Das war der „In Gesundheit und Krankheit"-Teil der Beziehung, oder? Vielleicht war das auch alles, was zwischen ihnen war. Vielleicht war das Jacks Art ihm zu sagen, dass es ihm nur um Sex ging und dass Lucas nicht gebraucht wurde, wenn Sex gerade nicht möglich war. Trotzdem machte Lucas sich Sorgen um den Amerikaner und stand auf, um an die Verbindungstür zu klopfen.

„Jack? Jack, lass mich bitte rein." Als er keine Antwort bekam, seufzte er. „Sag mir wenigstens, dass du wach bist und es dir gut geht."

Immer noch keine Antwort.

Erst dachte er darüber nach, die Tür aufzubrechen, doch dann wurde ihm klar, dass er wahrscheinlich überreagierte. Vermutlich war Jack bereits hinuntergegangen, um zu frühstücken.

Er sah seinen Geliebten erst wieder, als er die Lobby betrat, um auf den Fahrer zu warten. Jack sah aus, als hätte er die ganze Nacht wach gelegen, und unterdrückte ein Husten.

„Alles okay?", erkundigte sich Lucas zaghaft.

„Ich werd's überleben", antwortete Jack tonlos. Während der Fahrt herrschte unangenehme Stille und Lucas fragte sich, was in Jacks Kopf vor sich ging. War Jack nur krank und müde, oder war er *seiner* müde? Wurde ihm ihre Affäre zu viel? Er beschloss, es gut sein zu lassen, da sie in der Öffentlichkeit ohnehin nicht darüber sprechen konnten.

Nach einer Nacht erholsamen Schlafes für die meisten von ihnen schienen die Gespräche mit den anderen Boschaftern etwas leichter vonstattenzugehen und bald waren sie gut auf das Zusammentreffen mit den Staatsoberhäuptern, die sich weigerten, sich dem „Bündnis" der Amerikaner und Briten anzuschließen, vorbereitet. Jacks Durchhaltevermögen beeindruckte Lucas. Er wusste genau, wie wenig der Mann geschlafen hatte und wie krank er sich fühlte, doch der Amerikaner war konzentriert und entschlossen.

Wie gewöhnlich nahmen anstelle der Staatsoberhäupter nur ihre „unbedeutenderen" Stellvertreter an den Gesprächen teil, zunächst die stellvertretenden Außenminister und später die Außenminister selbst, doch es gab keinerlei Fortschritte. Es lief immer auf dasselbe hinaus: Die Amerikaner waren zu aggressiv, hatten sich während des Einmarsches unvernünftig verhalten und erhofften sich jetzt plötzlich Hilfe bei der Wiederherstellung des Friedens in einem Land, das sie selbst ins Chaos gestürzt hatten. Die Vertreter Belgiens, Frankreichs und Deutschlands waren nicht bereit, Truppen in einen Konflikt zu entsenden, der mit hoher Wahrscheinlichkeit viele Opfer fordern würde, um ein Problem zu lösen, das die USA in ihren Augen selbst verschuldet hatten, indem sie sich als Weltpolizei aufspielten.

Lucas war mittlerweile vertraut genug mit Jacks Körpersprache, um zu sehen, dass er diese Ansicht teilte, was seine Arbeit noch erschwerte. Er bemerkte ebenfalls, dass Jack sich immer schlechter konzentrieren konnte, aber wagte es nicht sich einzumischen. Die Augen des Amerikaners wurden von Minute zu Minute blutunterlaufener, und als die Gespräche sich endlich dem Ende zuneigten, war er wieder blass und schwitzte.

Der belgische Premierminister, deutsche Bundeskanzler und französische Präsident stießen in den letzten Minuten zu ihnen, um die Gespräche abzuschließen.

Jack, der „sein" Land gegenüber der EU und NATO vertrat, stand das Schlusswort im Namen der Botschafter zu. Er sprach mit heiserer und gepresster Stimme, aber klang dabei, wie es sich für einen professionellen Diplomaten gehörte, außerdem ruhig und kontrolliert und Lucas fragte sich, ob er der Einzige war, der bemerkte, wie krank Jack wirklich war. Der Amerikaner betonte, wie wichtig es sei, Einigkeit zu demonstrieren, und dass die Position dieser drei Länder nicht nur den Widerstand der westlichen Welt gegen den überhandnehmenden islamischen Fundamentalismus schwächte, sondern auch die Europäische Union an sich.

Wie erwartet war es vergebens.

Als Jack sich vom Tisch erhob, um seinen Gesprächspartnern die Hand zu schütteln, sah Lucas, wie er zusammenzuckte, sich aber gleich wieder fasste. Erst, als die politischen Führungskräfte den Raum verlassen hatten und nur noch die sechs amerikanischen Botschafter und britischen Repräsentanten zurückblieben, brach Jack buchstäblich zusammen. Lucas befand sich gerade auf der anderen Seite des Konferenztisches, als er sah, dass der Amerikaner kalkweiß wurde. Als Jack gegen ihn taumelte, half der Botschafter für Deutschland ihm schnell in einen Stuhl, damit er nicht hinfiel. „Es sieht aus, als wären sie gerade noch rechtzeitig gegangen", lachte der stämmige Amerikaner. „Christensen scheint Niederlagen nicht gut zu verkraften", fügte er an ihren Gastgeber gewandt hinzu.

Lucas kam schnell um den Tisch herum und hockte sich vor Jack auf den Boden, um sein blasses Gesicht in Augenschein zu nehmen. „Sehen Sie nicht, dass er krank ist? Bitte rufen Sie einen Arzt." Der Botschafter für Frankreich zog eine Augenbraue hoch und rief einen seiner Assistenten zu sich.

Jack hob die Hand. „Nein, keinen Arzt."

Lucas legte ihm die Hände auf die Knie. „Jack, bitte, dir geht es ganz offensichtlich schlecht, du brauchst …"

Jack schüttelte den Kopf. „Ich habe eine Erkältung, vielleicht die Grippe, aber nichts Schlimmeres. Lass uns ins Hotel zurückfahren, damit ich schlafen kann."

Ein großer junger Mann mit starkem französischem Akzent beugte sich über sie. „Ihr Wagen wird bald hier sein, meine Herren."

Lucas bemerkte die hochgezogenen Augenbrauen und unsicheren Blicke der anderen Männer, als er Jack von seinem Stuhl hochhievte und ihm den Arm um die Schultern legte.


Im Hotelzimmer angekommen half Lucas Jack aus seiner Anzugjacke. Als er ihm die Hand auf den Rücken legte, bemerkte er, dass sein Hemd völlig durchnässt war. „Jack, du glühst ja, lass mich dir helfen."

Jack war zu erschöpft, um sich zu Wehr zu setzen, und ließ sich von Lucas das Hemd ausziehen. Lucas schob den Amerikaner ins Badezimmer, wo er einen

Waschlappen mit Wasser tränkte und ihm Gesicht, Schultern und Brust abwusch, bevor er ihn in das schwach erleuchtete Hotelzimmer zurückmanövrierte.

„Hier, setz dich hin", flüsterte er und kehrte kurze Zeit später mit trockenen Boxershorts und einem frischen T-Shirt zurück. Bevor er Jack beim Umziehen half, hielt er ihm ein Glas kaltes Wasser hin.

„Du reagierst nicht allergisch auf Aspirin, oder?"

Jack antwortete nicht gleich.

„Liebling, es ist wichtig. Es würde dein Fieber senken und vielleicht auch gegen die Kopfschmerzen helfen, sodass du schlafen könntest."

Jack schüttelte den Kopf und lächelte schwach. „Aspirin ist okay. Danke."

Lucas reichte ihm zwei Tabletten. „Jetzt nimm die hier und trink das Glas leer. Du musst trinken, Jack, denn deinem Hemd nach zu urteilen hast du schon viel mehr Flüssigkeit verloren, als in diesem Glas ist."

Jack gehorchte, und nachdem er das Glas leer getrunken hatte, versuchte er sich hinzulegen.

Da Lucas Jacks Gesichtsausdruck ansah, dass sein ganzer Körper schmerzte, half er ihm, eine bequeme Position zu finden. Als Jacks Körper mit den frischen Laken in Berührung kam, sah Lucas ihn zittern. Schnell zog er sich ebenfalls bis auf Boxershorts und T-Shirt aus.

„Gott, ist mir kalt", stöhnte Jack.

„Ich weiß, Schatz. Warte, ich bin gleich bei dir." Lucas deckte ihn zu, kroch zu ihm ins Bett und zog ihn an sich. Nach und nach ließ das Zittern und Zähneklappern nach und Jacks Atmung wurde ruhiger.

Am nächsten Morgen wurde Lucas vom leisen Piepen eines Reiseweckers geweckt. Er lag auf der Seite und hielt einen schlafenden Jack in den Armen. Der Waschlappen, den er immer wieder angefeuchtet und in Jacks Nacken gelegt hatte, bis das Schmerzmittel endlich wirkte, lag vergessen auf dem Fußboden. Er lächelte über die nach verstopfter Nase klingenden Schnarchgeräusche, die von seinem Liebsten ausgingen. Wenigstens hatten sie ein paar Stunden schlafen können und Jack fühlte sich bei Weitem nicht mehr so warm an wie in der Nacht.

Lucas schlüpfte rasch aus dem Bett und ging in sein eigenes Badezimmer hinüber.

Nachdem er geduscht hatte, schlang er sich ein Handtuch um die Hüften und kehrte in Jacks Zimmer zurück, wo er Jacks Bett jedoch leer vorfand.

„Jack? Geht`s dir besser?", fragte er, immer noch mit gesenkter Stimme.

Jack verließ ebenfalls gerade die Dusche und Lucas konnte nicht anders, als den Blick über seinen schlanken, muskulösen Körper wandern zu lassen, bevor er an Jacks dunklen Augenringen hängen blieb.

„Ja, besser. Noch nicht wieder gut." Jack hustete laut, wobei er sich am Waschbecken festhielt.

„Vielleicht solltest du trotzdem zum Arzt gehen, wenn du wieder zu Hause bist", schlug Lucas vor.

Jack zuckte mit den Schultern und lächelte schwach. „Das wird wieder. Dank dir fühle ich mich schon viel besser als gestern Abend."

Lucas näherte sich und legte einen Arm um Jack, doch der Amerikaner entzog sich ihm.

Als er Lucas' verwirrten Gesichtsausdruck sah, erklärte er: „Ich will dich nicht anstecken."

„Du hast in meinen Armen geschlafen, Jack, also brauche ich jetzt auch nicht mehr aufzupassen." Lucas seufzte und senkte den Blick. „Oder ist es nur eine Ausrede? Wenn du das mit uns beenden willst, sag es einfach. Ich kann einiges einstecken, Jack, aber in einer Beziehung … in einer richtigen Beziehung verlange ich Ehrlichkeit. Ich habe mich nicht von Lucy getrennt, um mich gleich in der nächsten Scheinbeziehung wiederzufinden."

„Es war keine Ausrede, Lucas. Es tut mir leid, dass ich dich weggestoßen habe. Komm her." Jack streckte den Arm aus und winkte ihn zu sich. „Aber das mit der Ehrlichkeit ist nicht leicht. Ich habe dir gesagt, dass ich Zeit brauche, um es Maria zu erzählen."

Lucas ging näher auf Jack und den Spiegel zu und ließ sich von Jack umarmen. „Hier geht es nicht um Maria, Jack, sondern um uns." Lucas' Gesichtsausdruck wurde etwas entspannter, als er das Spiegelbild ihrer halb nackten Umarmung sah. „Du siehst echt beschissen aus, Jack."

„Ja, da hast du wohl recht, aber ich fühle mich besser als gestern. Noch nicht richtig gut, aber auf dem besten Weg dahin." Wie um das zu unterstreichen, hustete er.

Lucas bedachte ihn mit einem herausfordernden Lächeln im Spiegel. „Schade … ich hätte dich gerne vor diesem Spiegel gefickt."

Jack erwiderte das Lächeln. „Glaub mir, es macht nicht so viel Spaß, wie du vielleicht denkst."

Lucas drehte sich mit einem neckenden Blick zu ihm um. „Du meinst … du und Maria … vor dem Spiegel?"

Jack nickte verlegen und rollte die Augen.

Lucas lachte. „Ich habe immer vermutet, dass sie ziemlich experimentierfreudig ist. Und jetzt rufe ich am besten den Zimmerservice, damit wir vor der Abreise frühstücken können, mein Liebster." Er küsste Jacks Stirn und umarmte ihn fest, bevor er das Badezimmer verließ.

Jack betrachtete seine dunklen Augenringe. Warum hatte er Lucas erzählt, was er und seine Frau vor dem Spiegel getan hatten? Und noch seltsamer war, dass Lucas keinerlei Eifersucht zeigte, wenn sie über Maria sprachen. Wusste Lucas, dass sie für ihn keine Konkurrenz darstellte?

Er seufzte. Sein einziger Trost war, dass er besser aussah, als er sich fühlte.

# 16

NACH DEM Treffen in Paris kehrte wieder der Alltag ein und ihre Beziehung fand zu einem festen Rhythmus. Sie trafen sich mindestens einmal wöchentlich in Jacks Büro, wo sie sich um berufliche Angelegenheiten kümmerten, während sie sich die Leidenschaft für den Feierabend aufhoben. Dann zogen sie sich in Lucas' Wohnung zurück und schliefen miteinander, bevor Jack zu Maria nach Hause ging.

Jack hatte Maria noch immer nichts gesagt, doch Lucas drängte ihn nicht. Mit ihrem Berufsleben ging es voran und sie waren sich der Gefühle des anderen sicher.


DA EIN Besuch des amerikanischen Sicherheitsberaters mit exakt zweiundzwanzig Stunden auf belgischem Boden vorgesehen war, bei welchem er zur Europäischen Union sprechen wollte, war Maria vollauf damit beschäftigt, den gesellschaftlichen Teil zu organisieren. Im Anschluss an die offizielle Begrüßung am Flughafen war ein Buffet in der Botschaft geplant, weshalb Maria dort jeden Tag mehrere Stunden verbrachte.

Gertje kam in Jacks Büro, um das Sicherheitskonzept für den Besuch von ihm absegnen zu lassen.

„Ich bin froh, wenn wir das Ganze hinter uns haben", seufzte sie.

Jack lachte. „Damit Sie Maria endlich wieder los sind?"

„Wie kommen Sie denn darauf?", fragte sie ganz unschuldig.

„Sie und Maria können sich nicht ausstehen, das dürfen Sie ruhig zugeben", antwortete Jack amüsiert.

„Tja, ich muss sie nicht mögen, *ich* bin nicht mit ihr verheiratet", scherzte sie, „aber ich kann nicht leugnen, dass es für uns beide eine Erleichterung sein wird, wenn es vorbei ist."

Sie ordnete die Unterlagen, die wie immer wahllos auf Jacks Tisch verstreut waren. „Für den Rest des Tages haben Sie keine Termine. Ist es in Ordnung, wenn ich heute etwas früher gehe? Mein Mann hat einen Arzttermin und wollte, dass ich mitkomme. Annemarie ist hier und kann mich vertreten, wenn es ein Problem geben sollte."

Jack sah von dem Dokument auf, das er gerade unterschrieb. „Ja natürlich. Vielleicht werde ich sogar auch früher gehen. Die Gelegenheit bekomme ich nicht oft."

Als er den Blick wieder auf das Dokument richtete, bedachte sie ihn mit einem mütterlichen Lächeln. Sie wusste, dass er nicht nach Hause zu seiner Frau gehen würde, aber da es sie nichts anging, hütete sie sich davor, es ihn wissen zu lassen. Sie wünschte nur, sie könnte im Büro bleiben und ihn decken, wie sie es schon so oft getan hatte.

„Wollen Sie dann noch die Termine für Morgen besprechen, oder sollen wir das auf morgen früh verschieben?", fragte sie, nachdem er ihr die unterschriebenen Dokumente zurückgegeben hatte.

„Morgen früh reicht völlig, Gertje. Und jetzt gehen Sie und schöne Grüße an Eddy", sagte er mit einem breiten Lächeln, das sie mit einem dankbaren Blick beantwortete, bevor sie das Büro verließ und die Tür hinter sich schloss.

Sie machte sich Sorgen um ihn. Maria war nicht dumm und all die Heimlichtuerei würde ihr früher oder später auffallen.


OBWOHL JACK Lucas angerufen hatte, um ihr Treffen ein wenig vorzuverlegen, traf er vor diesem ein. Zum Glück besaß er mittlerweile seinen eigenen Schlüssel zu Lucas' Wohnung.

Nur wenige Minuten später kam Lucas zur Tür hereingestürzt und sie schafften es kaum bis ins Schlafzimmer, da er sich gleich die Kleider vom Leib riss und hungrig über Jacks Mund herfiel. Als er bemerkte, dass Jack seinen Eifer nicht ganz teilte, hielt er inne.

„Was ist los?"

Jack lächelte ihm amüsiert zu. „Ich wollte dir eigentlich sagen, dass wir heute Abend alle Zeit der Welt haben. Maria kommt erst gegen Mitternacht nach Hause, also können wir es langsam angehen lassen."

„Willst du mir damit sagen, dass ich dir zu anstrengend bin, alter Mann?", spottete Lucas.

„Nein, ich will sagen, dass wir Zeit haben, um zusammen zu essen, uns vielleicht einen Film anzuschauen ..."

Lucas warf ihm einen scherzhaft enttäuschten Blick zu.

„Aber da du schon mal fast nackt bist ..." Jack ließ spielerisch den Blick über Lucas wandern, denn er wusste, dass dieses prüfende Mustern seinen jungen Liebsten nervös machen würde. Dann stürzte er sich auf Lucas, umarmte ihn und legte die Hände auf seinen Hintern, um ihn näher an seine wachsende Erektion zu ziehen. „... darfst du mich erst vernaschen."

Ohne zu zögern, klammerte Lucas sich an Jack und schlang die Beine um die Hüften des Amerikaners. Sie lachten, als sie auf die Matratze fielen und das einfache Ikea-Bett unter ihrem Gewicht knarzte.

„Ich hatte kurz Angst, dass wir auf dem Boden landen würden", gestand Lucas.

„Tja, solange wir nicht zur Wohnung unter uns durchbrechen, ist mir alles andere egal."

Jack strich Lucas liebevoll die Locken aus der Stirn und der junge Mann hörte auf zu lachen. „Gott, ich liebe dich."

Lucas lächelte still vor sich hin, als Jack sein Gewicht verlagerte, sodass er vollständig auf ihm lag.


LUCAS WURDE von einem klingelnden Handy geweckt. Ihm wurde klar, dass es sich bei dem warmen Körper, der sich aus seinen Armen löste, um Jack handelte, der ans Telefon ging, und ihm wurde bewusst, dass sie eingeschlafen waren und er keine Ahnung hatte, wie spät es war.

Sie hatten sich langsam und entspannt geliebt, denn die Reaktionen des anderen waren mittlerweile zur beruhigenden Gewohnheit geworden, ohne sie dabei zu langweilen. Jack verwöhnte Lucas mit einem Blowjob, dessen Ende er so lange hinauszögerte, dass Lucas es kaum noch ertragen konnte, nur um dann wieder zu Lucas hinaufzukriechen, ohne es zu Ende zu bringen, und ihn darum zu bitten, es ihm zu besorgen. Lucas konnte Jack niemals widerstehen, wenn er so begierig war, denn Jack gab sich seinem Liebsten jedes Mal vollständig hin. Und Lucas tat dann alles dafür, um dem Amerikaner einen Höhepunkt zu verschaffen, der seinen Körper zum Zittern und Beben brachte. Anschließend lagen sie dicht aneinander gekuschelt da und genossen die langsam abklingenden Schauer, die ihre Körper durchliefen, bis der Schlaf sie übermannte.

Lucas wurde aus seinen angenehmen Erinnerungen gerissen, als Jack sich wieder zu ihm legte.

„Willst du mich heiraten?"

Lucas runzelte die Stirn und lächelte. „Was redest du da?"

In Jacks Blick lag so viel Liebe, dass er nicht Nein sagen konnte, doch er war trotzdem neugierig, was der Anlass dieser überraschenden Frage war.

„Gertje hat gerade angerufen", erklärte Jack. „Die Medien sind voll davon. Sie haben das Gesetz verabschiedet, Lucas. Sobald es in Kraft tritt, können Menschen des gleichen Geschlechts in diesem Land heiraten."

„Tja, heiraten kannst du mich wohl trotzdem erst, wenn du dich von Maria scheiden lässt."

Jack beugte sich vor, um seinen jungen Geliebten zärtlich zu küssen. „Ich weiß, aber … es war einfach ein gutes Gefühl, dich zu fragen."

„Wie spät ist es?", fragte Lucas leise und brachte sie damit auf den Boden der Tatsachen zurück.

„Zeit zu gehen, fürchte ich."


JACK KAM gegen elf zu Hause an, sodass er, so hoffte er zumindest, genug Zeit haben würde, um zu duschen und ins Bett zu kriechen, bevor Maria von ihrem

Ausflug zum Filmfestival in Gent mit dem Women's Club zurückkam. Doch es sollte nicht sein.

Als er eintrat, sah er das Licht in der Bibliothek brennen, was nur bedeuten konnte, dass Maria bereits zu Hause war. Er dachte kurz darüber nach, ob er damit durchkommen würde, sich leise nach oben zu schleichen, doch dann wurde ihm klar, dass es das Unvermeidliche nur hinauszögern würde und er ging zu Maria hinüber, die im Licht der Leselampe mit einem Buch dasaß.

„Du bist früh zurück." In der Stille des Raumes erschien seine Stimme laut.

„Und Sie ziemlich spät, Herr Botschafter."

Normalerweise war ihr Tonfall weich und neckend, wenn sie ihn so nannte, doch nicht dieses Mal.

„Ja, ich wurde aufgehalten", antwortete er so vage wie möglich.

„Ein Meeting?", fragte Maria eisig.

„Ja, so was Ähnliches." Jack spürte, dass er sich auf dünnem Eis bewegte.

„Deiner Sekretärin zufolge bist du heute früher gegangen. Du solltest deine Lügen wirklich besser abstimmen, Jack." Sie durchbohrte ihn mit dem Blick ihrer dunklen Augen.

„Aber Mrs. Claessens ist vor mir gegangen, also kann sie das doch gar nicht wissen", versuchte Jack es nun.

„Ich habe nicht deinen kleinen, bewundernden Fan gemeint, Jack, sondern die junge Frau, Annemarie."

Jack überlegte kurz, ob er es ihr einfach sagen sollte, doch sie sah wütend und aufgebracht aus, und ein vernünftiges Gespräch konnten sie nur dann führen, wenn sie ruhig und entspannt war. Also würde er improvisieren müssen.

„Sie ist nur eine gewöhnliche Sekretärin und hat keine Ahnung von meinen Terminen. Du machst gerade aus einer Mücke einen Elefanten, Maire, und ich bin müde und gehe jetzt ins Bett."

„Nicht so schnell, Bürschchen. Glaubst du wirklich, dass du dein armseliges kleines Geheimnis vor mir bewahren kannst? Sei nicht albern."

Jack lächelte und versuchte, die Situation zu retten. „Wovon redest du?"

„Ich weiß Bescheid über dich und deinen … deinen hübschen kleinen Freund." Sie kniff die Augen zusammen, als sie das letzte Wort fauchte. „Genau genommen weiß ich es schon seit Wochen."

Jack zog die Augenbrauen hoch und warf ihr einen „was redest du da eigentlich"-Blick zu.

„Ich konnte einfach nicht glauben, dass du wirklich so dumm bist, unser Leben so aufs Spiel zu setzen."

Jack erkannte, wie ernst es ihr war. Hier wurde mit harten Bandagen gekämpft und Maria wollte grundsätzlich gewinnen. Trotzdem würde er Lucas nicht verleugnen.

„Ich finde nicht, dass sich an unserem Leben viel geändert hat, Maria", antwortete er sachlich. „Du gehst immer noch in den American Women's Club. Du organisierst immer noch die Veranstaltungen in der Botschaft. Du bist immer noch die Frau des Botschafters."

Er erkannte, dass sie ihre Fassung wiederfand.

„Ich habe gesehen, wie du Männer anschaust, habe mich sogar gefragt …"

„Was?"

„Was deine echten Neigungen waren. Aber es hat mich nicht gekümmert."

Jetzt zeigte sie ihr wahres Gesicht.

„Natürlich hat es dich nicht gekümmert. Nicht, solange dir diese Beziehung verschafft hat, was du wolltest, nicht wahr?"

Maria erhob sich von ihrem Stuhl und stützte sich auf den Tisch zwischen ihnen. „Weil ich niemals gedacht hätte, dass du das alles riskieren würdest, indem du mich betrügst, Jack. Unsere Partnerschaft funktioniert gut, also was hast du dir bloß dabei gedacht?"

Jack seufzte und versuchte, seine Gedanken zu ordnen, seinen Mut zu sammeln. Was würde passieren, wenn er ihr einfach sagte, dass er Lucas liebte? Dass er nicht länger ohne ihn leben konnte und dass er und Maria sich in aller Stille scheiden lassen sollten, damit sie zumindest das Gesicht wahren konnte?

Er sah ihr an, dass sie ein wenig ruhiger wurde, denn sie hatte den Kopf schräg gelegt, wie sie es immer tat, wenn sie ihn von etwas überzeugen wollte. „Wir haben doch alles, was wir wollen. Warum setzt du es aufs Spiel?"

Er durfte jetzt nicht klein beigeben. „Tja, vielleicht hast *du* alles, was du willst …"

Sie zuckte die Schultern und wirkte wieder reservierter. „Oh, das ist es also, ich bin dir nicht mehr gut genug. Und das nach allem, was ich für deine Karriere getan habe!"

„Maria, du weißt, dass das nicht stimmt."

„Das ist also dein Dank. Mein wundervoller, zuverlässiger Botschafter-Ehemann betrügt mich und zu allem Überfluss auch noch mit einem kleinen Stricher aus der britischen Botschaft."

„Du hast ja keine Ahnung. Er musste mich nicht überreden." Jack bemühte sich darum, ruhig zu bleiben und den Seitenhieb auf Lucas zu ignorieren.

„Ich werde dich nicht fragen, ‚was hat er, was ich nicht habe', denn das ist ja ziemlich offensichtlich, aber, meine Güte, Jack – warum jetzt? Warum er?" Ihr Tonfall wurde wieder etwas sanfter, weniger wütend. Im Augenblick hasste er, wie gut sie sich kannten. Er hasste, dass er ihre Stimmung von ihrem Gesicht ablesen konnte, als wäre sie ein Thermometer, und sie dasselbe bei ihm tat.

„Ich wünschte, ich wüsste es, Maire. Ich wünschte, ich wüsste warum. Das würde es leichter machen, zu erklären, warum ich diese Gefühle so lange unterdrückt habe, aber jetzt nicht mehr dazu in der Lage bin."

„Nein, natürlich weißt du es nicht", fauchte sie, wütend darüber, dass Jack sie mitten im Streit mit ihrem Kosenamen ansprach. „Das würde ja auch bedeuten, dass du mit deinem Kopf denkst und nicht mit deinem verdammten Schwanz! Du ruinierst unser Leben, machst mich lächerlich und du weißt nicht warum?" Maria stürzte sich auf Jack und er ergriff ihre Hände, damit sie ihn nicht schlagen konnte.

Jack schloss die Augen, wehrte sie blind ab und versuchte, nicht wie sie die Beherrschung zu verlieren. Er wollte die Kontrolle behalten.

„Maria, es ist … ich liebe ihn." Nun war es raus. Er hatte zwar nicht Lucas' Namen gesagt, aber sie wussten beide, wer gemeint war. Er konnte seine Liebe zu Lucas nicht verleugnen, nicht ihr gegenüber. Sie hatte die Wahrheit verdient.

Maria wich zurück. Sie atmete schwer und ihr Haar war dabei, sich aus ihrem immer tadellosen Dutt zu lösen.

„Du liebst ihn? Erzähl mir nichts von Liebe. Du hast mich nur benutzt und das ist dann dein Dank?"

Jack holte tief Luft, versuchte ebenfalls wieder zu Atem zu kommen. „Du hast mich genauso benutzt, wie ich dich. Mein Posten hat dich genau dahin gebracht, wo du hinwolltest, Maria."

„Na und? Schon bald wirst du herausfinden, dass dich dein kleines Flittchen auch nur benutzt!"

Zeit, Lucas zu verteidigen, da Lucas nicht hier war, um es selbst zu tun. „Warum sollte er mich denn benutzen? Er hätte nichts davon, wenn es rauskäme. Und meine Kontakte können ihm nicht helfen, zumindest nicht so, wie sie dir geholfen haben."

„Sei nicht naiv, Jack. Wahrscheinlich sammelt er Botschafter, als wären sie Trophäen, und verschwindet dann in ein anderes Land, um sich den nächsten hochkarätigen, verbotenen Arsch zu schnappen", sagte sie mit diesem überheblichen, spöttischen Blick, den er schon immer verabscheut hatte.

„So ist er nicht, Maria. Du kennst ihn nicht."

„Oh, aber du schon? Nachdem dein Schwanz ihn ein paar Wochen lang kennengelernt hat? Das glaubst du doch selbst nicht …" Sie kochte vor Wut.

Jack wurde klar, dass er jetzt die Nerven behalten musste, sonst würden sie beide auf der Titelseite der Zeitung enden.

Doch Maria war noch nicht fertig. „Ich kann nicht glauben, dass du so egoistisch bist! Was hat er nur mit dir gemacht? Wenn du nur ein einziges Mal an mich gedacht hättest, hättest du gar nicht erst damit angefangen. Du bist ein Narr, Jack."

Jack schluckte. „Ich habe an dich gedacht. Ich wollte, dass du diese Ehe hinter dir lassen kannst, ohne deine Würde zu verlieren."

Maria schnaubte. „Hinter mir lassen? Vergiss es! Du wirst ihn auf der Stelle aufgeben!"

„Wer sagt das?"

„Ich sage das, wie immer."

„Ich werde mich nicht länger so von dir bevormunden lassen wie in den letzten fünfzehn Jahren, Maria."

Maria warf ihm einen empörten Blick zu „Wie bitte?"

112

„Du weißt genau, was ich meine." Jack hatte nicht vor, sich jetzt geschlagen zu geben.

„Heißt das, du willst mit dieser Dummheit weitermachen? Herrgott noch mal, Jack, wach auf!"

„Ich kann so nicht weitermachen. Ich mache diese Farce nicht länger mit."

„Meine Rede. Gib ihm den Laufpass."

„Und dann? Wieder zurück zu dieser Scheinehe?"

„Es ist nicht nur Schein, Jack. Wir geben ein gutes Paar ab, das sagt jeder ..." Maria versuchte wieder ihren Charme spielen zu lassen und darauf hatte er absolut keine Lust.

„Wir sind schon seit Jahren eher Freunde als ein Paar, Maire."

Sie schüttelte den Kopf. „Und wo liegt da das Problem? Das ist mehr, als man über viele andere Paare sagen kann."

„Ich will mehr. Ich brauche mehr. Maria ... ich liebe ihn. Das kann ich nicht ignorieren."

„Es ist eine Affäre, Jack. Eine dumme Affäre. Sie kann uns nur schaden, wenn wir es zulassen."

„Mit ihm fühle ich mich lebendiger als in den ganzen letzten zwanzig Jahren."

Sie lachte. „Um Himmels willen, hör dich doch mal reden. Du klingst wie ein Groschenroman."

„Maria, du kannst es auch ohne mich schaffen. Ich bin sicher, dass du auch alleine Karriere machen kannst. Was den diplomatischen Dienst angeht, hast du einen hervorragenden Ruf."

„FICK DICH, JACK! Ich will es nicht ohne dich schaffen, ich will behalten, was ich hier und jetzt habe. Glaub ja nicht, dass ich es dir und deinem kleinen Flittchen leicht machen werde." Sie ballte die Fäuste so fest, dass ihre Fingerknöchel weiß wurden. Einen Augenblick lang dachte er, sie würde wieder versuchen ihn zu schlagen. „Ist dir nicht klar, wie wir darunter leiden werden?"

„Nicht, wenn wir richtig damit umgehen, Maria. Viele Leute lassen sich scheiden."

„Du wirst alles ruinieren, wofür wir gearbeitet haben. Dein Erfolg wird niemanden mehr interessieren."

Jack versuchte, sie mit einem Lächeln zu beschwichtigen. „So weit wird es nicht kommen ..."

„Man wird sich nur noch an den Skandal mit dem Botschafter und seinem kleinen, britischen Freund erinnern."

„Nicht, wenn wir vorsichtig sind."

„Vorsichtig? Das kannst du vergessen. Wenn du glaubst, dass er ungeschoren davonkommt, irrst du dich gewaltig."

„Lass ihn da raus, Maria!"

„Ich sorge dafür, dass die richtigen Leute in der britischen Botschaft davon erfahren."

„Maria, zieh … zieh sein Leben nicht auch noch durch den Schmutz."

„Und ich vermute mal, Lucy hat davon gewusst?"

„Heißt das, du weißt es nicht von ihr?"

„Nein, Lucy ist ohne ein Wort verschwunden. Aber du hast zwei Leute, die dich decken, deine ‚Sekretärin' und deinen Secret-Service-Agenten, nur müssen die erst noch lernen, ihre Ausreden aufeinander abzustimmen."

„Warum musst du sie da mit reinziehen?"

„Weil sie mich für dumm halten. Weil sie denken, sie könnten mir etwas vormachen."

„Tja, ich kann dir versichern, dass Gertje dich ganz bestimmt nicht für dumm hält."

„Ach, die sieht doch nichts außer ihrem wundervollen ‚Herrn Botschafter'."

Das führte so zu nichts. „Maria, lass uns darüber reden, wenn wir uns beide ein bisschen beruhigt haben, ja?"

„Da gibt es nichts zu reden. Du sagst deinem kleinen Lover, dass es vorbei ist und wir kümmern uns wieder um unsere Arbeit. Ansonsten wird sich keiner von euch beiden jemals wieder in Diplomatenkreisen blicken lassen können, wenn ich mit euch fertig bin!"

„Sei doch vernünftig, Maria. Bring es mit Anstand hinter dich, sonst ist dein eigener Ruf auch dahin."

„Lass mich wissen, ob du dein kleines Flittchen willst oder mich. Mein Ruf hängt von deinem Ruf ab, du dummer Mann. Und jetzt …" Sie schaute auf ihre Armbanduhr. „… gehe ich ins Bett. Und zwar allein. Wir sehen uns beim Frühstück."

„Sei dir da nicht so sicher", entfuhr es Jack.

# 17

Es WAR bereits nach Mitternacht, als Lucas von der Türklingel geweckt wurde. Ihm fiel nicht eine einzige Person ein, die die Dreistigkeit besitzen könnte, an einem Werktag um diese Zeit bei ihm zu klingeln, solange nicht das Gebäude in Flammen stand oder etwas ähnlich Schreckliches passiert war. Er tastete im Dunkeln nach einer Hose und schlüpfte auf dem Weg vom Schlafzimmer ins Wohnzimmer hinein.

Als er die Tür öffnete, hielt er sich eine Hand über die Augen, um sie vor dem grellen Licht des Hausflurs zu schützen.

„Jack, was zum …"

„Luke, ich habe es ihr gesagt."

„Steh da nicht so rum, komm rein! Hat sie dich rausgeworfen?" Lucas rieb sich den Schlaf aus den Augen, um deutlich sehen zu können. „Willst du Tee?"

Jack ließ sich auf das Sofa fallen und wartete, bis Lucas mit zwei dampfenden Tassen zurückkam.

„Sie war schon zu Hause, als ich zurückgekommen bin. Sie hat gesagt, sie wüsste … das mit uns."

Lucas, jetzt hellwach, versuchte, seinen Liebsten verständnisvoll anzusehen, als er sich neben ihm auf dem Sofa niederließ. „Weiß sie es von Lucy?" Seine Stimme war kaum zu hören.

Jack lehnte sich an Lucas und schüttelte den Kopf, während er diesen auf die Schulter des jungen Mannes fallen ließ. „Ich habe sie um die Scheidung gebeten, aber sie hat Nein gesagt."

Jacks Geständnis ließ Lucas' Herz schneller schlagen. Auch wenn er seinen Geliebten nur ungern traurig sah, hätte er Freudensprünge darüber machen können, dass Jack sich so deutlich für ihn entschieden hatte.

Mit bemüht neutraler Stimme sagte er: „Sie muss sicher erst in Ruhe darüber nachdenken, Jack. Morgen früh, wenn ihr klar geworden ist, dass sie dich wirklich verloren hat, wird sie einsehen, dass man so etwas lieber unauffällig und in so etwas wie … gegenseitigem Einverständnis hinter sich bringt. Sie wird keine Auseinandersetzung mit einem riesigen öffentlichen Spektakel daraus machen wollen." Er legte sanft eine Hand auf Jacks Oberschenkel, und als dieser sich an ihn schmiegte, folgte er dem Drang seines Herzens und schloss ihn in die Arme. So saßen sie eine Weile da, ohne zu sprechen oder einander auch nur anzusehen, genossen einfach die Nähe des anderen. Lucas spürte, wie Jack sich in seinen

Armen entspannte und ihm kam der Gedanke, dass er sich daran gewöhnen könnte. „Du kannst hierbleiben, Jack."

Jack schaute zu ihm hoch. „Ich muss das klären, Lucas. Ich kann nicht zulassen, dass sie ein Medienspektakel daraus macht. Also müssen wir uns wohl eine Weile bedeckt halten. Geht das?"

Angesichts der tiefen Traurigkeit in Jacks Augen zog sich Lucas' Herz zusammen. „Wir sind doch schon die ganze Zeit vorsichtig."

Jack küsste Lucas mit geschlossenen Augen und Lucas konnte beinahe sehen, wie sich hinter den Augenlidern seines Liebsten die Tränen sammelten. „Bitte gib mir die Gelegenheit und etwas Zeit, um das in Ordnung zu bringen, Baby."

Lucas konnte nur nicken, als Jack ihn auf dem Sofa zurückließ. Als er die Haustür ins Schloss fallen hörte, zog er die Knie an und schlang die Arme darum, denn plötzlich spürte er, wie kalt es war.


„DANKE, DASS du Zeit für mich hattest."

Ein paar Tage nach dem Streit mit Maria hatte Jack Sean angerufen und ihn zu einem Drink nach der Arbeit eingeladen. Sie suchten sich ein Café in der Brüsseler Innenstadt, das sich weit genug vom europäischen Viertel entfernt befand, dass sie keinem Mitarbeiter der anderen Botschaften über den Weg laufen würden.

Nun saßen sie dort bei ihrem dritten Glas Bier und einem Gespräch über die guten alten Zeiten, als sie noch namenlose Mitarbeiter untersten Ranges waren und zu jeder Botschaft geschickt wurden, die gerade ihre Fachkenntnis benötigte.

Doch Sean wusste, dass, auch wenn er und Jack alte Freunde waren, ihre Freizeit in diesen Tagen viel zu kostbar war, um sie damit zu vergeuden, sich in einer Bar volllaufen zu lassen.

„Ich kann mir nicht vorstellen, dass du mich hergebeten hast, nur um über alte Zeiten zu reden. Also spuck's aus: Worum geht es wirklich?"

„Na ja, ich brauche deinen fachmännischen Rat, Sean", seufzte Jack. „In einer persönlichen Angelegenheit."

Sean lachte und nahm einen Schluck aus seinem Bierglas. „Und da dachtest du dir, du fragst den Typen, dessen Privatleben eine einzige Katastrophe ist. Bisher warst du es immer, der *mir* Ratschläge geben musste, schon vergessen?"

Jack lachte nicht. „Ich habe Maria um die Scheidung gebeten."

Sean hob den Blick und als er sah, dass sein Freund es ernst meinte, wich das Lächeln aus seinem Gesicht. „Mein Gott, Jack. Ich dachte immer, ihr zwei wärt das perfekte Paar. Was ist passiert?"

Jack zuckte mit den Schultern. „Wir haben ziemlich gut zusammengepasst, aber bei Weitem nicht perfekt, Sean." Er wusste nicht, wie viel er Sean gegenüber zugeben konnte. Würde sein alter Freund Verständnis zeigen?

„Tja, keine Ehe ist perfekt, Kumpel. Aber bei euch beiden hat es immer so mühelos gewirkt und Maria ist eine bessere Diplomatenfrau als meine drei zusammengenommen." Sean lachte und fügte dann ernster hinzu: „Was ist schiefgegangen?"

Jack seufzte. Ganz egal, wie nahe sie sich standen, er konnte nicht einfach damit herausplatzen – zumindest nicht mit allem auf einmal. „Ich habe jemand anderen kennengelernt."

„Sag schon, Jack", antwortete Sean jetzt wieder grinsend. „Ist es die Rothaarige von der Rezeption? Sie muss ja ziemlich toll sein, wenn du für sie Mrs. Perfect verlassen willst."

„Sie ist es nicht." Jack holte sein Portemonnaie hervor, um für ihr Bier zu bezahlen. „Hör zu, Sean, das hier war ein Fehler. Tut mir leid, dass ich deine Zeit verschwendet habe."

Als er aufstehen wollte, hielt Sean ihn am Arm fest. „Entschuldige, das war nicht sehr geschmackvoll. Setz dich wieder hin. Da willst du meinen Rat und ich sage die ganze Zeit das Falsche."

Jack ließ sich wieder auf den Stuhl fallen. „Tja, wenn es darum geht, ins Fettnäpfchen zu treten, hast du großes Talent." Ein Lächeln huschte über sein Gesicht.

„Nur eines von vielen." Sean bedachte ihn mit seinem gewinnendsten Lächeln. „Also, ich gehe mal davon aus, dass sie nicht gerade begeistert war, als du ihr davon erzählt hast?"

Jack schüttelte den Kopf, während er weiter auf den Tisch starrte. „Sie will nicht in die Scheidung einwilligen."

„Aber sie kann dich nicht daran hindern. Das weiß ich, weil meine erste Frau es auch versucht hat. Reich einfach die Scheidung ein, gib unüberbrückbare Differenzen als Grund an und das war's."

Jack hob den Blick zur Decke und seufzte. „Dann wird sie uns durch den Schmutz ziehen und uns den Wölfen zum Fraß vorwerfen. Die Presse wird sich auf uns stürzen."

Sean sah Jack an, der immer noch seinem Blick auswich. „Uns? Dich und deine Freundin? Wenn sie an Marias Stelle treten möchte, sollte sie sich lieber schnell an das öffentliche Interesse gewöhnen."

„Mich und ihn, Sean." Endlich erwiderte Jack seinen Blick und sah zu, wie Seans Gesichtsausdruck sich von amüsiert in verblüfft verwandelte.

„Du willst mich auf den Arm nehmen, oder?" Seans Verblüffung nahm noch zu, als Jack langsam den Kopf schüttelte. „Im Ernst? Jack! Ein Mann? Mein Gott, du weißt wirklich, wie man sich seine Karriere ruiniert. Ich meine, bist du dir ganz sicher? Hast du über die Konsequenzen nachgedacht?"

„Glaubst du etwa nicht, dass ich es ein bisschen anders gemacht hätte, wenn ich es hätte planen können?"

„Ja, schon. Aber scheiße, Kumpel, ein Kerl? Ich meine, du hast nie irgendwas davon gesagt ...“

Jack zuckte mit den Schultern. „Das ist nichts, was man seinem besten Freund so nebenbei erzählen kann, oder?“ Jack wurde etwas ruhiger, nachdenklicher. „Schließlich wollte ich deine Freundschaft nicht verlieren, Sean.“

„Vergiss das gleich wieder – als ob mich so was stören würde ... aber ... du warst wie lange verheiratet? Fünfzehn Jahre? Du hast die perfekte Diplomatenfrau und einen sehr hohen Rang im diplomatischen Dienst.“

„Klingt perfekt, oder? Ist es aber nicht.“

„Und jetzt hast du plötzlich beschlossen, dass du auf Kerle stehst, und wirfst fünfzehn Jahre Ehe *und* deine Karriere für irgendeinen Typen weg?“

Seans Stimme kam Jack etwas zu laut vor, sodass er seine eigene senkte, um keine Aufmerksamkeit auf sie zu ziehen. „Es ist nicht plötzlich und ich habe es auch nicht *beschlossen*. Hör zu, Sean, vergiss es einfach.“

„Komm schon, das meinst du doch nicht ernst. Wer zum Teufel ist es denn überhaupt? Einer von deinen Sicherheitsleuten, bei dem du dich in diesen unruhigen Zeiten gut aufgehoben fühlst?“

„Nein, es ist keiner von den Sicherheitsleuten.“ *Er denkt wahrscheinlich, dass ich auf Mark stehe*, begriff Jack.

„Hey, vielleicht ist es das. Die Folge von Stress. Du bist überarbeitet, du brauchst eine Pause.“

„Oh, die brauche ich allerdings. Vergiss es, Sean. Stress bringt einen nicht dazu, Männer attraktiv zu finden. Ich habe ...“ Er seufzte. „Ich habe mich schon immer von Männern angezogen gefühlt. Ich habe es nur nie ... ausgelebt.“

„Aber jetzt machst du es? Tolles Timing, Kumpel. Und wer ist es, verdammt? Jemand, den ich kenne?“

„Wer es ist, spielt keine Rolle, Gallagher.“

Sean sah seinen Freund aus zusammengekniffenen Augen an. „Ich glaube, doch.“

„Warum?“ Jack bemerkte, dass seine Stimme immer lauter wurde und mäßigte sie. „Nur, um deine Neugier zu befriedigen?“

„Ich kenne dich zu gut. Da steckt mehr dahinter. Du verheimlichst mir irgendetwas.“

Jack seufzte und schüttelte den Kopf. Er konnte Sean schlecht sagen, dass es Lucas war. Sean war Lucas‘ Chef und würde ihn dafür wahrscheinlich entlassen. Vielleicht auch nicht, aber er konnte es nicht einfach zugeben, ohne vorher mit Lucas zu reden.

Sean kniff erneut die Augen zusammen. „Es ist wie damals, als du wusstest, dass Shannon sich mit diesem Journalisten trifft. Du hast versucht, es mir zu sagen, mich zu warnen. Mich auf die Folgen vorzubereiten. Jetzt hast du denselben Gesichtsausdruck.“

„Tja, es tut mir leid, Sean. Ich kann nicht ... vertrau mir hierbei einfach, okay?“

118

„Warum fühlt sich das bloß wie ein Déjà-vu an, als würde ich schon wieder etwas Wichtiges übersehen? Immerhin weiß ich, dass du es nicht mit meiner verdammten Frau treibst."

„Das ist der Gallagher, den ich kenne. Ein brillanter Stratege, der aber keine Ahnung von Gefühlen hat."

„Na gut, du hast Maria also von dem Typen erzählt. Das heißt dann wohl, du meinst es wirklich ernst?" Sean warf seinem Freund einen mitfühlenden Blick zu.

Jack wünschte, er könnte es ihm einfach anvertrauen, ihm die Information anvertrauen, dass er seinen Verbindungsbeamten liebte.

„Ja, das meine ich wohl. Allerdings habe ich es ihr nicht gesagt. Sie hat es herausgefunden."

„Und jetzt ist sie stinksauer?"

„Du kannst es dir wahrscheinlich vorstellen … du kennst sie ja, Sean."

„Meine Güte, Kumpel, das hast du echt total versaut. Was wird Washington bloß dazu sagen?"

„Tja, von meinem Job kann ich mich ganz bestimmt verabschieden. Wahrscheinlich war es das letzte Mal, dass er dafür einen Demokraten ausgesucht hat. Wir sind sowieso alle ein bisschen zu liberal für seinen Geschmack und jetzt erinnere ich ihn noch mal deutlich daran." Jack zuckte mit den Schultern.

Als Jack hochschaute, entdeckte er ein schelmisches Funkeln in Seans Augen. „Obwohl, wenn du deine Arbeit los bist, wird Maria sich auch bald davonmachen, oder? Ich nehme mal an, dass du zurücktreten wirst? Anstelle dich von ihnen zwingen zu lassen …"

Jack sah ihn mit ernster Miene an. „Du glaubst, sie würde gehen, wenn ich den Job hinwerfe? Aber ich bin niemand, der einfach hinwirft, Sean! Ich habe es so weit gebracht, indem ich meinen Überzeugungen treu geblieben bin." Jack seufzte, als er die Worte aussprach.

„Na ja, betrachte es doch mal objektiv, mein Freund. Maria ist zweifellos eine großartige Diplomatenehefrau. Aber wenn du kein Diplomat mehr bist und es, wie du gesagt hast, zwischen euch sowieso nicht mehr so gut läuft, warum sollte sie dann bei dir bleiben?"

„Irgendwie habe ich das Gefühl, dass es ihr egal ist, wie schlecht es zwischen uns läuft, Sean. Sie will so weiterleben wie bisher. Sie sagt, sie hätte ihr ganzes Leben dafür gearbeitet und würde es sich nicht von mir wegnehmen lassen."

„Ich weiß, dass es nicht deine Art ist, aber was ist besser: Hinschmeißen oder in aller Öffentlichkeit rausgeworfen werden?"

„Ich könnte schon sehr gut ohne die öffentliche Aufmerksamkeit leben. Aber Maria droht mir sowieso mit einem Medienrummel."

„Hör zu. Wenn du es wirklich ernst meinst mit diesem … wer auch immer er ist, dann beende es jetzt, solange du in einer guten Position bist. Wenn du erst zurücktrittst, werden die Medien es nicht mehr so spannend finden. Such dir einen

Job zu Hause in Washington, irgendwas, das nicht so aufregend ist. Dann wird sie nicht mehr viel mit dir zu tun haben wollen, oder?"

„Ich kann nicht einfach mitten in diesem Chaos abhauen, Sean. Ich muss da noch einiges klären. Danach ... ich weiß es nicht. Mal denke ich, ich sollte es bis zum Ende durchziehen und dann denke ich wieder, dass ich ihm das nicht antun kann."

„Was meinst du mit antun? Warum sorgst du dich um *ihn*? Du bist doch derjenige, der die Arbeit verliert, die Karriere, deine Partnerin ..."

„Da bin ich nicht der Einzige, Sean." Jack hob den Blick zur Decke und murmelte vor sich hin: „Unglaublich – und das nach drei Ehen ...", und dann wieder an Sean gerichtet: „Unsere Beziehung besteht aus *zwei* Personen!"

„Willst du damit sagen, der Typ ist auch verheiratet und hat einen Job, bei dem er im Rampenlicht steht?"

„Ich will dir gar nichts mehr sagen, Gallagher!"

„Nein, willst du nicht ... und genau das macht mir Sorgen. Also was wirst du tun? Und was kann ich tun?"

„Darauf werde ich später zurückkommen müssen, Sean."

„Weil du es nicht weißt oder weil du es mir nicht sagen willst?"

„Ich muss erst versuchen, das mit Maria zu klären. Und wenn ich sie dann wirklich nicht umstimmen kann ..."

„Sie ist eine verdammt entschlossene Frau, Jack. Erinnert mich an unsere gute alte Maggie – *the lady's not for turning* und all das."

„Übrigens könnte ich deine Hilfe bei den Gesprächen mit den Belgiern gebrauchen."

„Ach, ich bin sicher, da kann Lucas dir helfen. Wusstest du, dass er als das aufstrebende Talent in unserer Botschaft gilt? Wenn er doch nur eine Frau wie Maria hätte ..."

Jack bemühte sich um einen möglichst unbeteiligten Gesichtsausdruck. Sean sollte auf keinen Fall seine Reaktion auf die letzte Äußerung bemerken. „Hör zu, ich mache mich jetzt besser auf den Weg nach Hause, bevor Maria die Schlösser austauschen lässt."

„Thatcher hätte es in dem Moment gemacht, in dem du gegangen bist!"

„Na ja, technisch gesehen bin ich noch nicht gegangen."

Jack stand auf und warf zehn Euro in Seans Richtung.

„Verdammte zehn Euro? Na gut, ich werde es nicht persönlich nehmen. Ich habe wohl schon immer gewusst, dass ich leicht zu haben bin."

Jack musste lächeln. Sean war ein guter Freund. Hoffentlich blieb es dabei.

LUCAS KAM die ganze Woche lang zu früh zur Arbeit. Er schlief schlecht. Er vermisste Jack und stellte fest, dass es besser war, sich völlig in seine Arbeit zu vertiefen, als wach zu liegen und über ihre Beziehung nachzugrübeln. Auch wenn es den Schmerz nicht dämpfen konnte, lenkte es ihn wenigstens ab.

Jack hatte ihm gesagt, dass er ihn liebte und es mehrmals bewiesen, doch jetzt, wo Maria es wusste und Jack ihn darum gebeten hatte, sich unauffällig zu verhalten, machten sich Zweifel breit. So fühlte es sich also an, mit einem verheirateten Mann zu schlafen.

Lucas schrieb einen ausführlichen Bericht zu seinen Pflichten als Verbindungsbeamter und zur englisch-amerikanischen Zusammenarbeit in Bezug auf den Krieg zu Ende und stellte fest, dass er genug Zeit für eine Tasse Tee hatte, bevor er ihn Sean vorlegen musste. Die Getränkeecke befand sich hinter den Sekretären und Sekretärinnen und über ihr hing ein Fernseher, dessen Ton normalerweise ausgeschaltet war und der ausnahmslos BBC World zeigte. Lucas' Blick fiel auf das CNN-Logo und den Newsticker. Die Worte krochen gerade wieder vom Bildschirm, sodass er nur noch lesen konnte „IN BRÜSSEL ENTFÜHRT".

Lucas starrte weiter auf den Bildschirm und fragte sich, wie bald diese Meldung wieder auftauchen würde, doch als das nach einigen Sekunden immer noch nicht der Fall war, wendete er sich an eine Sekretärin.

„Wer hat die Fernbedienung? Kann bitte jemand den Ton einschalten?"

Eine junge Frau griff in ihre Schublade und holte die Fernbedienung heraus. „Wir können ihn nicht zu laut stellen und eigentlich sollte BBC World eingeschaltet sein."

Sie richtete die Fernbedienung auf den Fernseher und drückte einen Knopf, was anstelle des belebten CNN-Bildes den wesentlich ruhigeren Hintergrund der BBC-World-Nachrichten erscheinen ließ.

„Nein!", fuhr Lucas die junge Frau an. „Ich habe im Newsticker etwas gelesen, worüber ich mehr wissen wollte. Schalten Sie wieder um!"

Ihre hochgezogene Augenbraue zeigte, dass sie von seinem Ton nicht gerade begeistert war, doch sie wechselte trotzdem wieder den Sender. Jetzt konnte man die Nachrichten hören, die sich jedoch ausschließlich um Autobomben im Irak und Selbstmordanschläge in israelischen Bussen drehten. Lucas ließ den Newsticker nicht aus den Augen, wartete auf die Schlagzeile über Brüssel. Er war nicht sicher, warum ihn die Worte so beunruhigt hatten und versuchte sich einzureden, dass er dazu keinen Anlass hatte, doch aus irgendeinem Grund musste er immer wieder daran denken, wie Mark gesagt hatte, dass es die strengen Sicherheitsvorkehrungen in der amerikanischen Botschaft nicht umsonst gab. Er wollte nur sichergehen, damit er beruhigt mit seiner Tasse Tee in sein Büro zurückgehen und darüber lachen und vielleicht später am Telefon Jack davon erzählen konnte.

Da kam es wieder auf den Bildschirm, während der Nachrichtensprecher immer noch über die zusätzlichen Gelder für den Krieg berichtete, die der Präsident der USA vom Kongress bewilligen lassen wollte:

– US-BOTSCHAFTER IN BRÜSSEL ENTFÜHRT –

Lucas keuchte laut auf. *Oh mein Gott! Jack.* Dann wandte er sich der jungen Frau zu und riss ihr die Fernbedienung aus der Hand.

„Mr. Carlton, also wirklich!"

Ihm drehte sich der Magen um und das Blut wich ihm aus dem Gesicht, während er in dem verzweifelten Versuch, genauere Informationen zu erhalten, durch die Kanäle schaltete. Die flämischen belgischen Sender zeigten lediglich Wiederholungen der Abendnachrichten. Auf den wallonischen fand er überhaupt keine Nachrichten. Auch bei den niederländischen Kanälen wurde er nicht fündig. Also kehrte er zu BBC World zurück, ohne zu bemerken, wie er jedes Mal leise „fuck, fuck, fuck", murmelte, wenn er umgeschaltet und wieder nichts gefunden hatte.

*„… erst vor wenigen Minuten. Augenzeugen zufolge wurden zwei oder drei Schüsse abgegeben. Der Botschafter befand sich in Begleitung seines Fahrers und eines Secret-Service-Agenten. Wir werden im Laufe des Morgens Genaueres berichten, sobald uns neue Informationen zur Verfügung stehen."*

Lucas war fassungslos und konnte keinen klaren Gedanken fassen. Jack war entführt worden. Von wem? Warum?

Was, wenn die abgegebenen Schüsse auf ihn gerichtet gewesen waren?

*Ruf die amerikanische Botschaft an.*

Lucas drehte sich um, schnappte sich ein Telefon und wählte auswendig Gertjes Nummer.

„Botschaft der Vereinigten Staaten, was kann ich für Sie tun?" Das war nicht Gertje, das war die Rezeption.

„Sie sind nicht Gertje, äh … Mrs. Claessens."

Die freundliche Stimme sprach weiter. „Nein, Sir. Zurzeit werden alle Anrufe zur Rezeption umgeleitet. Wen darf ich bitte melden?"

Lucas wusste, dass er es wenigstens versuchen musste. Er holte tief Luft und bemühte sich darum, seine Fassung wiederzugewinnen. „Mein Name ist Lucas Carlton. Ich bin der britische Verbindungsbeamte für Ihre Botschaft. Ich würde gern Jacks … Mr. Christensens Sekretärin Gertje Claessens sprechen."

„Es tut mir leid, Sir, aber im Moment kann ich Sie nicht durchstellen. Möchten Sie eine Nachricht hinterlassen?"

Es war, als spräche man mit einem verdammten Anrufbeantworter. „Nein, möchte ich nicht. Vergessen Sie es!"

Er warf das Telefon auf den Tisch, was die Sekretärin, die ihm am nächsten stand, zusammenzucken ließ, und stürmte in die Richtung von Seans Eckbüro davon.

Er riss die Tür auf und betrat den Raum, ohne zu klopfen. Sean brauchte nur einen Blick auf das angespannte Gesicht seines Verbindungsbeamten zu werfen, um zu wissen, dass etwas ganz und gar nicht stimmte.

„Bei der amerikanischen Botschaft lassen sie mich mit niemandem sprechen und aus den Nachrichten erfährt man auch nicht mehr", sprudelte es ohne Vorwarnung aus ihm heraus.

Sean warf dem jungen Mann einen strengen Blick zu, bevor er den Männern, die mit ihm am Tisch saßen, zunickte. „Wir können hier morgen weitermachen, nachdem Ihr Bericht verfasst ist. Vielen Dank, meine Herren."

Lucas erstarrte, als ihm klar wurde, dass er mitten in einem Meeting in Seans Büro geplatzt war.

Nachdem die Männer das Büro verlassen hatten, wandte Sean sich Lucas zu. „Schließ die Tür. Und du hast hoffentlich eine verdammt gute Erklärung dafür, warum du mein Meeting störst!"

Lucas atmete tief ein und leckte sich die Lippen, bevor er antwortete: „Jack wurde entführt."

# 18

„MARK?"

„Mark, geht es dir gut?"

„Mark, wach auf."

Jack saß dicht neben seinem Bodyguard auf dem schmutzigen Boden eines Raumes, der eine Garage zu sein schien. Sein Körper schmerzte, da Mark gegen ihn gestoßen war und ihn damit unsanft zu Boden geworfen hatte, und er sich mit seinen auf dem Rücken gefesselten Händen nicht hatte abfangen können. Er bewegte seine Schultern und seine Hände ein wenig, um die Durchblutung anzuregen, doch die mangelnde Blutzufuhr ließ sie unaufhörlich kribbeln. Das Atmen fiel ihm nicht besonders leicht, doch es stellte kein allzu großes Problem dar. Solange er nicht zu tief einatmete, ging es ihm gut.

Was man von Mark nicht behaupten konnte. Dem Secret-Service-Mann war es gelungen, seine Hände zu befreien, und als es die beiden maskierten Männer bemerkt hatten, hatte einer seine Pistole gezückt. Jack befand sich in der Schusslinie und Mark tat, wozu er ausgebildet war und warf sich schützend vor ihn. Aus einem Reflex heraus hatte der jüngere der beiden Angreifer abgedrückt und Mark hatte für seinen Botschafter die Kugel abgefangen. Jack konnte nur hoffen, dass Marks kugelsichere Weste den Aufprall gebremst hatte, doch er war sicher, dass er ein wenig Blut auf das blütenweiße Hemd des Agenten hatte spritzen sehen.

Außerdem … bewegte Mark sich nicht, auch wenn Jack hoffte, dass er noch lebte. Er konnte ihn nicht atmen hören und das bereitete ihm Sorgen, denn es kam ihm beinahe still genug vor, um seinen eigenen Herzschlag zu hören. Jack schob sich herum, bis sein Ohr an Marks Brust halten konnte, und seufzte vor Erleichterung. Er nahm einen schwachen Herzschlag und schnelle, flache Atemzüge wahr. Mark lebte.

Als Jack den Kopf von Marks Brust hob, bewegte sich der verwundete Mann und schlug seine dunklen Augen auf. Der Agent wirkte desorientiert und verängstigt und sein Atem, jetzt deutlich hörbar, war immer noch sehr schnell und flach.

Jack wusste, dass er Mark am leichtesten beruhigen konnte, indem er selbst ruhig blieb. Schließlich hatte man ihn auf solche Situationen vorbereitet. „Ganz ruhig, Mark. Du bist verletzt, aber du kommst wieder in Ordnung. Versuch dich zu beruhigen und richtig zu atmen."

Mark schluckte und verzog vor Schmerzen das Gesicht. „Kann nicht …"

„Okay, schau mich an und atme mit mir. Du kannst das."

„Was?" Mark verlangsamte seine Atmung, so gut er konnte, doch er zitterte am ganzen Körper.

Jack bemühte sich um einen ruhigen Tonfall, doch es war gar nicht so einfach. „Wir wurden an einer roten Ampel überfallen. Zwei Typen sind ins Auto gesprungen und haben uns mit Waffen bedroht. Sie haben ein paar Mal in die Luft geschossen und dann den Fahrer gezwungen loszufahren. Als er nicht tun wollte, was sie gesagt haben, sind sie ihn losgeworden." Er hielt inne und fragte sich, wie viel er seinem Bodyguard erzählen sollte. „Ich glaube, du wurdest von einer Kugel getroffen, Mark. Aber ich kann nicht nachsehen, weil sie meine Hände gefesselt haben. Kannst du dich bewegen?"

Mark, dessen Atmung ein bisschen weniger hektisch, aber immer noch flach war, schüttelte den Kopf. „Nein ..."


LUCAS UND Sean schauten die BBC-World-Nachrichten, die jedoch nicht besonders informativ waren.

Nachdem Sean bei einem Anruf bei der amerikanischen Botschaft explodiert war und auf seinen Rang verwiesen hatte, stellte ihn die Empfangsdame nach einiger Zeit in der Warteschleife endlich zu jemand anderem durch.

„Stacey Tanner, Protokollbeamtin. Was kann ich für Sie tun, Sir?"

Sean lächelte nervös. „Stacey, meine Liebe, was ist passiert?"

„Mr. Gallagher, hallo. Ich fürchte, wir wissen auch nicht viel mehr, als in den Nachrichten gesagt wird, Sir. Zwei bewaffnete Männer sind in Mr. Christensens Auto eingedrungen. Mark Jones war bei ihm. Der Fahrer wurde aus dem Auto geworfen und am Straßenrand liegen gelassen. Er ist im Krankenhaus, aber es geht ihm gut. Niemand hat sich zu der Tat geäußert, sich dazu bekannt oder Lösegeld gefordert. Die Botschaft wurde abgeriegelt und wir versuchen, so viele unserer Mitarbeiter wie möglich herzubringen." Sie klang etwas nervös, doch Sean hörte heraus, dass sie auf solche Situationen vorbereitet war.

„Und Maria?"

„Sie bleibt im Haus und wir haben zusätzliches Sicherheitspersonal hinbeordert."

Sean seufzte. „Und sie weiß, was passiert ist?"

„Sie wurde ausführlich informiert, Sir."

„In Ordnung", antwortete Sean so professionell, wie es ihm im Augenblick möglich war. „Könnten Sie mir bitte Ihre Durchwahl geben?"

„Die Rezeption hat jetzt die Anweisung, Sie direkt zu mir durchzustellen, Sir."

„Danke, Stacey."

Sean legte auf und wandte sich an Lucas. „Und jetzt sag mir genau, wie nahe ihr euch steht."


„ICH WEIß, dass ich getroffen wurde, Sir. Es tut mir leid."

Jack seufzte. Das hatte er befürchtet. Er würde Mark wach, aber ruhig halten müssen. „Ich glaube, unter diesen Umständen duzt du mich lieber. Und hör auf, dich zu entschuldigen. Du hast mir das Leben gerettet."

„Gehört alles zu meinen Aufgaben, Sir …“ Mark biss die Zähne zusammen, kämpfte offensichtlich gegen den Schmerz an. „Jack.“

Jack versuchte, sich an sein Anti-Terrorismus-Training zu erinnern. „Wir sollten uns auf unsere Vorteile konzentrieren. Deine Hände sind nicht gefesselt.“

„Ich kann mich nicht bewegen, Jack“, unterbrach ihn Mark. „Kein bisschen.“

*„DER BELGISCHE Fahrer des Botschafters wurde am Straßenrand gefunden und in ein Krankenhaus gebracht. Sein Zustand war stabil genug, um von der Polizei befragt werden zu können, doch diese lässt aufgrund der laufenden Ermittlungen keinerlei Informationen nach außen dringen.*

*Bei Jack Christensen handelt es sich um einen erfahrenen US-Botschafter, der bereits in verschiedenen europäischen Ländern sowie in Südamerika und im Nahen Osten stationiert war. Er befand sich in Begleitung eines nicht namentlich genannten Agenten des Secret Service, der jedoch als gut ausgebildeter, erfahrener Mann gilt.“*

„Sie sagen einfach nichts!“, ereiferte sich Lucas.

„Beruhig dich, Carlton.“ Sean hatte den jungen Mann noch nie so verängstigt gesehen. Lucas verhielt sich grundsätzlich selbstsicher und kontrolliert, doch sein jetziges Benehmen deutete auf ein sehr persönliches Interesse am Wohlergehen eines gewissen amerikanischen Botschafters hin. Allmählich verstand Sean, warum Jack ihm nicht hatte sagen können, wer der Mann war, für den er in Erwägung zog, seine Frau zu verlassen.

„Lucas, ich weiß über dich und Jack Bescheid“, begann Sean vorsichtig.

Der junge Mann löste den Blick vom Fernsehbildschirm und wandte ihn seinem Vorgesetzten zu. Einen Augenblick lang wirkte er schockiert, dann fing er sich wieder. „Ich … ich habe keine Ahnung, was Sie meinen. Jack und ich haben eng zusammengearbeitet, also bin ich um ihn besorgt. Wir haben viel Zeit miteinander verbracht und außerdem sind wir Freunde geworden …“

„Und noch mehr, wie es aussieht. Lucas …“ Sean seufzte. Wie sollte er dem jungen Mann beibringen, dass Jack es ihm praktisch gestanden hatte? Ach, ganz egal. „Jack hat es mir gesagt.“

Lucas sackte resigniert auf dem Stuhl zusammen.

„Er hat dich nicht namentlich erwähnt, Lucas. Er war sehr vorsichtig. Er hat mir nur erzählt, dass er darüber nachdenkt, seine Frau für einen Mann zu verlassen, und ich glaube, dieser Mann bist du.“

Lucas‘ Gesicht lag jetzt in seinen Händen und Sean fragte sich, ob er weinte, doch dann schaute der junge Mann auf und in seinem Gesicht zeichnete sich etwas ganz anderes ab. Er sah dort Entschlossenheit und Unnachgiebigkeit – der ängstliche Blick war der draufgängerischen Einstellung gewichen, wegen der Lucas überhaupt erst eingestellt worden war.

„Also sitzen wir hier einfach, ohne etwas zu tun?“

„Na ja ..." Sean dachte schnell nach. „Ich kenne da jemanden bei der belgischen Polizei, den ich anrufen könnte."

„Dann los!", befahl Lucas, bevor er sich daran erinnerte, mit wem er sprach. „Bitte. Sir."

Sean griff nach dem Telefon und wählte. Lucas hörte zu, als er mit dem Mann am anderen Ende der Leitung sprach und ihm die Situation erklärte. Nachdem er ein paar Mal genickt und „ich verstehe" gesagt hatte, legte er auf.

„Mark hatte einen GPS-Peilsender bei sich. Wenn er und Jack nicht getrennt wurden, müssten sie sie in weniger als einer Stunde gefunden haben."

EIN RUMPELN aus dem Nebenraum riss Jack aus einem unruhigen Schlaf. Seine blauen Flecken und das Liegen auf dem harten Betonboden, während Mark an ihn gelehnt war, verursachten ihm Schmerzen. Sein Bodyguard bewegte sich nicht und er wurde erneut von der Angst gepackt, dass der junge Mann gestorben war. Wie hatte er einschlafen können?

Ein gleißendes Licht fiel in den ansonsten stockdunklen Raum, als die Tür sich den beiden Männern in Kampfausrüstung öffnete, die sie aufgebrochen hatten. Es folgten drei weitere, während Jack sie besorgt beobachtete. Sie würden jetzt entweder gerettet oder getötet werden.

Jacks Augen waren noch dabei, sich an die Helligkeit zu gewöhnen, als ein vermummter Mann mit einem Sturmgewehr sich neben ihn hockte und in perfektem Englisch mit starkem französischen Akzent fragte: „Herr Botschafter? Ich bin Sergeant Lefebvre von der belgischen Militärpolizei. Wir sind hier, um Sie in Sicherheit zu bringen. Sind Sie verletzt?"

Jack schüttelte den Kopf. „Kümmern Sie sich zuerst um Mark. Er hat eine Schusswunde. Ich weiß nicht, ob er noch ..."

„Keine Sorge, Sir, wir kümmern uns um ihn", versicherte ihm ein junger Mann in einer Jacke mit reflektierenden Streifen, während er sich über Mark beugte.

Jack wurde unter Marks reglosem Körper hervorgezogen und ein schmerzhafter Stich durchfuhr seine Seite und raubte ihm den Atem.

LUCAS KAM in die Notaufnahme des Universitätskrankenhauses gerannt und schlug mit der Handfläche auf den Schalter der Empfangsstation. „Mr. Christensen", blaffte er. „Ich muss zu Mr. Jack Christensen, dem amerikanischen Botschafter. Er wurde gerade eingeliefert!"

Die weiß gekleidete Frau hinter dem Schalter warf ihm einen verärgerten Blick zu.

„Mr. Carlton?"

Lucas fuhr herum und sah einen Mann im dunklen Anzug, der die Hände vor seinem Körper gefaltet hatte und einen unauffälligen Ohrhörer trug.

„Bitte folgen Sie mir, Sir."

Lucas wurde durch ein Labyrinth von Gängen und Aufzügen bis zu einer verschlossenen Tür geführt, die der Sicherheitsmann mit einer Schlüsselkarte öffnete. Auf dem großen Schild an der Tür stand „Intensieve Zorgen". Lucas' Niederländisch war gut genug, um zu verstehen, dass das „Intensivpflege" bedeutete, und es ließ ihn wie angewurzelt stehen bleiben. Jack musste schwer verletzt sein, sonst befände er sich nicht auf der Intensivstation. Wahrscheinlich war er von einer Kugel getroffen worden. Der Gedanke ließ sein Herz zu Eis gefrieren.

„Mr. Carlton." Der Mann hielt ihm die Tür auf und fuhr ruhig, aber mit einem gewissen Nachdruck fort: „Bitte trödeln Sie nicht."

Lucas atmete tief durch, als er die Station betrat. Wenigstens war Jack am Leben und er durfte ihn sehen. Somit war er ziemlich enttäuscht, als er stattdessen in ein kleines Wartezimmer geführt wurde. „Kann mir nicht einfach jemand sagen, ob es ihm gut geht?", fragte er den Mann, der ihn hergebracht hatte.

„Es wird sich bald jemand um Sie kümmern, Mr. Carlton", erklärte ihm der Mann kühl, bevor er ihn allein zurückließ.

Lucas konnte sich einfach nicht hinsetzen. Er versuchte, durch die Schlitze in den Jalousien vor den Fenstern zu spähen, aber sah nichts als eine Wand auf der anderen Seite des Gangs. Schwestern und Ärzte betraten und verließen einen Raum am einen Ende des Ganges und manche von ihnen trugen medizinische Instrumente. Lucas konnte nichts aus ihren Gesichtern lesen und seine Angst nahm von Minute zu Minute weiter zu.

Was, wenn Jack tot war? Manchmal ließen Krankenhäuser Tote auf der Station, damit die Hinterbliebenen sie dort besuchen und ihnen die letzte Ehre erweisen konnten. Er schüttelte den Kopf. Nein. Das konnte nicht sein.

„Lucas?"

Er drehte sich um und sah Maria in der Eingangstür des Wartezimmers stehen. Sie trug Hose und Pullover und ihr Haar war offen. Sie hatte einen besorgten Gesichtsausdruck und dunkle Ringe unter den Augen.

„Maria ... wie geht es ..."

„Es geht ihm gut. Ein bisschen mitgenommen, aber nichts, was nicht wieder in Ordnung kommt", antwortete sie schnell. Lucas konnte erkennen, dass sie sich sehr darum bemühte unbeteiligt zu klingen, und sie wich seinem Blick aus.

„Kann ich zu ihm?", wagte Lucas einen leisen Versuch.

„Nein", antwortete sie mit Nachdruck. „Ich halte das für keine gute Idee, Lucas. Du weißt, dass es ihm gut geht und das muss reichen." Sie wollte sich umdrehen, doch Lucas machte ein paar Schritte auf sie zu und hielt sie am Arm fest.

Sie riss sich los und warf ihm einen feindseligen Blick zu. „Was ihn angeht, hast du keinerlei Ansprüche."

Lucas kämpfte dagegen an, die Kontrolle über seine Gefühle zu verlieren. „Glaubst du nicht, dass er das selbst entscheiden sollte?"

„Das hat er schon", fuhr sie ihn an. Dann fing sie sich merklich und kniff die Augen zusammen. „Weißt du, was mit diskreditierten US-Diplomaten passiert, Lucas?"

„Jack hat nichts falsch gemacht, Maria. Er hat sich nur verliebt." Lucas versuchte ruhig zu atmen, aber hatte damit nur wenig Erfolg.

„Für diese Regierung ist das mehr als genug, junger Mann", fuhr sie in herablassendem Tonfall fort. „Weißt du, sie werden ihn nicht rauswerfen. Er ist zu gut über die inneren Abläufe der amerikanischen Diplomatie informiert. Stattdessen werden sie ihn in Washington unter Bergen von Papierkram begraben, ihn Gutachten zu möglichen Kursen in der Außenpolitik schreiben lassen, ihn seine weitreichende Erfahrung im Ausland in einem Bürojob ohne Zukunft anwenden lassen, damit sie ihn im Auge behalten können. So wird es für ihn enden. Und warum? Wegen einer Affäre mit einem rangniedrigen britischen Diplomaten. Er wird dich dafür hassen, denn du wirst alles ruiniert haben, was er sich für seine Karriere erträumt hat. Alles, was er je wollte, wird plötzlich unerreichbar sein. So eine Chance bekommt man nur ein einziges Mal, Lucas. Ich bin gespannt, wie weit eure ‚Liebe' euch dann bringen wird." Ihre Augen waren weit aufgerissen und dunkel und blickten ihn eindringlich an. Dann schien sie sich wieder zu beruhigen. „Das hat er jetzt verstanden."

Lucas zog sich die Brust zusammen. Sie hatte recht. Der amerikanische Präsident und seine Partei hatten vor, ein Verbot der gleichgeschlechtlichen Ehe in der Verfassung festzuschreiben. Sie würden einem schwulen Mann niemals erlauben ein Amt zu bekleiden, das in diesem Maße den Blicken der Öffentlichkeit ausgesetzt war. Ein Botschafter war das Aushängeschild eines Landes und musste alle Vorzüge seiner Nation demonstrieren. Maria hatte recht. Lucas' Liebe würde Jack alles kosten, wofür er gearbeitet hatte.

„Erlaube mir wenigstens, mich von ihm zu verabschieden", bat Lucas, während er mit den Tränen kämpfte.

Maria sah ihm in die Augen und atmete tief ein. „Na schön. Dann komm."

Lucas war erstaunt darüber, dass sie ihn zu seinem Geliebten lassen würde, und riss sich zusammen, als er ihr den Flur entlangfolgte. Er musste für Jack stark sein.

Sie nickte in Richtung Tür und ließ Lucas allein hineingehen.

Jack lag im Bett und trug ein weißes Krankenhausnachthemd, auf dem das Logo des Krankenhauses abgebildet war. Als er Lucas hereinkommen sah, lächelte er. „Hallo, du. Was für ein willkommener Anblick."

Lucas spürte, wie ihm wieder Tränen in die Augen stiegen, doch er atmete tief durch. Er wollte auf keinen Fall weinen wie ein kleines Mädchen. „Hi."

Er nahm Jacks ausgestreckte Hand und drückte sie.

„Alles in Ordnung?", fragte Jack sanft.

Lucas fühlte eine einzelne Träne über seine Wange rollen und wischte sie fort. „Warum fragst du das mich? Du bist derjenige, der im Krankenhausbett liegt."

Jack versuchte zu lachen, doch es schien ihm zu starke Schmerzen zu bereiten. „Bin nur ein bisschen mitgenommen, mehr nicht."

„Ja, das hat Maria auch gesagt", antwortete Lucas.

„Du hast Maria getroffen?"

Lucas nickte. „Also, wie mitgenommen bist du genau?"

Jack lächelte. „Zwei gebrochene Rippen und ein paar gequetschte, ein gebrochenes Schlüsselbein und ein Bluterguss am Kiefer. Ach ja, und eine Gehirnerschütterung von einem Schlag auf den Kopf. Aber die Schmerzmittel machen es erträglich. Mark hat es leider schlimmer erwischt. Er hat eine Kugel für mich eingesteckt. Sie haben gesagt, dass er lebt, aber sie operieren noch."

Lucas ließ sich neben dem Bett nieder und hob Jacks Hand an seinen Mund, um sie zu küssen. „Ich bin so froh, dass es dir gut geht." Er atmete ein paar Mal tief durch, damit er nicht von seinen Gefühlen überwältigt wurde.

Jack tröstete ihn. „Keine Sorge, Luke. Es wird alles wieder gut." Er öffnete seine Hand, um Lucas' Wange zu berühren und so saßen sie dann eine Weile da und genossen einfach das Gefühl ihrer miteinander verflochtenen Hände, bis Lucas schließlich bemerkte, dass Jack eingeschlafen war.

Er küsste ein letztes Mal die Hand seines Geliebten und legte sie dann vorsichtig auf die Bettdecke. „Vergiss nie, dass ich dich liebe, Jack", flüsterte er seinem schlafenden Liebsten zu. Dann verließ er das Zimmer.

# STILLSTAND

GESELLSCHAFTLICHE VERPFLICHTUNGEN: das notwendige Übel eines öffentlichen Amtes.

Die Weihnachtsfeier in der Botschaft fühlte sich für Jack jedes Mal so falsch an. Es war einer dieser Feiertage, den man mit seiner Familie verbringen sollte, doch von ihm wurde erwartet, dass er an dem von Maria organisierten Empfang teilnahm, der für all die Amerikaner bestimmt war, die nicht mit ihren Angehörigen feiern konnten. Wie ironisch, dachte Jack, dass er im Laufe der letzten Monate fast alle Menschen verloren hatte, die er liebte. Erst hatte Lucas ihn verlassen. Zum letzten Mal hatte Jack ihn im Krankenhaus gesehen. Kein Abschied, nichts. Sean hatte ihm erzählt, dass Lucas Bildungsurlaub beantragt hatte, um seinen Master an der Stanford University abzuschließen. Dann folgte ein Anruf von einem von Jacks Brüdern, der ihm mitteilte, dass ihre Eltern bei einem Autounfall in Namibia ums Leben gekommen waren. Ihre Leichname wurden nach New York gebracht und dort beerdigt und Jack regelte ihre Angelegenheiten und sorgte dafür, dass ihr Vermögen gerecht zwischen ihm und seinen Brüdern aufgeteilt wurde. Er hatte kurz darüber nachgedacht, bis nach Kalifornien weiterzufliegen, um sich mit Lucas in Verbindung zu setzen, doch er hatte das Gefühl, es würde alles nur noch schlimmer machen.

Maria war natürlich noch da, wie immer die hingebungsvolle Ehefrau. Als wäre nichts geschehen.

Er liebte es nach wie vor, wie engagiert sie war, wie sie ihre eigenen Gefühle als absolut zweitrangig betrachtete, wenn es darum ging zu tun, was getan werden musste. Doch sie selbst liebte er nicht mehr, zumindest nicht mehr wie eine Ehefrau. Er hatte sein Lager im Gästezimmer aufgeschlagen, da er nicht länger das Bett mit ihr teilen wollte, und sie hatte nicht protestiert. Die Nächte waren lang und einsam. Er vermisste Lucas und wachte häufig mitten in der Nacht auf, nachdem er von seinem jungen Geliebten geträumt hatte. Ehemaligen Geliebten. Das konnte er jetzt nicht mehr ändern. Nicht jetzt, wo er sich für die Fortführung seiner Karriere als Diplomat entschieden hatte.

In wenigen Augenblicken würden sie hinausgehen und ihre Gäste begrüßen, und ihm würde man zweifellos wie immer Komplimente für seine entzückende Frau machen. Die Farce ging weiter.

„Also, bist du so weit?"

In ihrem schulterfreien nachtblauen Kleid und mit ihren sorgfältig in Form gebrachten und hochgesteckten Haaren sah Maria einfach bezaubernd aus.

Ihr Make-up war makellos und sie lächelte ihm liebevoll zu, während sie seinen Kragen zurechtrückte und ein paar nicht vorhandene Staubkörnchen von seinen Schultern wischte.

„Du bist wunderschön, Maria."

„Danke, du auch", nahm sie das Kompliment höflich entgegen, ergriff seine Hand und führte ihn in den Empfangssaal.

Dort waren ziemlich viele Menschen. Stacey hatte ihre Gäste bereits auf vorbildliche Art und Weise willkommen geheißen und schon bald würden er und Maria ihre Runden machen, um presbyterianische Pfarrer und Geschäftsleute zu begrüßen. Es würde Eierpunsch und Truthahnsandwiches geben und eine Rede über die weltweite Bedeutung von Weihnachten.

Hin und wieder überraschte Jack sich dabei, wie sein Blick zum Eingang wanderte, in der Hoffnung, einen schönen jungen Mann mit dunklen Locken hereinkommen zu sehen.

Doch er wusste, dass es nicht passieren würde.

# WIEDERAUF-NAHME DER VERHANDLUNGEN

# 19

„Lucas, du musst mir einen großen Gefallen tun."

Liz beugte sich auf ihre übliche Flirten-ohne-ernsthafte-Absichten-Art über seinen Schreibtisch.

„Ich muss mir heute Nachmittag unbedingt freinehmen, aber weil ich die ranghöchste Beamtin bin, haben sie mir diese grauenhafte Aufgabe zugeteilt."

Da Lucas wusste, dass sie zum Dramatisieren neigte, nahm er das „grauenhaft" nicht allzu ernst. „Und jetzt willst du, dass ich es übernehme, damit du heute Nachmittag Zeit hast, um es mit diesem italienischen Delegierten zu treiben, richtig?"

„Lucas!", widersprach sie gespielt gekränkt. „Wir treiben es nicht nur. Seine Frau ist ständig in Italien und er hat gesagt, er wird sich von ihr scheiden lassen."

„Ja, das sagen sie alle, Liz, nur um dich ins Bett zu kriegen. Aber sie verlassen ihre Frauen nicht. Glaub mir, ich kenn mich da aus." Er schüttelte den Kopf, aber gab dann nach. „Na gut! Also worum geht es bei dieser Aufgabe? Treibt ihr es ruhig wie die Karnickel, du und Mister Italy. Ich werde hierbleiben und für mein Geld arbeiten."

„Ich weiß nur, dass ein ehemaliger US-Botschafter hier im UN-Gebäude ein Vorstellungsgespräch hat. Er soll hier auf keinen Fall alleine herumlaufen. Nach dem Gespräch wird man dir sagen, ob du ihm dabei helfen musst, die von den Sicherheitsbestimmungen vorgeschriebenen Formulare auszufüllen. Also begleitest du ihn entweder nach draußen, oder du hilfst ihm dabei, einen Sicherheitsausweis zu bekommen."

Liz befand sich im Turbomodus und wollte offensichtlich so bald wie möglich gehen, also fasste Lucas sich ebenfalls kurz. „Infomappe?"

Liz holte einen dunkelblauen Ordner hinter ihrem Rücken hervor. „Du wirst deinen durchschnittlichen, sehr spießigen Berufsdiplomaten mittleren Alters beim Empfang finden und zwar in ungefähr ...", sie warf einen Blick auf ihre Armbanduhr, „zehn Minuten."

Lucas wusste, dass er mehr als fünfzehn Minuten bis zum Empfang brauchen würde, also war er eigentlich bereits spät dran. Glücklicherweise kannte er das Innere des UN-Gebäudes wie seine Westentasche, sodass er es mit einem kurzen Sprint durch den öffentlich zugänglichen Teil noch gerade eben schaffen würde.

Auf dem letzten Stück schlug er den Ordner auf, damit er wenigstens wusste, wen er suchen musste. Sein Herz setzte einen Moment lang aus.

Das Foto auf dem Besucherausweis zeigte Jacks Gesicht.

Er blieb hinter der Ecke neben dem Serviceschalter stehen und lehnte sich an die kühle Steinwand. Konnte er Jack gegenübertreten? Konnte er einfach zu ihm hingehen und so tun, als wäre alles, was vor zweieinhalb Jahren zwischen ihnen passiert war, nie gewesen? Vielleicht würde Jack überhaupt nichts mit ihm zu tun haben wollen? Nicht, dass er ihm seine Verärgerung verdenken könnte. Lucas hatte sich schließlich noch nicht einmal verabschiedet, nachdem er Jack im Krankenhaus besucht hatte.

Lucas fragte sich oft, ob er das Richtige getan hatte. Im Nachhinein hatte er das Gefühl, dass er hätte dableiben sollen, bis Jack sich entschieden und das getan hatte, was sie geplant hatten. Wie es aussah, hatten sie jetzt beide ihren alten Beruf aufgegeben, doch Lucas fragte sich, wie Jack auf seine Anwesenheit reagieren würde. Er war unentschlossen. Einerseits hätte er am liebsten in der PR-Abteilung angerufen und versucht, eine Vertretung für Jacks Führung zu finden, doch andererseits bot sich hier die Gelegenheit, mit allem abzuschließen. Endlich die „was wäre, wenn"-Fragen zu stoppen, um die seine Gedanken seit jenem Abend im Krankenhaus kreisten. Außerdem würden sie sich, wenn Jack die Stelle bekam, sowieso ständig über den Weg laufen.

Lucas atmete tief durch und setzte eine professionelle Miene auf. Er würde es schaffen, würde zuvorkommend, liebenswürdig und gastfreundlich sein, ganz egal, wer vor ihm stand. Er arbeitete als Pressereferent für die Vereinten Nationen, Herrgott noch mal!

Als er um die Ecke ging, stand Jack direkt vor ihm. Lucas erkannte sofort den hellgrauen Anzug, den sie an ihrem ersten Wochenende in Antwerpen zusammen ausgesucht hatten, und sein Mund wurde trocken. Es war, als wäre seitdem keine Zeit vergangen, als könnte er immer noch zu ihm gehen und dieses Funkeln in seinen wunderschönen Augen sehen. Jack sah so gut aus. Ein bisschen dünn vielleicht, aber trotzdem …

„Jack?" Lucas räusperte sich und bemühte sich um einen professionellen Tonfall, doch der Versuch, die Gefühle aus seiner Stimme zu verbannen, scheiterte kläglich.

Ihre Blicke trafen sich über den Serviceschalter hinweg und Jack wurde blass.

„Lucas." Ein schwaches Lächeln zeichnete sich auf Jacks Gesicht ab, als sie sich kurz ansahen. Dann atmete der Amerikaner tief ein und sah sich in der Vorhalle um.

„Ich wusste nicht … dass du hier arbeitest?", fragte Jack ein wenig zögernd.

Lucas nickte. „Ich bin jetzt Pressereferent und werde dir heute Nachmittag alles zeigen. Natürlich nur, wenn das für dich in Ordnung ist."

Die zwei Männer starrten einander einen Moment lang an, bis Lucas sich wieder fing und Jack bedeutete, durch den Metalldetektor zu gehen. Dann reichte er ihm einen Besucherausweis.

„Du musst …" Er deutete auf sein eigenes Revers, da er sich unwohl dabei fühlte, Jack zu nahe zu kommen. „… ihn dir anstecken. Muss ständig sichtbar sein. Wenn sie dich nehmen, besorge ich dir später einen eigenen Ausweis."

Jack nickte und befestigte den Ausweis an seinem Jackett.

„Also, wann ist dein Vorstellungsgespräch?", fragte Lucas, als sie den Flur entlang und auf die Aufzüge zugingen.

„Um vier", antwortete Jack ausdruckslos, während er den imposanten Anblick in sich aufnahm.

„Du bist früh dran." Lucas war darüber amüsiert, denn es war ein so starker Kontrast zu dem ständig beschäftigten und deshalb ständig verspäteten Jack aus seiner Erinnerung.

ALS ER neben Lucas her durch dieses beeindruckende Gebäude ging, wurde Jack klar, dass er wegen des Vorstellungsgesprächs eigentlich nicht besonders aufgeregt gewesen war. Diese Stelle zu bekommen, würde ihm das Leben wesentlich leichter machen, aber war keine zwingende Notwendigkeit, und davon abgesehen würde man ihn wahrscheinlich wieder als überqualifiziert betrachten. Doch jetzt kam ihm sein Anzug plötzlich unbequem vor und er fühlte sich verschwitzt und überhitzt. Wollte er eine Stelle annehmen, bei der er zweifellos regelmäßig seinem ehemaligen Geliebten über den Weg laufen würde? Auch wenn Lucas ihn offensichtlich nicht mehr wollte, hatte sich an Jacks eigenen Gefühlen für den jungen Mann nichts geändert. Einerseits war er nicht sicher, ob er wissen wollte, warum Lucas verschwunden war, doch andererseits würde es ihm vielleicht dabei helfen, endgültig mit diesem Kapitel seines Lebens abzuschließen.

Jack warf einen Blick zur Seite und sah, dass Lucas immer noch über die Bemerkung lächelte, die er gerade gemacht hatte. Irgendetwas zu seinem frühen Auftauchen.

„Na ja, immerhin hat man mir einen Rundgang versprochen", antwortete Jack unvermittelt.

„Dann hast du Glück. Ich habe hier als Fremdenführer angefangen und kenne alles in- und auswendig." Lucas freundete sich allmählich mit dem Gedanken an, eine ganze Stunde lang mit Jack reden zu können. Vielleicht würde es ihnen guttun, reinen Tisch zu machen und ein für alle Mal mit ihrer Beziehung abzuschließen.

„Also, wie geht es Maria?", fragte er vorsichtig.

Jack schaute hoch, aber nicht direkt in Lucas' Augen. „Ihr geht`s gut … soweit ich weiß. Sie arbeitet im Sudan für UNICEF."

Lucas blieb stehen und drehte sich zu Jack um. Sein Herz klopfte wild.

Als er bemerkte, dass der Brite nicht länger neben ihm ging, blieb Jack ebenfalls stehen und drehte sich um. „Wir sind geschieden, Lucas."

Auch wenn Jacks Stimme emotionslos war, machten die Worte Lucas das Atmen schwer. Jetzt mussten sie wirklich reden. Wenn Jack geschieden war, hatte ihre Beziehung vielleicht sogar etwas bedeutet.

„Jack …" Lucas starrte auf den Boden und wagte nicht, den Amerikaner anzusehen. „Wir müssen … über ein paar Dinge reden." Er hob den Blick. „Warum setzen wir uns nicht in die PR-Lounge und trinken einen Kaffee? Da sind wir einigermaßen ungestört."

Zu Lucas' Erleichterung war die kleine Lounge praktisch ausgestorben, als sie eintraten.

„Das mit Maria wusste ich nicht, Jack. Es tut mir leid."

„Nein, tut es dir nicht", konterte Jack sofort und lächelte ihm zu. Allmählich entspannte er sich in Lucas' Gegenwart und verfiel in ihre alten Wortgefechte.

„Na gut, vielleicht hast du recht", gab Lucas zu und erinnerte sich daran, dass Jack immer gewusst hatte, wann er es nicht ernst meinte. „Was ist passiert?"

Jack lachte. „Du bist passiert, Dummerchen."

Lucas spürte, wie ihm Tränen in die Augen stiegen, als ihm die Tragweite dieser Antwort bewusst wurde. *Führ dich nicht wie ein kleines Mädchen auf, Luke.* Er schüttelte den Kopf. „Dann tut es mir wirklich leid. Weil ich einfach so abgehauen bin, weil ich nicht geduldig genug war, weil ich zu feige war, um Maria die Stirn zu bieten, und weil ich unsere Karriere allem anderen vorgezogen habe!"

Jacks Hand legte sich auf seine und dann sagte der Amerikaner leise:

„Es ist nicht ein Tag vergangen, an dem ich nicht an dich gedacht habe, Luke. Als ich aus dem Krankenhaus gekommen bin und Sean mir erzählt hat, dass du gegangen bist, habe ich es erst nicht verstanden. Aber als Maria so selbstgefällig davon gesprochen hat, dass du gegangen bist, um meine Karriere zu retten, wusste ich, dass sie etwas damit zu tun hatte, dass du … dich nicht verabschiedet hast. Ich wusste nur nicht, wie viel es mit ihrer Erpressung zu tun hatte und wie viel mit deiner eigenen Entscheidung."

Jack hob Lucas' Hand an den Mund und küsste sie zärtlich, was den jungen Mann erschauern ließ. „Ich möchte nicht einfach Vermutungen anstellen. Sicher gibt es mittlerweile jemand anderen in deinem Leben, also musst du es nur sagen und ich werde dich in Ruhe lassen."

Lucas musste Jack gegenüber ehrlich sein. Er wusste nur nicht, wie. „Na ja, in gewisser Weise gibt es da schon jemanden. Es ist nicht ganz leicht zu erklären." Er hielt kurz inne und überlegte, wie viel er sagen sollte. „Warum führe ich dich nicht erst herum und bringe dich zu deinem Vorstellungsgespräch. Danach kommst du dann zu mir in die zweite Etage im Gebäude DC-2 und ich werde versuchen es dir zu erklären." Lucas atmete tief durch. „Worum bewirbst du dich eigentlich? Generalsekretär?"

Jack schnaubte. „Nein danke. Ich habe genug davon, in der Öffentlichkeit zu stehen. Ich bleibe lieber im Hintergrund. Offenbar suchen sie einen erfahrenen Dolmetscher, der drei offizielle UN-Sprachen spricht und sich mit Außenpolitik auskennt."

Lucas lächelte. „Klingt nach dir. Englisch, Spanisch und Französisch, oder? Vergiss nicht, Dänisch, Schwedisch, Norwegisch und ein bisschen Niederländisch zu erwähnen. Das gehört hier zwar alles nicht zu den offiziellen Sprachen, aber die Delegierten dieser Länder könnten dich vielleicht trotzdem gut gebrauchen. Ich wüsste keinen Grund, warum du die Stelle nicht bekommen solltest, Jack. Du bist perfekt dafür."

Jack lächelte verlegen. „Lass uns abwarten, was sie sagen, in Ordnung?"


DAS GESPRÄCH war ein voller Erfolg, und dass ein Mann mit Jacks Erfahrung eine Stelle als einfacher Dolmetscher annehmen wollte, machte offensichtlich Eindruck.

Er war offen gewesen, hatte erklärt, dass er nebenbei sein Studium wieder aufnehmen und nach der Scheidung sein Leben neu ordnen wollte, weshalb er eine Arbeitsstelle weit weg vom öffentlichen Interesse bevorzugte.

Die Männer, die das Vorstellungsgespräch leiteten, wussten, dass sie sich diese Gelegenheit nicht entgehen lassen durften, und stellten ihn sofort ein.


AUF DEM Weg zu dem Gebäude, in dem er Lucas aufsuchen sollte, dachte Jack darüber nach, was Lucas ihm zeigen wollte. Dass der Brite auf die Fragen über sein Privatleben so ausweichend geantwortet hatte, machte Jack neugierig. Natürlich wusste er, dass er, was Lucas anging, keinerlei Ansprüche hatte. Schließlich war seine Ehe nicht das Einzige gewesen, was ihnen im Wege gestanden hatte. Trotzdem war sein Interesse geweckt worden.

Als die Aufzugtür sich in der zweiten Etage öffnete, fand Jack sich in einem kleinen Wartebereich wieder, von dem viele Gänge abzweigten, und er beschloss lieber dort zu warten. Jetzt, da er die Stelle bekommen hatte und wusste, dass er regelmäßig hier sein würde, war er etwas ruhiger. Doch es bedeutete auch, dass er die Angelegenheit mit Lucas regeln musste und dazu gehörte, dass er sich über seine Gefühle im Klaren war. Als er darüber nachdachte, was zwischen dieser verhängnisvollen Nacht im Krankenhaus und dem heutigen Tag passiert war, wurde ihm klar, dass er sich unbewusst schon lange entscheiden hatte. Das Ende seiner Diplomatenkarriere und seine Scheidung hatten ihn an diesen Punkt gebracht, doch er wusste, dass er sich keine allzu großen Hoffnungen machen durfte.

Erst mehr als zehn Minuten später verließ Lucas eilig den Aufzug. „Entschuldige, dass ich so spät dran bin." Er lächelte und war ein wenig rot und außer Atem, als wäre er hergerannt. „Und, hast du die Stelle?"

Jack betrachtete das erwartungsvolle Gesicht seines ehemaligen Geliebten und überlegte, ob er ihn ein wenig auf die Folter spannen sollte. Dann entschied er sich dagegen.

„Ja.“

„Ich wusste es! Es wäre dumm von ihnen gewesen, dich nicht zu nehmen!“ Lucas ergriff Jacks Arme, drückte sie kurz und ließ ihn dann wieder los. Er beugte sich ein wenig vor und flüsterte: „Ich möchte dich umarmen, aber auch wenn sie hier sehr vorurteilsfrei sind, sollte ich das lieber nicht tun.“

„Hol es später nach.“ Jack lächelte, denn er war dankbar für Lucas‘ Zurückhaltung, da er sich seiner eigenen nicht so sicher war. „Also, warum hast du mich hergebracht?“

Lucas‘ strahlendes Lächeln wurde ein wenig gedämpfter, als er Jack nervös aufforderte ihm zu folgen.

# 20

SIE BETRATEN einen Gang, dessen Wände mit von Kindern gemalten Bildern behängt waren und noch bevor Jack ernsthaft darüber nachdenken konnte, hörte er vor sich eine schrille Stimme ertönen. „Daddy, Daddy, Daddy."

Er sah, wie Lucas sich hinunterbeugte, um ein hübsches kleines Mädchen hochzuheben, das mit ausgestreckten Armen auf ihn zugerannt kam. Auf ihrem Gesicht lag ein breites Lächeln, das sie die Augen zusammenkneifen ließ und ihr Gesicht wurde von einem traumhaften Wasserfall brauner Locken umrahmt. Es bestand keinerlei Zweifel daran, dass es sich um Lucas' Tochter handelte.

„Na, hattest du einen schönen Tag?", erkundigte Lucas sich bei dem kleinen Mädchen. Sie nickte, was die Locken um ihr Gesicht tanzen ließ, und platzierte einen bewusst lauten Kuss auf Lucas' Lippen.

„Ich möchte dir jemanden vorstellen, Schatz, in Ordnung?"

Sie warf Jack über Lucas' Schulter hinweg einen Blick zu, bevor sie das Gesicht in seiner Halsbeuge verbarg.

Lucas drehte sich mit ihr in seinen Armen zu Jack um und lächelte ihn ein wenig bedauernd an. „Tut mir leid, sie ist erst zwei." Er schob die Locken von ihrer Wange nach hinten und brachte ein mürrisches Gesicht zum Vorschein. „Schatz, das ist ein ganz besonderer Freund, jemand, der mir sehr wichtig ist. Sag Hallo zu Jack." Und dann an Jack gewandt: „Jack, das ist Ann Elise."

Als das kleine Mädchen sich wiederum in Lucas' Umarmung versteckte, bemerkte Jack seinen verzweifelten Blick und versuchte, ihn mit einem verständnisvollen zu erwidern.

„Das wird schon noch, Jack. Sie braucht nur ein bisschen Zeit, weil sie nicht an Fremde gewöhnt ist."

Jack lächelte erneut und versuchte, die gerade erhaltenen Informationen zu verarbeiten. Er hatte so viele Fragen an Lucas, doch er wusste, dass er die meisten davon nicht in Ann Elises Gegenwart stellen konnte. Er würde Geduld haben müssen.

Lucas schien seine Gedanken lesen zu können. „Jack, ich würde dir das hier gern genauer erklären, aber ich kann verstehen, wenn du nicht …" Er wusste offensichtlich nicht weiter. „Am liebsten würde ich dich zum Essen einladen, aber warum kommst du nicht einfach mit zu mir nach Hause? Um halb acht liegt sie im Bett und dann koche ich uns etwas."

In dem Versuch, die Stimmung nicht zu ernst werden zu lassen, fragte Jack schnell: „Ach, jetzt kochst du also auch?"

Lucas lächelte erleichtert. „Na ja, so was in der Art. Ich habe Zutaten im Haus, mit denen ich kochen kann, und manchmal kommt sogar etwas Genießbares dabei heraus."

„Lass mich doch lieber schauen, was ich uns in deiner Küche zaubern kann, während du dich um Ann Elise kümmerst, und wenn sie dann im Bett liegt, können wir reden, okay?"

Lucas nickte und Jack sah, wie dem jungen Mann Tränen in die Augen stiegen. Er schaute sich um, und als er feststellte, dass sie niemand beachtete, legte er direkt über Ann Elises Arm eine Hand in Lucas' Nacken und zog ihn für einen kurzen Kuss zu sich herüber. „Alles wird gut, Lucas. Wir haben eine Menge zu bereden."


JACK BEFAND sich in der winzigen Küche von Lucas' Zweizimmerwohnung, wo er gerade in Schränke und Schubladen schaute und überlegte, was er kochen könnte. Er lächelte in Anbetracht der Tatsache, dass es sich um eine ziemlich zweckmäßig eingerichtete Küche mit vielen zwar relativ neuen, aber sichtbar häufig gebrauchten Utensilien handelte. Offenbar kochte Lucas tatsächlich von Zeit zu Zeit.

Als sie hereingekommen waren, hatte er seinen Blick durch das Wohnzimmer schweifen lassen und keinerlei Hinweis darauf entdeckt, dass hier noch jemand anders lebte. Es war ein bisschen unorganisiert und es lag eine Menge Spielzeug herum. Am Kühlschrank waren ein paar Fotos befestigt, von denen die meisten Ann Elise zeigten und einige auch Lucas, doch von einer Mutter war nichts zu sehen. Er war ziemlich sicher, dass Lucas allein mit seiner Tochter lebte.

Aus dem Badezimmer hörte er ihr fröhliches Schwatzen. Ann Elise verständigte sich größtenteils mit einzelnen Wörtern, aber hatte eindeutig ein Talent dazu, sich trotzdem verständlich zu machen.

Ein paar Sekunden später kam sie nur mit einer Windel bekleidet und laut lachend in die Küche gestürzt, dicht gefolgt von Lucas mit einem Handtuch. „Komm her, du kleines Monster. Wir müssen deine Haare erst richtig trocknen." Als sie Jack in „ihrer" Küche bemerkte, blieb sie stehen und starrte ihn misstrauisch an.

Das gab Lucas die Gelegenheit, sie sich zu schnappen und sie hochzuheben. „Hast du Hunger auf ein Sandwich?"

„Ja, Daddy!"

„Ist es in Ordnung, wenn Jack dir eins macht?"

Sie musterte Jack und ein Lächeln legte sich auf ihr Gesicht, was wohl bedeuten sollte, dass sie ihm eine Chance gab.

„Was möchtest du auf deinem Sandwich haben, Schatz?", fragte Jack und hielt immer noch ein wenig Abstand, obwohl es ihn freute, dass das kleine Mädchen sich an ihn zu gewöhnen schien.

„Kinderwurst bitte", antwortete sie entschlossen.

„Kinderwurst?", erkundigte sich Jack bei Lucas.

„Mortadella", erklärte Lucas lachend.

Jack machte ihr ein Sandwich mit der in Scheiben geschnittenen rosa Wurst und setzte sich neben Lucas, der Ann Elise auf dem Schoß hielt, während sie sich mit großem Appetit über das Sandwich hermachte. Er musste lächeln, als sie versuchte, die Kruste mit Lucas zu teilen, und freundete sich immer mehr mit diesem Bild häuslichen Glücks an. War es noch zu früh, um zu hoffen, dass er vielleicht eines Tages ein Teil davon sein könnte? Er wusste, dass er Lucas immer noch liebte. Daran hatte er nie gezweifelt, doch ihr Wiedersehen hatte es ihm nur noch deutlicher gemacht. Konnte er darauf hoffen, dass Lucas seine Gefühle erwiderte? Würde Ann Elise ihn im Leben ihres Vaters akzeptieren?

Er wurde aus seinen Tagträumen gerissen, als Lucas Ann Elise erklärte, dass es für sie Zeit zum Schlafen war. „Gibst du Jack einen Gutenachtkuss?"

„Ack?", fragte sie.

Lucas lachte. „Genau, Jack."

Sie kroch von Lucas' Schoß und ging zu dem Amerikaner hinüber. „Gute Nach', Ack." Sie streckte sich mit gespitzten Lippen zu ihm hoch und er musste lachen, als sie ihm einen kräftigen Schmatzer auf die Lippen verpasste. „Gute Nacht, Ann Elise."


ALS LUCAS etwa eine Viertelstunde später zurück in die Küche kam, war Jack gerade dabei, die dampfenden Fettuccine Alfredo auf Teller zu verteilen.

„Ich hoffe, du hast Hunger? Ich habe schon ewig nicht mehr für zwei gekocht."

Lucas rieb sich mit den Händen über die Oberschenkel und setzte sich hin. „Ich bin am Verhungern. So was Gutes bekomme ich selten."

Es war seltsam, aber angenehm seltsam, zusammen in dieser kleinen Küche zu sitzen und zu essen. In ihrer Beziehung war es immer nur darum gegangen, hier und da einen heimlichen gemeinsamen Moment zu finden und diesen dann in einem Hotelzimmer zu verbringen, oder Jack war nach der Arbeit für eine schnelle Nummer in Lucas' Wohnung gekommen. Ihr Zusammensein war nie so … häuslich gewesen.

Lucas betrachtete Jack, während der Amerikaner erzählte, wie das Vorstellungsgespräch verlaufen war und warum er für die UNO arbeiten wollte. Jack bemühte sich um die richtigen Worte, womit er wie immer Erfolg hatte, doch dabei schaute er voller Konzentration auf einen unsichtbaren Punkt auf der Tischplatte und nicht in Lucas' Richtung.

Und Lucas spürte, wie er sich von Neuem verliebte. Bestand Hoffnung, dass Jacks Gefühle noch die gleichen waren wie damals? Jack war seiner Einladung gefolgt, doch vielleicht fühlte er sich nur einsam, da er schon wieder neu in einer Stadt war, und wollte den Kontakt zu einem alten Freund wiederherstellen. Er wusste nicht, ob er damit leben könnte, für Jack nur ein Freund zu sein. Andererseits schien es Jack auch nicht gestört zu haben, seinen ehemaligen Geliebten mit einer zweijährigen Tochter zu sehen.

„Das hat großartig geschmeckt." Lucas schob den Teller von sich und rieb sich den Bauch.

Jack lächelte, während er ebenfalls die letzten langen Nudeln von seinem Teller aß. „Es war schön, mal wieder für jemanden zu kochen."

*Dann war er wirklich einsam.*

Jack begann den Tisch abzuräumen, doch Lucas bremste ihn. „Hey, du hast schon gekocht, dann musst du dich nicht auch noch ums Geschirr kümmern! Wir können es einfach in die Spüle stellen und ich spüle es morgen früh."

„Daddy!"

Lucas entschuldigte sich mit einem Lächeln: „Eigentlich schläft sie immer durch."

Jack warf ihm einen verständnisvollen Blick zu. „Sieh lieber nach ihr."

Lucas fluchte innerlich, als er sich auf den Weg zum Bett seiner Tochter machte.


ALS LUCAS ein paar Minuten später in die Küche zurückkehrte, fand er dort Jack vor, der das Geschirr spülte.

Er ging zu ihm und war nicht in der Lage, dem Drang zu widerstehen, ihm eine Hand auf den Rücken zu legen. „Das hätte wirklich nicht sein müssen, Jack."

„Es macht mir nichts aus. Ich kann dich das nicht alles alleine machen lassen, Luke."

Als Jack den Kopf zu ihm herumdrehte und Lucas den traurigen Ausdruck in seinen Augen sah, näherte er sich, schlang von hinten die Arme um Jack und legte das Kinn auf die Schulter des Amerikaners.

„Du hast mir gefehlt."

Er spürte Jack schwer schlucken. „Du mir auch. Gott, Luke, du mir auch."

Lucas versuchte, seine Enttäuschung zu unterdrücken, als Jack lediglich fortfuhr den Topf zu spülen. Er nahm das Trockentuch von Jacks Schulter und trocknete zügig das Geschirr.

Als er den letzten Topf in den Schrank gestellt hatte, sah er, dass Jack die Arbeitsplatte abwischte, und stoppte ihn.

„Das reicht, Jack." Lucas griff nach der Hand des älteren Mannes und zog ihn aus der Küche. „Wir müssen reden und ein paar Dinge aus der Welt schaffen, ernsthaft." Er legte den Kopf schräg, als er Jacks ernsten Gesichtsausdruck sah, und küsste ihn kurz. „Komm mit."

„Hey, ich erinnere mich an dieses Sofa", bemerkte Jack, um die Stimmung ein wenig aufzulockern.

„Aus Brüssel hertransportiert, mit freundlichen Grüßen vom britischen Auswärtigen Amt. Und jetzt setz dich!", befahl Lucas. Ein paar Minuten später kam er mit zwei Tassen Tee zurück und ließ sich neben Jack nieder.

„Ich schulde dir eine Erklärung für Ann Elise."

„Nein, tust du nicht." Jack verdrehte die Augen. „Nicht, dass ich sie nicht gern hören würde. Aber du sollst nicht das Gefühl haben, du würdest mir etwas ‚schulden‘. Sie ist wunderbar und niemand könnte je übersehen, dass es sich um deine Tochter handelt." Er nahm Lucas‘ Hand und drückte sie.

„Sie ist Lucys", sagte Lucas, während er auf ihre Hände starrte.

„Und wo ist Lucy jetzt?", erkundigte Jack sich vorsichtig.

„Ich habe sie nicht mehr gesehen, seit sie mich in Brüssel verlassen hat. Damals wusste ich noch nicht einmal, dass sie schwanger war."

Jack wirkte verwirrt. „Aber wie …?"

Lucas seufzte. „Ich bin aus Brüssel weggegangen, nachdem … du weißt schon. Du weißt, wann ich gegangen bin." Er lächelte Jack zu. „Ich brauchte einfach Abstand, musste mir über meine Prioritäten klar werden. Also bin ich zurück an die Stanford gegangen, denn ich dachte, wenn ich meine Nase in Bücher steckte, könnte ich meine Gedanken ordnen und vielleicht endlich den Masterabschluss machen, den ich so dringend brauchte."

Jack änderte seine Position und drehte sich ein bisschen weiter zu Lucas um, ohne dabei seine Hand loszulassen.

„Ich wusste, dass es keinen Sinn hatte, mich mit ihr in Verbindung zu setzen. Schließlich wollte ich sie nicht zurück und sie mich meines Wissens auch nicht … Eines Morgens bekam ich einen Anruf von ihrer Schwester. Ich meine, die Frau konnte mich nie ausstehen, als ich noch mit Lucy zusammen war, und dann ruft sie mich plötzlich an?"

Lucas hob den Blick zur Decke und atmete tief durch. „Sie hat mir gesagt, ich solle ins Universitätskrankenhaus kommen, falls ich meine Tochter sehen wollte, bevor man sie zur Adoption freigeben würde."

Jack zog die Augenbrauen hoch. „Wow, eine nette Art, einem so etwas mitzuteilen."

Lucas schnaubte. „Wie gesagt, sie kann mich nicht leiden."

„Wenn sie dich nicht leiden könnte, hätte sie es dir gar nicht gesagt." Jack schien die Situation verstehen zu wollen. „Sieht eher aus, als wollte sie dir wehtun."

„Vermutlich. Auf jeden Fall kannst du dir wahrscheinlich vorstellen, dass es ein ganz schöner Schock für mich war, aber ich bin hingegangen. Was hätte ich sonst tun können? Die Schwester hat sie mir gezeigt und ich wusste sofort, dass ich um sie kämpfen musste. *Sie* wollte einfach meine Tochter weggeben! Ich habe mit einem der Ärzte und einer Adoptionsberaterin gesprochen und von ihnen erfahren, dass sie in die Geburtsurkunde ‚Vater unbekannt‘ hat eintragen lassen."

Jack war nicht entgangen, dass Lucas Lucy erst ein einziges Mal bei ihrem Namen genannt hatte.

„Also waren zwei Vaterschaftstests und ein Richter nötig, aber schon zwei Wochen später habe ich wie ein Verrückter Babysachen eingekauft."

„Und hast du es seitdem nie bereut?", fragte Jack mitfühlend.

„Mann, es war schwer!", lachte Lucas über die Erinnerung. „Das kannst du mir glauben. In den schlaflosen Nächten, in denen ich auf und ab gegangen bin und versucht habe sie zu beruhigen, habe ich mich oft gefragt, wo ich beim Unterzeichnen der Papiere meinen Verstand gelassen hatte."

„Und jetzt?" Jack versuchte, Lucas in die Augen zu sehen, doch der junge Mann starrte auf den Boden.

Als Lucas den Kopf hob, sah Jack Tränen in seinen Augen. „Sie ist so sehr Teil von mir, Jack, Teil meines Lebens. All die Opfer, die ich bringen musste, sind nichts im Vergleich zu der Liebe, die sie mir gibt. Sie liebt mich, Jack, selbst wenn sie beleidigt ist, weil ich ihr etwas nicht erlaube, selbst wenn ich mal Nein sage und sie einen Wutanfall bekommt. Am Ende kommt sie immer wieder zu mir und legt mir ihre kleinen Ärmchen um den Hals, und ich schmelze einfach dahin."

„Tja, wenn ich sie mir so ansehe, kann ich mir das gut vorstellen", gab Jack zu. Er wollte Lucas in den Arm nehmen, aber wagte es nicht. Sie saßen nicht gerade dicht beieinander, also versuchte er es mit einem anderen Ansatz. „Dieses Sofa ruft so manche Erinnerung wach."

Lucas lachte. „Ja, das tut es. Deswegen konnte ich es auch nicht in Brüssel zurücklassen. Alle anderen Möbel habe ich an meinen Nachfolger verkauft, aber ich konnte mir einfach nicht vorstellen, wie jemand anders auf diesem Sofa … sitzt."

Beide schwelgten lächelnd in Erinnerungen, als sie von einem spitzen Schrei abgelenkt wurden.

„War das …?", fragte Jack.

Lucas nickte und stand auf. „Ich weiß nicht, was heute mit ihr los ist."

Jack erhob sich ebenfalls. „Ich glaube, ich gehe besser."

# 21

„NEIN!" LUCAS seufzte. „Ich meine, ich bin gleich wieder da, es ist bestimmt nichts Ernstes und ich ... ich will mich richtig von dir verabschieden."

Jack konnte dem flehentlichen Gesichtsausdruck des jungen Mannes nicht widerstehen und setzte sich wieder hin. Als Lucas im Schlafzimmer angekommen war, konnte er hören, wie dieser beruhigend auf Ann Elise einredete. Er konnte nicht verstehen, was genau er sagte, doch der Tonfall war sanft und liebevoll. Nach einer Weile wurde es still und Jack fragte sich, was da vor sich ging. Er erhob sich wieder und schlich leise zu der halb offenen Schlafzimmertür hinüber. Als er hineinschaute, sah er Lucas neben dem Kinderbett stehen. Ann Elises Nachttischlampe drehte sich langsam und zeichnete Elefanten und Mäuse und Giraffen an die Decke und auf das lächelnde Gesicht ihres Vaters.

Er näherte sich ihm leise, aber ohne ihn zu erschrecken, von hinten. Er spürte die Wärme, die vom Körper des Briten ausging, und kämpfte gegen das Verlangen an ihn zu berühren, doch als Lucas sich ihm ein kleines bisschen entgegenlehnte, stellte er sich dichter hinter ihn, sodass seine Brust Lucas' Rücken berührte.

„Ist sie nicht wunderschön?"

Jack kam noch näher, wobei er die Hände weiterhin auf dem Rücken verschränkt ließ, und spähte über Lucas' Schulter auf die friedlich schlafende Ann Elise hinunter.

„Das ist sie allerdings." Jack küsste Lucas' Schulter und seinen Hals. „Genau wie ihr Vater."

Lucas ließ den Kopf nach hinten fallen und hob die Hand, um sie in Jacks Nacken zu legen, während der Amerikaner seine Arme fest um Lucas' Körper schlang. Dann drehte er den Kopf und bot Jack seine Lippen dar, und so tat Jack, was er hatte tun wollen, seit er den Briten vor ein paar Stunden zum ersten Mal wiedergesehen hatte und auch in jeder Stunde, die sie getrennt gewesen waren, und kostete Lippen, Mund und Zunge des jungen Mannes.

Lucas drehte sich hastig in Jacks Armen um und vertiefte den Kuss. Die letzten zweieinhalb Jahre lösten sich einfach in Luft auf, als Lucas in den leidenschaftlichen Kuss stöhnte und sich Jack völlig hingab.

Es gelang ihnen, den Kuss zu unterbrechen, als Ann Elise sich regte, doch sie hielten einander immer noch fest, als sie in das Bettchen hinunterschauten. Ann Elise bewegte sich unruhig im Schlaf, aber wachte nicht auf.

Lucas lachte leise.

„Was?", fragte Jack mit gedämpfter Stimme.

„Ich glaube, das hier läuft gerade auf einen wiederkehrenden Bestandteil unserer Beziehung hinaus."

Jack warf ihm einen fragenden Blick zu.

„Du bleibst doch über Nacht, oder?", fragte Lucas ganz ungeniert.

Jack nickte. „Ich würde gerne."

Lucas küsste ihn kurz, dann nahm er seine Hand und knipste die Nachttischlampe aus. „Komm mit."

Er führte Jack aus dem Schlafzimmer und zurück zum Sofa. „Tut mir leid, aber ich fühle mich nicht wohl dabei, wenn uns eine Zweijährige beim Rummachen zusieht."

Der Amerikaner lächelte. „Na ja, mit diesem Sofa verbinde ich ein paar sehr schöne Erinnerungen."

Das Sofa war weich gepolstert und hatte eine großzügige Sitzfläche, auf der Jack und Lucas problemlos zusammen liegen konnten, und sie lernten sich in aller Ruhe wieder kennen, berührten einander und küssten sich hin und wieder. Nach all dem eiligen, leidenschaftlichen Sex in ihrer Vergangenheit kam es ihnen jetzt vor, als hätten sie alle Zeit der Welt.

„Also, wie hast du es geschafft, Maria zur Scheidung zu bewegen?", fragte Lucas, während er langsam Jacks Rücken streichelte. „Sie hat mir ziemlich deutlich gesagt, dass sie dich niemals gehen lassen würde."

Jack küsste Lucas' Stirn. „Ja, tut mir wirklich leid." Er rollte die Augen. „Ich musste zu ziemlich drastischen Maßnahmen greifen."

„Ach ja?", fragte Lucas, amüsiert über Jacks Stirnrunzeln.

„Es ist eine lange Geschichte."

Lucas warf einen Blick auf die Uhr. „Wir haben noch ungefähr sechs Stunden, bevor Ann Elise wieder lautstark nach meiner Aufmerksamkeit verlangt. Bis dahin bin ich ganz Ohr."

Jack lachte. „Also gut."


„WAS SOLL das, Christensen?"

Gallagher war sichtlich wütend, aber Jack war das egal. Bei den gerade für eine kurze Pause unterbrochenen Gesprächen mit dem belgischen Premierminister und Verteidigungsminister ging es zum wiederholten Mal darum, sie von dem amerikanisch-britischen Standpunkt zu überzeugen, dass es notwendig war, eine ausreichende Anzahl von NATO-Friedenstruppen zu entsenden, um den Wiederaufbau zu unterstützen, und dass man nach außen hin Einigkeit demonstrieren musste.

Jack war müde, die Verletzungen an Rippen und Kiefer, die man ihm bei der vereitelten Entführung zugefügt hatte, waren noch nicht ganz verheilt und er kämpfte für etwas, an das er nicht glaubte.

„Findest du wirklich, wir sollten hierfür Hunderte von jungen Männern und Frauen in den Krieg schicken?", fragte Jack seinen Freund mit zusammengekniffenen Augen.

„Es geht mir darum, dass es keine Rolle spielt, was wir finden, Jack. Unsere Aufgabe besteht darin, zu den von unseren Ländern getroffenen Entscheidungen zu stehen und sie zu unterstützen." Sean drehte sich um und hob resigniert die Hände. „Das muss ich dir doch nicht erklären." Er sah den Amerikaner an und flüsterte: „Das grenzt an Verrat, Jack! Diese Typen, die dich rumgeschubst haben, haben dich wohl irgendwie durcheinandergebracht."

Jack seufzte und trank einen Schluck Kaffee. „Es geht hier um eine Entscheidung, die von ein paar Leuten auf dem Egotrip getroffen wurde, Gallagher, und das weißt du genau. Es sind die wirtschaftlichen Gründe meines Präsidenten und die Schleimerei deines Premierministers. Verdammt, Gallagher, der Typ ist dem Präsidenten so weit in den Arsch gekrochen, dass er ein Mitspracherecht bei dessen Frühstück hat."

Gallagher schnaubte und schüttelte den Kopf. „Trotzdem, Jack, was du da machst, ist nicht der diplomatische Weg. Dafür werden sie dich bezahlen lassen, und mich auch, wenn ich nicht aufpasse."

Da der belgische Premier und sein rundlicher Verteidigungsminister an den Tisch zurückkehrten, nahmen Jack und Sean ihre Plätze ebenfalls wieder ein.

Jack räusperte sich. „Sir, könnte ich Ihnen inoffiziell ein paar Worte sagen?"

Sean warf ihm einen vernichtenden Blick zu.

Der Premier bedeutete den Protokollführern, den Raum zu verlassen, und Jack stand wieder auf. Er ging zur Tür hinüber, um sie hinter ihnen zu schließen, und trat dann zum Fenster.

„Ich weiß, dass mein Außenminister den Auftrag hat, Ihnen mit Sanktionen zu drohen, wenn Sie uns nicht dabei unterstützen würden, die Franzosen und Deutschen von einem Schulterschluss zu überzeugen. Mir wurde ebenfalls aufgetragen, Ihnen mitzuteilen, dass das amerikanische Militär auf die Benutzung des Hafens in Antwerpen verzichten würde und Sie mit Wirtschaftssanktionen rechnen müssten. Als letzten Ausweg hat man mir die Androhung der Verlegung des NATO-Hauptquartiers nahegelegt."

Jack warf einen Blick auf Sean, der kerzengerade auf seinem Stuhl saß und auf die Tischplatte starrte.

„Ich sage Ihnen jetzt, dass es sich um nichts als leere Drohungen handelt."

Die beiden Minister sahen ihn an, dann Sean, dann wieder ihn.

„Wenn Ihre Bevölkerung das Ganze nicht unterstützt, sollten Sie es auch nicht tun. Ihr Land mag klein sein, doch es ist sehr wichtig, weil es sich nie von den ‚Großen' einschüchtern lässt. Ich will damit nicht sagen, dass Sie diesen Krieg beenden können oder dass es viel bewirken wird, wenn Sie sich den Friedenstruppen nicht anschließen, aber ich möchte Ihnen raten, Ihrem Herzen zu folgen – etwas, das ich schon vor langer Zeit hätte tun sollen."

Jack nickte den beiden fassungslosen Politikern zu und verließ den Raum.


„DAS HAST du wirklich gesagt?", fragte Lucas, dessen Augenbrauen sich seinem Haaransatz näherten.

„Ja", antwortete Jack schüchtern. „Ich hatte es endgültig satt, mich zu verstecken und alle anzulügen." Er küsste Lucas liebevoll. „Ich wusste, dass Maria erst in die Scheidung einwilligen würde, wenn ich zu all dem geworden war, was sie nicht wollte."

Lucas sah ihm ernst in die Augen. „Sean hatte recht, Jack. Was du getan hast, war Verrat!"

„Das weiß ich, aber ich weiß auch, dass es sich verdammt gut angefühlt hat. Es war, als wäre mir die Last der ganzen Welt von den Schultern genommen worden. Ich bin aus dem Gebäude gegangen und plötzlich war Sauerstoff in der Luft. Ich konnte endlich durchatmen. Für den Premierminister gab es keinen Grund auszuplaudern, was ich ihm erzählt hatte, und so hat es niemals jemand erfahren, der nicht mit im Raum war. Sie dachten, ich hätte einen Nervenzusammenbruch erlitten, und ich habe nicht widersprochen. Ich war sogar bei einer Psychiaterin. Hab sie dazu gebracht, mich als verletzlich und ein bisschen unberechenbar einzustufen. Man hat mir sechs Monate ‚Urlaub' gegeben."

„Und Maria?"

Lucas runzelte immer noch die Stirn und Jack ließ sanft seine Finger darüber wandern, als er seinem Liebsten ein paar vereinzelte Locken aus dem Gesicht strich.

„Sie hat eingesehen, dass es mir, wenn ich dafür meine Karriere aufs Spiel setzte, ernst sein musste. Wir haben lange geredet. Beide ein bisschen geweint. Und dann noch mehr geredet."

Lucas' besorgtes Lächeln ließ ihn fortfahren.

„In unseren fünfzehn Ehejahren haben wir eine Menge geteilt, Lucas. Sie ist eine großartige Frau. Und das wird sie für mich immer bleiben. Sie hatte eine Erklärung verdient."

„Was gab es da zu erklären?", wollte Lucas in etwas strengem Tonfall wissen.

Jack legte seine Stirn gegen die des jungen Briten. „Ich habe ihr gesagt, dass ich sie liebe. Wie eine Schwester oder eine beste Freundin. Ich habe ihr gesagt, dass ich dich auf eine Art liebe, die so weit darüber hinausgeht, dass ich es irgendwann einfach nicht länger verbergen konnte."

„Aber ich war weg. Ich war nicht mehr da und du wusstest nicht, wo ich hingegangen bin."

Jack musste über Lucas' Versuch grinsen, ihm in die Augen zu sehen, ohne sich von ihm zu lösen.

„Du klingst wie Maria."

Lucas pikste ihn in die Rippen.

„Auaaa." Jack legte eine Hand auf die Stelle, die Lucas getroffen hatte, und täuschte Schmerzen vor, zog sich möglichst weit zurück.

„Entschuldige, tun deine Rippen immer noch weh?"

Jack zog Lucas an sich, um damit hoffentlich den besorgten Gesichtsausdruck zu beseitigen. „Nein, du Dummerchen. Alles verheilt. Ich habe ernst gemeint, was ich ihr gesagt habe, Luke. Ich wusste, dass ich dich mehr liebte, als ich jemals irgendwen geliebt hatte. Der Schmerz darüber, dich verloren zu haben, ist mit der Zeit ein bisschen schwächer geworden, aber als ich dich heute wiedergesehen habe …"

„Ich war nicht sicher, ob ich dir gegenübertreten könnte", gestand Lucas. „Als ich dein Foto auf dem Besucherausweis in meiner Infomappe gesehen habe, ist mir das Herz stehen geblieben."

„Warum?"

„Ich habe dich einfach sitzen lassen, Jack! Und selbst, wenn du mir das hättest verzeihen können, war da immer noch Ann Elise und …"

„Ann Elise ist wundervoll, Luke. Sie mit dir zu sehen, wie du dich um sie kümmerst und wie sehr du sie liebst … hat nur dafür gesorgt, dass ich mich aufs Neue in dich verliebt habe."

Er sah mit ernstem Blick zu Lucas auf. „Ich weiß, dass das alles sehr plötzlich kommt, Luke, aber ich hoffe, dass ich weiterhin Teil eures Lebens sein kann. Deines und Ann Elises."

Lucas schaute ihn an. „Meinst du das ernst?"

Jack nickte. „Wenn du mich noch willst."

Lucas kuschelte sich noch dichter an ihn. „Du wirst uns ziemlich bald satthaben, Jack. Ann Elise hält einen nämlich ganz schön auf Trab."

Jack lächelte nur.


BEIDE WURDEN ein paar Stunden später von Ann Elise geweckt, die vor sich hin murmelte.

Als Lucas bemerkte, dass sie immer noch ineinander verschlungen auf dem Sofa lagen, entschuldigte er sich. „Das macht sie ständig."

„Weint sie nie?"

Lucas schüttelte den Kopf. „Als sie noch ein Baby war schon, aber jetzt nur noch, wenn sie schlimme Schmerzen hat. Vor ein paar Tagen ist sie durchs Haus gerannt und gegen die Türkante gestoßen. Sie hat nur gesagt ‚Lise aua' und ist weitergerannt."

„Dann muss sie sich bei dir sehr sicher fühlen", bemerkte Jack leise.

„Glaubst du wirklich?", fragte Lucas ein bisschen unsicher.

Jack nickte. „Also, was ist für heute geplant?"

„Na ja, es ist Samstag. Normalerweise stehen wir da auf, frühstücken gegen elf, dann gebe ich Ann Elise bei Liz ab, damit sie mit deren Jungs spielen kann, was sie übrigens liebt, und dann mache ich die Einkäufe und vertrete mir ein bisschen die Beine. Eigentlich ist das meine Gelegenheit, ein bisschen Zeit für mich zu haben, aber ich würde sie sehr gerne mit dir teilen!"

So wie Lucas ihn ansah, hätte Jack ihm nichts abschlagen können. Selbst, wenn er gewollt hätte. „Und wann musst du Ann Elise wieder abholen?"

„Gegen drei. Dann hat Liz nämlich genug von den Kindern, das kannst du mir glauben!"

„Nett, dass sie den Babysitter spielt", merkte Jack an.

„Na ja, wir alleinerziehenden Eltern müssen zusammenhalten. Du wirst ihre zwei Jungs noch früh genug kennenlernen, wir wechseln uns nämlich ab."

Der Gedanke, dass Lucas seine zukünftige Anwesenheit als selbstverständlich voraussetzte, brachte Jack zum Lächeln.

# 22

DER MORGEN verlief reibungslos. Ann Elise verhielt sich in Jacks Gegenwart immer noch etwas schüchtern, doch als sie bei Liz ankamen, bestand sie bereits darauf, sich nicht nur von ihrem Vater, sondern auch von Jack zu verabschieden, bevor sie ins Kinderzimmer rannte.

Als sie einander vorgestellt wurden, war Liz so direkt wie immer. „Sie sind also der Botschafter, der seit drei Jahren Lucas' Herz gefangen hält."

Erst lächelte Jack verlegen, dann beschloss er, dass Angriff die beste Verteidigung war. „Tja, ich war der Verheiratete, er war der Unwiderstehliche."

Er warf einen Seitenblick auf Lucas und es war offensichtlich, dass Liz gefiel, was sie sah. „Na ja, zumindest hat er guten Männergeschmack."

Sie wandte sich Lucas zu und küsste ihn auf die Wange. „Geht und habt Spaß. Du kannst sie so lange hierlassen, wie es nötig ist." Sie zwinkerte Jack zu.

Als sie wieder draußen waren, konnte Jack einer Bemerkung nicht widerstehen. „Sie ist ja ganz schön beeindruckend. Wie viel genau hast du ihr von uns erzählt?"

Lucas lachte. „Es gab eine furchtbare Nacht, in der wir Ann Elise in die Notaufnahme bringen mussten. Sie hatte hohes Fieber und ich konnte sie nicht beruhigen, also habe ich Liz angerufen, die gerade von ihrem Freund sitzen gelassen worden und mit ihrem zweiten Kind schwanger war. Während wir in der Notaufnahme warten mussten, hat sie mir ihr Herz ausgeschüttet und ich ihr meins. Sie weiß so ziemlich alles, Jack."

Jack war nicht ganz sicher, was er von dieser Information halten sollte.

„Sie ist wirklich großartig und mit wem ein Mann schläft interessiert sie nur dann, wenn zumindest eine kleine Chance besteht, dass sie es sein könnte. Also keine Sorge. Wahrscheinlich war es sogar ein Verkupplungsversuch, dass sie mich den Job mit deiner Führung hat machen lassen. Sie muss aus deinem Lebenslauf geschlossen haben, wer du bist, denn ich habe ihr nie deinen Namen verraten."

IM SUPERMARKT besprachen sie, was sie zum Mittagessen und am nächsten Morgen zum Frühstück essen würden und Jack bemerkte, dass sie wie ein altes Ehepaar klangen. Sie hatten noch nicht einmal über eine gemeinsame Zukunft gesprochen, aber kauften bereits ein, als lebten sie zusammen. Normalerweise hätte Jack es beängstigend gefunden, doch aus irgendeinem Grund war es das in diesem

Fall nicht. Sie würden versuchen, sich ein gemeinsames Leben aufzubauen, und die daraus resultierenden Gespräche konnten sie später immer noch führen.

Jetzt waren sie in der Abteilung für Körperpflege angekommen und Lucas wedelte mit einer Flasche „Intim-Gleitgel".

„Dann weiß es wirklich jeder", kommentierte Jack leise.

Lucas' Gesicht wurde ernst. „Würde es dich stören, wenn die Kassiererin aus unseren Einkäufen schließt, dass wir schwul sind?"

Jack dachte kurz darüber nach, aber antwortete schließlich: „Nein, eigentlich nicht. Ich muss mich wohl nur erst daran gewöhnen. Und mich selbst als anderen Menschen sehen."

Auf Lucas' Gesicht breitete sich ein schüchternes Lächeln aus. „Du bist noch derselbe, der du während deiner Ehe warst, Jack. Schwul zu sein hat nichts damit zu tun, wer oder was du bist. Du musst dich nicht darüber definieren."

Jack schaute sich um, bevor er einen Arm um Lucas legte und seine Schläfe küsste. „Ich weiß. Es ist nur seltsam, so offen damit umzugehen, nachdem ich es mein ganzes Leben lang verheimlicht habe."

Lucas lachte. „Du bist verrückt, aber das mag ich an dir. Und jetzt sag mir, ob wir auch Kondome brauchen."

Jack wirkte wieder ein bisschen schüchterner. „Na ja, soweit ich mich erinnere, warst du die letzte Person, mit der ich Sex hatte, und seitdem bin ich getestet worden, also ..."

Lucas zog ihn an sich und küsste ihn auf den Mund. „Ob du es glaubst oder nicht, bei mir ist es genauso. Also keine Kondome." Er zwinkerte Jack zu, der ihn ein wenig verblüfft ansah.

„Was? Ich bin alleinerziehender Vater einer Zweijährigen. Bei dir überrascht es mich schon eher. Ich dachte, du hättest dich ein bisschen herumgetrieben und mit deinen neu entdeckten Interessen experimentiert."

Jack schüttelte mit sanftem Gesichtsausdruck den Kopf. „Ich gebe zu, dass ich darüber nachgedacht habe, aber ich habe nie ... es wäre einfach nicht dasselbe gewesen."

Als Lucas dieses Geständnis hörte, wurde sein Körper von einem Gefühl der Wärme durchflutet. „Findest du nicht auch, dass wir uns schnell an einen ungestörten Ort zurückziehen sollten?"

Jack lachte. „Ja. Ich kann dir ja meine Wohnung zeigen."

Die Kassiererin lächelte ihnen freundlich zu, als sie das Gleitgel scannte.


JACKS WOHNUNG befand sich im „schönen" Teil Manhattans, den man vom UN-Gebäudekomplex zu Fuß erreichen konnte, und war das genaue Gegenteil von Lucas'. Es gab einen Pförtner, genau wie sehr gepflegte Aufzüge und Flure.

Lucas nahm den eleganten, leicht überwältigenden Anblick von Luxus in sich auf.

„Ich habe die Wohnung von meinen Eltern geerbt. Als sie gestorben sind, haben meine Brüder eine Pferdezucht in Argentinien bekommen und ich habe mich hiermit begnügt", entschuldigte er sich.

„Das mit deinen Eltern tut mir leid", erwiderte Lucas sofort.

„Tja, es waren wirklich ein paar richtig miese Jahre." Sie stellten die Einkäufe auf der Arbeitsplatte der offenen Küche ab und Jack nahm Lucas' Hand. „Komm mit, du kriegst jetzt eine Führung."

Die Wohnung war ziemlich leer und es gab viele weiße Wände und nur wenige Möbel. Die Ausnahme bildete das Wohnzimmer mit seinem bequemen Ledersofa und einem riesigen Gemälde an der Wand, das farbenfroh und abstrakt war. Kaum leserliche Wörter waren kreuz und quer darüber gekritzelt und Fetzen bedruckten Papiers darauf geklebt und übermalt worden. Lucas näherte sich ein Stück, ohne dabei die Hand seines Liebsten loszulassen, und stellte fest, dass es sich bei der Signatur auf dem Bild um Jacks handelte.

Er warf dem Amerikaner einen erstaunten Blick zu. „Jack, hast du das gemalt?"

Jack gab es wortlos zu, indem er die Augenbrauen hob.

„Oh mein Gott, das ist beeindruckend!"

„Aber gefällt es dir auch?", fragte Jack, sichtlich mehr als nur ein bisschen unsicher.

„Tja, du hast wohl verborgene Talente, Mann. Gefallen ist nicht das richtige Wort. Ich finde es großartig."

Jack lachte über Lucas' verblüfften Gesichtsausdruck. „Ich habe noch ungefähr zwanzig Bilder im Atelier, aber das hier mag ich am liebsten. Ich wollte schon immer malen, nur hatte ich bisher nie Zeit dazu."

Lucas schmiegte sich in Jacks Arme und küsste ihn leidenschaftlich. „So gerne ich hier auch stehe und Kunstausstellung spiele, muss ich doch in zwei Stunden schon wieder Ann Elise abholen. Deshalb …"

Jack nickte. „Ich zeig dir das Schlafzimmer."

Bevor er ihm folgte, griff Lucas in eine der Papiereinkaufstüten und förderte triumphierend das Gleitgel zutage.

Jack lachte. „Meine Güte, bist du romantisch", kommentierte er und zog Lucas an sich.

„Nein, ich will dir nur nicht wehtun", antwortete Lucas frech.

Lucas hatte keine Gelegenheit, sich im Schlafzimmer umzusehen, da Jacks Hände bereits überall an seinem Körper dabei waren ihn auszuziehen. „Wenn ich genauer darüber nachdenke, möchte ich dich doch lieber in mir, Jack. Das habe ich so sehr vermisst."

Sie fuhren fort, hungrig den Mund des anderen zu erkunden und ihre nackten Körper aneinander zu reiben.

Jack konnte kaum glauben, dass er und Lucas sich gerade liebten, nachdem er sich bereits mit der Tatsache abgefunden hatte, dass er nie wieder die Gelegenheit haben würde. Er wollte es langsam angehen lassen, da er fürchtete, dass ihn die viele angestaute Lust sonst nicht durchhalten lassen würde, bis er sich in Lucas befand, doch es fühlte sich einfach so gut an, seine Hände über die weiche, fast haarlose Haut gleiten zu lassen. „Etwas langsamer", bat er atemlos und ließ sich auf den Rücken fallen.

Lucas lächelte und zog Jack wieder auf sich. „Ich will es nicht langsam machen. Ich will dich jetzt gleich. Langsam können wir es noch hundertmal machen … und zwar später."

Jack lächelte in den Kuss, als ihm klar wurde, dass Lucas genauso ungeduldig war wie er. Er spürte seinen Liebsten eine Hand nach dem Gleitgel ausstrecken und kicherte, als er es vor ihm erwischte.

„Schnell", keuchte Lucas. „Ich brauche nicht viel Zeit, nur eine kräftige … Portion." Sie lachten über die Situation und ihre eigene Ungeduld, doch begannen schon bald zu keuchen, als Jack erst mit einem und dann mit zwei Fingern in Lucas eindrang. Es war ein sehr vertrautes Gefühl und Lucas wurde klar, dass es beruhigend war, genau zu wissen, was ihn erwartete. Die Gewissheit, dass er Jack vollkommen vertraute, machte es nur besser.

Lucas' lusterfüllte, dunkle Augen schienen Schwierigkeiten zu haben, sich auf Jack zu konzentrieren. Er stöhnte, als Jack eine Hand um seine bereits harte Erektion legte. „Nimm mich, Jack, ich bin so weit."

Lucas revanchierte sich, indem er das Auftragen des Gleitgels bei Jack übernahm. Es war ein seltsamer Gedanke, dass nun nichts mehr zwischen ihnen sein würde, kein Kondom mehr, das sie trennte.

Als Lucas seine Beine spreizte, brachte Jack sich in Position und glitt langsam in seinen jungen Liebsten hinein. „Alles in Ordnung?", fragte er. Er musste seine ganze Selbstbeherrschung aufbringen, um still zu halten, als Lucas' Wärme ihn umschloss und leises Stöhnen aus Lucas' Kehle entwich.

„Fühlt sich so gut an, Jack, bitte … beweg dich … ein bisschen", bat Lucas, bevor er die Arme um Jack legte und ihn für einen gierigen Kuss zu sich zog. Dann wanderten seine Hände zu Jacks Hintern und spornten ihn bei jedem Stoß noch weiter an.

Lucas war eng, und als er mit einem Finger in Jack eindrang, hielt der Amerikaner nur noch wenige Stöße lang durch, bevor er sich bebend in seinen Geliebten ergoss.

Es dauerte einen Moment, bis Jack bemerkte, dass Lucas noch nicht gekommen war. Dann glitt er, immer noch keuchend, an seinem Körper hinunter und nahm Lucas' steinharten Schwanz in seinen Mund.

„Fuck!", schrie Lucas und krallte seine Hände in Jacks Haar, um ihn zu leiten. Jack wusste, dass Lucas fast so weit war und saugte kräftig, ließ seine Zunge über die ganze Länge wandern.

„Oh mein Gott, Jack!", keuchte Lucas, dann spannten sich seine Muskeln und er kam mit einem langen Seufzer in Jacks Mund.

Jack küsste und leckte weiter, während er sich langsam zurückzog, und brachte Lucas damit mehr als einmal zum Zucken, bis er dann schließlich in aller Ruhe Lucas' Mund plünderte. Als sie sich trennten, um Luft zu holen, lachte Lucas. „Es ist schon ewig her, dass ich mich selbst in deinem Mund geschmeckt habe."

Jack zog ihn an sich und schaffte es nach kurzem Herumhantieren, sie beide unter die Bettdecke, die sie noch nicht einmal zurückgeschlagen hatten, zu befördern. „Du kannst dir gar nicht vorstellen, wie sehr ich das vermisst habe, Luke."

„Doch, kann ich", gestand Lucas und sah lächelnd in Jacks hellblaue Augen.

Jack presste sein Gesicht gegen Lucas' Nacken. „Es tut mir leid, dass ich nie nach dir gesucht habe."

Lucas legte die Hände an Jacks Gesicht und zwang ihn, ihm in die Augen zu sehen. Ihm wurde klar, dass Jack nicht scherzte.

„Es tut mir so leid, Lucas." Jack hatte Tränen in den Augen.

„Nein, Jack. Ich bin derjenige, der gegangen ist. Als du gerade am verletzlichsten warst, habe ich dich einfach verlassen." Er umarmte Jack fester. „Damals habe ich es für das Richtige gehalten. Ich wollte nicht, dass du alles aufgibst, für das du gearbeitet hast, und mich später dafür hasst."

„Das hätte ich nicht", antwortete Jack, jetzt etwas ruhiger. „Für dich hätte ich mit Freuden alles aufgegeben. Damals habe ich es wohl nur nicht geschafft, dir das auch zu sagen." Langsam küsste er ihn noch einmal. Mittlerweile hatten sie es sich gemütlich gemacht, lagen unter der Decke einander zugewandt und aneinander gekuschelt auf der Seite und genossen die Nähe ihrer entspannten nackten Körper.

„Wir müssen wach bleiben, damit wir Ann Elise rechtzeitig bei Liz abholen können", erklärte Lucas träge zwischen ihren Küssen, doch es war vergebens.

Es war bereits dunkel, als sie bei Liz ankamen. Zum Glück fand sie es ziemlich lustig, sorgte dafür, dass sie sich beide furchtbar verlegen fühlten, und ließ keine Gelegenheit aus, um sie gnadenlos damit aufzuziehen.

# 23

Zu Beginn ihrer wieder aufgenommenen Beziehung fielen ihnen die Entscheidungen leicht. Lucas und Ann Elise zogen in Jacks Wohnung, da sie größer war und sich in einem schöneren Stadtteil und näher bei ihrem jetzt gemeinsamen Arbeitsplatz befand. Und das Beste war, dass sie keine Miete bezahlen mussten, auch wenn Lucas einmal anmerkte, dass ihr Anteil an den Kosten für die Instandhaltung der Aufzüge und des Gebäudes sowie für den Pförtner sich für ihn sehr wohl wie Miete anfühlte.

Jack schrieb sich, wie es für seine Rückkehr nach New York geplant war, an der Cornell für ein weiterführendes Studium ein und obwohl er Lucas versprochen hatte, nichts zu überstürzen, fuhr er ein paar Mal im Moment die vier Stunden bis nach Ithaca und verbrachte unzählige Stunden zu Hause an seinem Schreibtisch, um an seinen Forschungen und Veröffentlichungen zu arbeiten.

Ann Elise wuchs glücklich auf und Jack stellte fest, dass er die Vaterrolle sehr genoss. Er errötete zwar heftig, aber war auch unendlich stolz, als Ann Elise ihn mit in die Kindertagesstätte des UN-Gebäudes zerrte, um ihn einer der neuen Betreuerinnen als ‚ihren anderen Vater‘ vorzustellen.

Der Großteil ihrer Arbeitskollegen wusste, dass sie zusammenlebten, und zur großen Überraschung vor allem von Jack reichte ihre Reaktion von Gleichgültigkeit bis zu dem ein oder anderen ‚schön für euch‘. Es war immer noch seltsam für Jack, offen zu sein, was seine Beziehung zu Lucas anging, und er war nie ganz sicher, ob er ihn als seinen Freund, seinen Liebhaber, seine bessere Hälfte oder einfach als seinen Partner bezeichnen sollte, doch wie auch immer er ihn nannte, er verheimlichte ihn nicht mehr. In dieser Beziehung war Liz ihm eine große Hilfe, denn sie gab sich alle Mühe, sie ganz genauso zu behandeln, wie die heterosexuellen Paare in ihrem Freundeskreis.

Jacks und Lucas‘ Freunde waren eine bunte Mischung von Auswanderern aus aller Welt, sodass Ann Elise im Alter von vier Jahren bereits Französisch, Spanisch und Italienisch mit den anderen Kindern sprach, als hätte sie nie etwas anderes getan, und ihren Vätern war das nur recht.

„Weißt du noch, wie du gefragt hast, ob ich dich heiraten möchte?“

Lucas hatte gerade die Pressemitteilung, an der er schon den ganzen Abend arbeitete, zur Seite gelegt und sich an Jack gekuschelt, der die „Libération“ las, eine der vielen ausländischen Zeitungen, die sie abonniert hatten.

„Ich weiß es noch", antwortete Jack und kniff die Augen zusammen, als er sich die schöne Erinnerung an diesen Abend ins Gedächtnis rief.

„Und ich habe angenommen, nicht wahr?", fuhr Lucas fort.

„Ja, hast du", sagte Jack zögerlich und nicht ganz sicher, worauf Lucas damit hinauswollte.

„Und empfindest du noch genauso?", fragte Lucas etwas ernster.

„Willst du wissen, ob ich dich immer noch heiraten möchte?"

Lucas nickte.

„Schatz, an meinen Gefühlen hat sich nichts geändert. Du weißt, dass ich dich immer noch liebe, wahrscheinlich sogar noch mehr als zum Zeitpunkt meiner Frage." Jack legte seine Hand in Lucas' Nacken.

„Aber?", hakte Lucas nach.

„Aber was?" Jack sah die Enttäuschung im Gesicht seines Liebsten. „Luke, wir brauchen kein Stück Papier. Außerdem wäre es hier in den Staaten noch nicht einmal gesetzlich anerkannt."

„Ich weiß", sagte Lucas leise, doch er zog sich von Jack zurück und vergrößerte die Entfernung zwischen ihnen.

„Lucas, was ist los? Warum muss ich dir plötzlich meine Liebe beweisen?" Jack legte die Zeitung hin und wandte sich Lucas zu.

„Damit hat es nichts zu tun. Aber was ist, wenn mir etwas passiert? Ein Unfall oder so was. Dann möchte ich, dass du die Entscheidungen für mich treffen und dich um Ann Elise kümmern kannst."

„Deshalb bin ich ihr gesetzlicher Vormund und du hast in deiner Patientenverfügung festgehalten, dass ich diese Entscheidungen für dich treffen kann, falls du dazu nicht mehr in der Lage bist."

„Ich habe einfach Angst, dass sie als Erstes Lucy kontaktieren, falls mir etwas zustößt."

Jack wusste, wie sehr Lucas seine Tochter liebte, doch er wusste auch, dass es einen Grund für diese plötzliche Sorge geben musste.

„Sag mir einfach, was los ist, Luke."

„Sie hat angerufen", erklärte Lucas.

„Lucy?"

Er nickte und dann sprudelte es aus ihm heraus. „Sie hat gesagt, ich soll sie in Ruhe lassen und dass sie nichts mit mir und ‚dem Kind' zu tun haben will. Sie will noch nicht mal ihren Namen wissen!"

Lucas setzte sich mit dem Rücken zu Jack auf die Bettkante und legte das Gesicht in die Hände.

Jack wartete einen Augenblick, dann setzte er sich so hinter seinen Liebsten, dass dieser von seinen Beinen umschlossen wurde und er die Arme um ihn legen konnte. Erst versuchte Lucas sich loszumachen, doch als Jack ihn nur noch fester hielt, ließ er sich in dessen Umarmung sinken.

„Offenbar haben sie sie angerufen", sagte Lucas und klang dabei sehr aufgewühlt.

„Wer hat sie angerufen?", fragte Jack möglichst sanft, um Lucas zu beruhigen.

„Die Leute von der Vorschule, bei der wir uns beworben haben. Ich habe Kopien von Lises Geburts- und Adoptionsurkunde eingereicht und irgendwer in ihrem Büro muss neugierig geworden sein und sich mit Lucy in Verbindung gesetzt haben. Ich meine, ich habe keine Telefonnummer von ihr. Ich weiß noch nicht mal, wo sie wohnt. Aber irgendwer von dieser Schule war so dreist, nach ihr zu suchen und zu fragen, warum ich Ann Elise dort ohne die Zustimmung ihrer Mutter anmelden möchte."

„Das reicht, Lucas. Wir werden sie in der United Nations International School anmelden. Die verlangen keine Zustimmung der Mutter. Lucy hat auf ihre elterlichen Rechte verzichtet." Jack drückte seinen Geliebten fest an sich.

Lucas lehnte sich gegen ihn. „Das hat Lucy mir ebenfalls gesagt und dem Mann, der sie angerufen hat, wohl auch."

„Es muss komisch gewesen sein, ihre Stimme zu hören."

Lucas nickte und Jack küsste sein Haar und legte seine Wange gegen seinen Kopf. „Wir könnten sie wegen Verletzung unserer Privatsphäre verklagen."

„Nein", flüsterte Lucas. „Ich will niemanden verklagen. Ich will nur, dass die Leute uns als das akzeptieren, was wir sind. *Wir* sind Ann Elises Eltern, Jack, du und ich."

„Willst du deswegen heiraten? Um das zu beweisen?" Jack wollte zum Kern des Problems vordringen. Er wusste, dass es mehr als ein Stück Papier brauchen würde, um von diesen Leuten akzeptiert zu werden.

„Nicht nur deshalb. Wenn mir etwas passiert, möchte ich, dass du dich um Lise kümmerst." Lucas saß an seinen Liebsten gelehnt da und streichelte langsam die starken Arme, die ihn festhielten.

„Du weißt, dass ich das tun würde."

„Aber was ist mit dem umgekehrten Fall? Was ist, wenn dir etwas passiert, Jack? Dann sitzen wir auf der Straße." Lucas drehte sich ein Stückchen und hob seine Beine über Jacks, so dass er den älteren Mann ansehen konnte. „Selbst wenn du uns die Wohnung in deinem Testament vermachst, kann ich es mir nicht leisten, sie zu erben. Vor dem Gesetz sind wir keine Familie, also wird die Erbschaftssteuer gewaltig sein."

„Du hast das ja wirklich gründlich durchdacht", bemerkte Jack, während er seine Finger durch Lucas' weiches Haar gleiten ließ.

„Die Finanzen kann ich regeln, Lucas. Mir war sowieso schon der Gedanke gekommen, ein Treuhandkonto für Ann Elise zu eröffnen. Das würde das Steuerproblem lösen und ihr zwei wärt abgesichert. Ihr seid jetzt meine Familie."

„All das würdest du für mich – für uns – tun, aber du möchtest trotzdem nicht heiraten?" Lucas sah ihn fragend an.

Jack seufzte. „Ich habe Angst, Lucas."

Lucas richtete sich auf und wandte sich verblüfft Jack zu. „Warum in aller Welt denn das?"

„Ich sehe die Schlagzeilen schon vor mir: ‚Ehemaliger US-Botschafter heiratet schwulen Liebhaber'", erklärte Jack. „Ich möchte nicht, dass ihr beide, vor allem Ann Elise, darunter leiden müsst. Dass wir zusammenleben, hat niemanden gestört, aber das liegt nur an unserem einigermaßen unauffälligen Verhalten. In vielen Ländern ist es noch ein heikles Thema und die UNO duldet vielleicht, dass einer ihrer aufstrebenden PR-Männer mit einem anderen Mann zusammenlebt, aber wenn wir heiraten würden, selbst wenn es in New York noch keine gesetzliche Gültigkeit hätte, würden sie es vielleicht als Erregen negativer Aufmerksamkeit auslegen. Ich weiß nicht, ob du das Kleingedruckte in deinem Vertrag gelesen hast, Lucas, aber ..."

Lucas rollte die Augen. „Ich weiß, dass ich dafür rausgeworfen werden kann."

„Hör zu." Jack schloss ihn noch fester in die Arme und wiegte ihn ein wenig hin und her. „Du weißt, dass ich dich liebe, und du weißt, dass meine Brüder dich nicht rauswerfen, falls ich morgen von einem Taxi überfahren werde."

Lucas erschauderte. „Sag so was nicht!"

„Du weißt, dass sie es nicht tun würden, Lucas."

Lucas wandte sich ein bisschen weiter um, damit er seinem Liebsten in die Augen schauen konnte. „Pass bloß auf, dass dir nichts passiert. Ich möchte mit dir auf der Hochzeit unserer Tochter tanzen und ich will dich mit unseren Enkelkindern auf dem Schoß sehen."

Lucas' ernster Gesichtsausdruck brachte Jack zum Lachen. „Wer sagt denn, dass sie heiraten will?"

Lucas schnappte sich Jacks Hand und setzte sich rittlings auf ihn. „Ist mir egal", begann er und verpasste Jack einen kräftigen Kuss. „Ich will mit dir zusammen alt werden, ganz egal, ob wir nun auf einer Hochzeit tanzen!"

Jack ließ sich auf den Rücken fallen und gestattete Lucas, über seinen Körper herzufallen. Er wusste mittlerweile, dass Lucas, wenn er einmal seinen Willen nicht durchsetzen konnte, dafür dann häufig im Bett die Führung übernahm. Es war einer der Gründe dafür, dass Jack sich immer um gute Argumente bemühte.

Es gefiel ihm, wie Lucas' Härte sich durch ihre Kleidung hindurch an seiner eigenen rieb, während seine Hände neben seinem Kopf auf die Matratze gedrückt wurden. Es gefiel ihm, wie Lucas mit der Zunge seinen Mund in Besitz nahm und dann stöhnte, was seinen ganzen Körper erzittern ließ. Es gefiel ihm, dabei zuzusehen, wie die Augen des jungen Mannes immer dunkler wurden, als er sagte: „Bleib einfach liegen und lass mich die Arbeit machen", und dann mit ihrer Kleidung kämpfte. Jack wehrte sich wortlos ein wenig dagegen, aber nur weil er wusste, dass es Lucas' Lust noch zunehmen ließ. Dann verwöhnte Lucas ihn, ließ ihn an seinen schlanken Fingern saugen, während sein Mund auf Jacks geschwollenem Schwanz lag und sich die Finger der anderen Hand tief in ihm befanden.

Jack wusste, dass es all seiner Disziplin bedurfte, nicht auf der Stelle zu kommen. Er wusste, dass er warten musste, bis Lucas tief in ihn hineinstieß und jedes Mal den richtigen Punkt traf. Bis sie nicht länger wussten, wo der eine von ihnen endete und der andere begann, bis er Lucas' leises Stöhnen in seinem Ohr hörte und die Bitte „komm mit mir, Jack". Erst dann konnte er nachgeben, seinen Körper von dem Gefühl der Lust und der Liebe durchspülen lassen, bis er es in Lucas' Augen ankommen sah.

„Ich verspreche dir, sobald es hier erlaubt ist, frage ich dich noch einmal", flüsterte Jack mit leicht zittriger Stimme.

„Nein, diesmal bin ich an der Reihe", widersprach Lucas mit einem erschöpften Lächeln auf den Lippen und zog seinen Liebsten an sich.

# 24

LUCAS RANNTE mit seiner blauen Infomappe in der Hand durch den Mittelgang, denn er sollte beim Serviceschalter einen Hollywoodregisseur samt Sicherheitsmann in Empfang nehmen. Offenbar hatte der Regisseur die Erlaubnis erhalten, im Innern des Gebäudes zu filmen, was bisher noch nie vorgekommen war. Lucas war vom Berater des Generalsekretärs damit beauftragt worden, die beiden Männer einen Blick „hinter die Kulissen" werfen zu lassen sowie ihnen den Sitzungssaal und die Dolmetscherkabinen zu zeigen. Da heute keine Sitzungen stattfanden, würde beides praktisch leer sein.

Der Mann kam Lucas zwar bekannt vor, doch spontan wäre ihm keiner seiner Filme eingefallen. Sein Sicherheitsexperte dagegen war ein alter Bekannter.

„Mark! Wie lange ist das jetzt her? Vier Jahre?" Lucas streckte die Hand aus, um die des ziemlich zurückhaltenden Sicherheitsmannes zu schütteln.

„Mr. Carlton, wenn ich mich richtig erinnere. Ehemaliger Mitarbeiter der britischen Botschaft? Und das wären dann fast schon fünf Jahre, Sir", antwortete Mark und ließ nur das kleinste Lächeln durch seine ernste Miene nach außen dringen.

„Ich arbeite jetzt für die UNO. Und bitte nenn mich Lucas."

Mark wandte sich an seinen Arbeitgeber. „Mr. Carlton und ich kennen uns aus meiner Zeit beim Secret Service, als ich für die amerikanische Botschaft in Belgien gearbeitet habe."

„Ah, natürlich!", antwortete der Regisseur und schüttelte Lucas die Hand, bevor er sich wieder Mark zuwandte. „Stammte daher nicht Ihre Schussverletzung?"

Mark lachte. „Ja, Sir. Vielen Dank, dass Sie mich daran erinnern."

Lucas reichte ihnen Besucherausweise und führte sie zu den Orten, deren Besuch ihnen erlaubt war. Er konnte sehen, dass sich an Marks scharfem Blick nichts geändert hatte. Der Bodyguard musterte ihre Umgebung, als könnte sich auf jeder Erhöhung ein Scharfschütze befinden.

Der Regisseur erklärte, worum es in dem geplanten Film ging und erkundigte sich dann, ob er sich mit einem der Dolmetscher unterhalten könne.

„Das sollte möglich sein, Sir. Warum führe ich Sie nicht erst noch ein wenig herum und führe dann ein paar Telefonate, um zu sehen, was sich machen lässt?"

Im Sitzungssaal erklärte Lucas, was passierte, wenn eine Sitzung stattfand, und ließ den Regisseur dann einen Rundgang machen, um, wie er es bezeichnete, „die Atmosphäre in sich aufzunehmen".

Lucas wartete zusammen mit Mark am Rand des Raumes und nahm eines der gebäudeinternen Telefone zur Hand.

„Jack? Hast du gerade viel zu tun? Nein? Gut. Kannst du kurz zum Sitzungssaal rüberkommen? Hier sind ein paar Leute, die dich gerne sehen würden. Fünf Minuten klingt gut. Okay."

Als Lucas sich neben Mark niederließ, zog der Mann die Augenbrauen hoch.

„Hast du da gerade Jack gesagt?", fragte Mark, eher amüsiert als neugierig. „Handelt es sich dabei etwa um Jack Christensen?"

„Ja. Du wusstest, dass er nicht mehr für das Auswärtige Amt arbeitet?"

„Heißt das, er arbeitet jetzt hier?", fragte Mark mit einem Nicken in Richtung des Saales.

Lucas lächelte. „Ja. Er ist ein hochrangiger Dolmetscher. Er wird in fünf Minuten hier sein, um die Fragen zu seinem Fachbereich zu beantworten und ich nehme an, dann wirst du die Gelegenheit nutzen wollen, dich mit ihm zu unterhalten."

„Na ja, immerhin hat er mir das Leben gerettet", antwortete Mark ausdruckslos.

„Komisch", kommentierte Lucas die Bemerkung. „Ich dachte, es wäre umgekehrt gewesen."

„Also seid ihr zwei immer noch zusammen?"

Marks Direktheit überraschte Lucas ein bisschen. „Du redest wohl nicht gerne um den heißen Brei herum."

Mark zuckte mit den Schultern. „In einer angespannten Lage sagt man am besten, was man meint. Wenn es dir unangenehm war, tut es mir leid."

„War es nicht. Nicht wirklich. Mir war nur nicht klar, dass wir so leicht durchschaubar waren."

Mark musterte ihn mit einem Seitenblick. „In meinem Beruf lernt man, jedes bisschen Information, die man in die Finger bekommt, in sich aufzunehmen und es zu seinem Vorteil zu nutzen."

Lucas war nicht ganz sicher, was er von dieser Bemerkung halten sollte und stellte fest, dass er sprachlos war, was ziemlich selten vorkam.

Glücklicherweise kam in diesem Moment Jack herein, nickte Lucas zu und griff nach Marks Hand, um ihn in eine Umarmung zu ziehen.

Lucas sah zu, wie sich ein breites Lächeln auf das Gesicht des Sicherheitsmannes legte, und erwischte sich dabei, wie er den gut aussehenden Mann zur Kenntnis nahm, der hinter dem ernsten Äußeren zum Vorschein kam. Die Tatsache, dass ihn und Jack ganz offensichtlich eine enge Freundschaft verband, sorgte dafür, dass Lucas sich wie ein Eindringling vorkam. Doch da er wusste, dass kein Grund zur Eifersucht bestand, gönnte er den beiden Männern etwas Zeit für sich und ging zu dem Regisseur hinüber, der sich Notizen machte und zweifellos schon eifrig den Film plante.

„ALSO ARBEITEST du jetzt als Sicherheitsmann beim Film?", erkundigte sich Jack. Er und Mark hatten sich für den Abend in einer Bar unweit vom UN-Gebäude verabredet. Lucas war auch eingeladen, doch Jack wusste, dass er zu Hause bei Ann Elise bleiben wollen würde und war nicht überrascht, als sein Liebhaber die Einladung ablehnte.

„Ich wurde aus medizinischen Gründen aus dem Secret Service entlassen und irgendwie muss ich ja schließlich Geld verdienen", antwortete Mark und nahm noch einen Schluck aus seiner Bierflasche. „Es ist gar nicht so schlecht. Ein großer Teil meiner Arbeit besteht aus Beratung, zum Beispiel, wenn es darum geht, wer wofür eingestellt werden soll, oder daraus, den Drehort abzusichern. Und manchmal, wie bei diesem Film, soll ich einschätzen, ob die Darstellung eines Secret-Service-Agenten realistisch genug ist."

„Oh, und wer genau spielt dich in diesem Film?", fragte Jack leicht amüsiert.

„Sean Penn", antwortete Mark ungerührt. „Es wird schon gehen. Er ist ein guter Schauspieler."

Jack kicherte. „Er sieht dir nicht besonders ähnlich."

„Na ja, das muss er ja auch nicht, er spielt ja nicht direkt mich. Außerdem – weißt du, wer deine Rolle spielen wird?"

Jetzt war Mark der Amüsierte und Jack war nicht sicher, ob es sich um ein gutes Zeichen handelte. Er trank einen Schluck Bier und schüttelte den Kopf.

„Nicole Kidman."

Beide Männer mussten lachen. Es war natürlich albern, aber es fühlte sich einfach gut an, die Freundschaft wieder aufleben zu lassen, welche sich in den Wochen entwickelt hatte, die Jack nach Marks beinahe tödlicher Verletzung und Jacks beruflichem Selbstmord am Krankenbett seines Bodyguards verbracht hatte.

In dieser schlimmen Zeit hatte Jack festgestellt, dass wahre Freunde eine Seltenheit waren, denn viele Leute, die er während seiner Diplomatenlaufbahn kennengelernt hatte, kehrten ihm den Rücken. Also verbrachte er, aus Angst, dass er nach seiner langen Zeit als Workaholic in ein Loch fallen könnte, seine Nachmittage damit, den Mann zu unterstützen, der ihm das Leben gerettet hatte, indem er die Kugel abgefangen hatte, die für ihn bestimmt gewesen war.

Und Mark hatte jede Unterstützung, die er bekam, gebrauchen können. Die Kugel hatte einen seiner Lungenflügel zerfetzt und mehrere große Arterien in seiner Brust beschädigt. Die Ärzte hatten ihm sogar mehr als einmal versichert, dass er eine so schwere Verletzung eigentlich nicht hätte überleben sollen, doch es war ihm trotzdem gelungen. Er hatte Jacks Beistand in der Zeit seiner Genesung

165

sehr zu schätzen gewusst, denn beiden Männern war klar gewesen, dass sie einer ungewissen beruflichen Zukunft entgegensahen.

Und jetzt, vier Jahre später, konnten sie problemlos an diese Freundschaft anknüpfen.

„Wie ich höre, bist du immer noch mit Lucas zusammen?", fragte Mark mit einem Seitenblick.

„Ja", antwortete Jack, überrascht von seiner eigenen Zögerlichkeit.

„Gut", erklärte Mark.

„Gut?"

„Ja, gut."

Jack entging nicht, dass es Mark Spaß machte, ihn aufzuziehen. „Was genau meinst du damit?"

Mark trank noch einen Schluck und ließ sich mit der Antwort Zeit, was Jack ein bisschen nervös machte.

„Ich meine damit, dass all die Nächte, die ich in diesem kalten, ungemütlichen Auto vor seiner Wohnung verbracht habe, nicht umsonst waren.

„Du meinst … du meinst, du bist tatsächlich dageblieben …"

„Ganz zu schweigen davon, wie oft ich deiner Frau erzählt habe, du wärst in einem Meeting, während ich dagesessen und mir den Arsch abgefroren habe."

Jack lachte nervös und sah Mark an, der seinerseits den Rest des Raumes betrachtete. „Warum hast du das gemacht?"

„Es gehörte zu meinen Aufgaben, immer zu wissen, wo du warst. Zu jeder Zeit", antwortete Mark.

Jack war verwirrt. „Das weiß ich, aber warum hast du Maria belogen? Es gehörte ganz bestimmt nicht zu deinen Aufgaben, mir ein Alibi für meine außerehelichen Beziehungen zu verschaffen."

Mark schaute ihm in die Augen. „Dachtest du, du wärst der einzige erfolgreiche Mann, der seine Frau betrügt?"

Jack schüttelte den Kopf. „Aber bei mir war es etwas anderes, oder?"

„Ich wurde nicht dafür bezahlt, mir eine Meinung darüber zu bilden, ob es schlimmer ist, seine Frau mit einem Mann oder mit einer anderen Frau zu betrügen. Alles, worauf es ankam, war, dass ich wusste, wo du warst, und dass du dort einigermaßen sicher warst. Außerdem gehörte es auch zu meinen Aufgaben, deinen Ruf zu schützen, und wenn ich dazu deine Frau belügen musste …"

Jack wusste nicht, was er sagen sollte. „Du hast dir doch bestimmt trotzdem eine Meinung gebildet."

„Und du hattest deine Meinung zu den Krisen, in denen du vermittelt hast. Wir haben uns im Auto ab und zu darüber unterhalten, erinnerst du dich? Es hat dich nicht daran gehindert, etwas zu verteidigen, an das du nicht geglaubt hast. Und machen wir uns nichts vor: Bei mir ging es nicht darum, die Meinung politischer Führungspersönlichkeiten zu ändern. Ich musste nur dafür sorgen, dass du deine Arbeit machen konntest. Meine Meinung war also ziemlich unbedeutend."

Das Gespräch hatte eindeutig eine ernste Wendung genommen, und so überraschte es Jack, ein breites Lächeln auf Marks Gesicht zu sehen.

„Trotzdem gibt es da etwas, das ich dich unbedingt fragen wollte."

„Spuck's aus", antwortete Jack, der die Unterhaltung nur zu gern wieder etwas auflockern wollte.

„Weißt du noch, als die Botschaft abgeriegelt wurde, weil dieser Verrückte im Tunnel davor sein Auto hochjagen wollte?"

Jack nickte, denn er konnte sich noch gut daran erinnern.

„Hast du es da auf deinem Schreibtisch mit Lucas getrieben?"

Jack verschluckte sich an seinem Bier und musste husten. Er war sprachlos. Woher wusste Mark das? Und wenn Mark es wusste, musste Gertje es auch gewusst haben. Wie viele Leute wohl an diesem Tag an seiner Bürotür vorbeigekommen waren und sich über die seltsamen Geräusche gewundert hatten?

Mark war ein guter Freund, selbst wenn sie nach ihrer beruflichen Neuorientierung den Kontakt zueinander verloren hatten. Konnte er es ihm einfach sagen? Konnte er einfach so zugeben, dass die angespannte Situation Lucas und ihn so sehr erregt hatte, dass sie sich zu einem Quickie in seinem Büro hatten hinreißen lassen?

„Das ist dann wohl ein ‚Ja'", bemerkte Mark, während er sein Bier leerte und dem Barkeeper bedeutete, ihnen beiden ein neues zu bringen.

„Woher hast du es gewusst? Ich hätte nicht gedacht, dass wir so laut waren", wollte Jack wissen, als er sich wieder gefasst hatte.

„Keine Sorge, Jack. Allerdings sollte ich Gertje anrufen. Sie schuldet mir hundert Euro."

Jack vergrub sein Gesicht in den Händen. Das hier war peinlich. Da dachte er, er hätte keine Probleme mehr mit seiner Beziehung zu Lucas, und trotzdem ließ ihn die Tatsache, dass Mark und Gertje diese schon vor fünf Jahren akzeptiert hatten, wie ein Schulmädchen erröten. Die beiden waren entspannt genug damit umgegangen, um eine Wette darüber abzuschließen?

„Ich glaub das einfach nicht." Jack schüttelte den Kopf und versuchte, seine Gesichtsfarbe wieder unter Kontrolle zu bringen.

Mark lachte. „Siehst du, darum ist es gut, dass ihr immer noch ein Paar seid."

Jack hatte sich wieder beruhigt. „Waren wir wirklich so laut?"

„Eigentlich nicht. Ich habe ein paar etwas seltsame Geräusche gehört, als ich an der Tür gelauscht habe, aber was euch verraten hat, war, was ich sah, als sie geöffnet habe."

Jack traute sich kaum zu fragen. „Und was war das?"

„Euch beide, und zwar ziemlich rot, mit zerknitterter Kleidung und schlecht in die Hose gesteckten Hemden. Dein Schreibtisch war praktisch leer, aber dafür waren Papiere auf dem Boden verstreut und Mr. Carlton … Lucas sah aus wie ein kleiner Junge, den man mit den Fingern im Honigtopf erwischt hatte. Allerdings warst du so ruhig und gefasst wie immer."

Jack nickte. Er hätte wissen müssen, dass Marks scharfen Augen niemals etwas entging.

# 25

LUCAS TELEFONIERTE gerade mit Liz und versuchte gleichzeitig, ein paar der auf dem Boden verteilten Spielzeuge aufzuräumen, als es an der Tür klingelte.

„Hör zu, da hat jemand geklingelt. Bleib mal kurz dran und lass mich nachsehen."

Mit dem Telefon zwischen Ohr und Schulter klemmte er sich einen Teddybär und einen Furby unter den Arm und schaute durch den Türspion. Die Frau mit dem blonden Pferdeschwanz, die mit dem Rücken zur Tür stand, kam ihm nicht bekannt vor, doch da der Pförtner sie durchgelassen hatte, öffnete er ihr trotzdem die Tür.

Die zierliche Frau drehte sich zu ihm um und ihm stockte der Atem. „Oh mein Gott, Liz, ich ruf dich später zurück." Lucas legte auf und ließ das Telefon auf den Flurtisch fallen.

„Maria, ich … ich habe nicht mit dir gerechnet. Ähm, Jack ist noch nicht zu Hause. Er hat gesagt, er wäre später mit dir in der Stadt verabredet."

„Ja, das stimmt. Darf ich reinkommen?"

Lucas machte ihr Platz und kam nicht umhin zu bemerken, wie großartig sie aussah, als sie ihren Wintermantel öffnete und darunter enge Jeans und einen weißen Rollkragenpullover zum Vorschein brachte.

„Ich bin nicht hier, um mit Jack zu reden, sondern um dich zu sehen." Ihre Stimme war ruhig, doch Lucas konnte einen Hauch von Nervosität heraushören.

Sie schaute sich in der Wohnung um und lächelte. „Mir gefällt, was ihr hieraus gemacht habt. Es wirkt sehr wohnlich. Nicht wie damals, als Jacks Eltern noch gelebt haben und es nur ein Ort war, an dem man die Weihnachtsferien verbracht hat."

Lucas wusste nicht, wie er reagieren sollte, während er immer noch mit dem Spielzeug seiner Tochter im Arm dastand. „Also warum wolltest du mich sehen?" Er war sicher, dass sie hörte, wie kühl seine Stimme klang. Als sie zum letzten Mal miteinander gesprochen hatten, hatte sie ihm im Krankenhaus gedroht, Jacks Karriere zu ruinieren, wenn Lucas ihn nicht in Ruhe ließe.

„Hör zu, Lucas, ich weiß, dass es auf dieser Welt wahrscheinlich niemanden gibt, den du weniger gern sehen willst, aber …" Plötzlich sah sie nicht mehr wie die Frau aus, die er in Brüssel so sehr gehasst hatte. Sie stand in ihrem Wintermantel in seinem Wohnzimmer und er sah sie so, wie Jack sie immer beschrieben hatte: eine liebenswürdige, aber sehr entschlossene Frau, die das Herz am rechten Fleck hatte. Was könnte es schon schaden, wenn er nett zu ihr wäre? Jack hatte ihm erzählt, dass er sich mit Maria treffen wollte und ihm versichert, dass sie ihn nicht zurückbekommen würde.

„Wie wär`s, wenn ich uns einen Tee koche und dann können wir reden?"

Er bedeutete ihr, ihren Mantel abzulegen und ihm in die Küche zu folgen. Ein paar Minuten später hielten beide eine dampfende Tasse Tee in der Hand und Lucas entschuldigte sich für die Unordnung.

„Ich war gerade dabei aufzuräumen. Drei Kinder im Haus machen einem das nicht gerade leicht."

Marias Augen wurden groß und wie auf Kommando kam Ann Elise in die Küche geflitzt, rannte um den Tisch herum und bleib hinter Lucas' Beinen stehen. Dann zog sie an einem seiner Hosenbeine und flüsterte: „Wer ist das?"

Lucas lächelte und hob sie hoch. „Ann Elise, das ist Maria. Sie ist eine sehr gute Freundin von Jack."

„Ist sie hier, weil sie mit Jack spielen will?", fragte das kleine Mädchen ganz ernsthaft. Lucas und Maria fiel es schwer, nicht zu lachen. „Nein, sie geht nachher mit ihm essen, während ich hier bei dir und Emile und Charlie bleibe. Sei doch so nett und sag ihr Guten Tag."

Ann Elise zappelte, bis Lucas sie wieder auf den Boden gestellt hatte, und ging dann mit ausgestreckter rechter Hand auf Maria zu. „Hallo, ich bin Ann Elise Carlton. Schön, dich kennenzulernen."

Maria nahm die kleine Hand des Mädchens und schüttelte sie. „Hallo, Ann Elise Carlton. Ich bin Maria Donnelly."

Das kleine Mädchen kicherte, zog seine Hand zurück und rannte aus der Küche.

Lucas machte ein zerknirschtes Gesicht. „Tja, sie ist erst vier. Bis jetzt konnten wir noch nicht verhindern, dass sie einfach kichernd wegrennt."

„Sie ist wunderschön, Lucas. Wie geht es Lucy? Sie ist doch Lucys Tochter, oder?"

Marias Reaktion überraschte ihn ein wenig, doch der Vorwurf, mit dem er gerechnet hatte, war ausgeblieben. „Ja das ist sie. Lucy geht es gut. Sie ist mit irgend so einem Erben einer Supermarktkette verheiratet, der nichts von ihrer Tochter weiß. Lucy hat mir dieses wunderbare kleine Mädchen geschenkt und dafür werde ich ihr immer dankbar sein, aber sie will nichts mit Ann Elise zu tun haben, und so traurig das auch ist, halte ich es doch für das Beste." Er ging nicht näher darauf ein, dass Lucy seine Tochter zu Adoption hatte freigeben wollen.

„Tja, sie ist eindeutig deine Tochter. Sie benimmt sich sogar wie du. Wie sie sich gerade vorgestellt hat, war reizend."

Lucas lächelte sanft. „Und sie liebt Jack über alles."

„Ich habe schon immer gewusst, dass er einen großartigen Vater abgeben würde", sagte sie begeistert und Lucas war überrascht. „Aber du hast was von drei Kindern gesagt. Habt ihr noch zwei adoptiert?"

„Nein, nein. Es sind die Söhne von Liz, einer Arbeitskollegin. Ann Elise liebt die beiden Jungs und Liz brauchte mal ein Wochenende ohne Kinder, also … na ja, sie hat mir viel geholfen, bevor … Jack zurückgekommen ist." Er wusste nicht, warum es ihm so schwer fiel, mit ihr über die Kinder zu reden. Hatte es vielleicht damit zu tun, dass es ihm vorkam, als hätte er Maria diese Rolle weggenommen? Damit, dass er vermutete, Jack und Maria hätten mittlerweile auch Kinder gehabt, wenn er nicht gewesen wäre?

Maria sah plötzlich zu ihm hoch. „Ich bin froh, dass du Jack die Gelegenheit gegeben hast, Vater zu sein. Ich hatte nie den Mut dazu."

Lucas wandte kurz den Blick von ihr ab, um seine Gedanken zu ordnen. „Dann hast du kein Problem damit?"

Sie schüttelte den Kopf. „Ich habe lange gebraucht, um es richtig zu verstehen, Lucas." Sie seufzte. „Ich habe dich wirklich gehasst. Weil du mir Jack weggenommen hast. Weil du alles aus dem Gleichgewicht gebracht hast. Du hast mir auf einen Schlag meinen Ehemann, meine Karriere und das Leben, das ich mir zwanzig Jahre lang aufgebaut habe, genommen."

Sie sah Lucas eindringlich an und er fühlte sich unwohl. „Es hat zwei Jahre unter Menschen gebraucht, die nicht wussten, woher sie ihre nächste Mahlzeit bekommen sollten, um mir zu zeigen, wie oberflächlich ich war und dass ich diesen Mann zwar geliebt habe, aber er mich eben nicht, zumindest nicht so wie dich!"

„Dich hat er auch geliebt, Maria. Er hat mir erzählt, wie schwer es ihm gefallen ist, es dir zu sagen. Er hat es immer wieder hinausgeschoben. Es tut mir leid."

„Nein, tut es dir nicht", widersprach sie trocken.

Lucas musste lachen. „Du klingst genau wie Jack. Aber … es *tut* mir leid. Nicht, dass ich Jack liebe – dafür werde ich mich nie wieder entschuldigen – sondern dass wir dir wehgetan haben."

Maria lächelte sanft. „Das kann ich nicht abstreiten. Es ist schwer, dabei zuzusehen, wie sich der Mann, den man fast sein ganzes Leben lang geliebt hat, in jemand anderen verliebt. Ich habe lange gebraucht, um zu verstehen, dass ich mein Leben führen konnte, ohne seine Frau zu sein und einzusehen, dass es mir gefiel, ihn glücklich zu sehen, auch wenn er es nur mit dir war. Ich musste erst ein neues Lebensziel finden, bevor ich über meine Eifersucht hinwegkommen konnte."

Auch wenn er ihr in seinem tiefsten Innern noch immer nicht vertraute, bemerkte Lucas, dass er anfing sie zu mögen. „Jack hat gesagt, du arbeitest jetzt für UNICEF."

Sie nickte mit einem strahlenden Lächeln. „Ja, ich organisiere die Hilfseinsätze. Ich bin gerade aus Darfur zurückgekommen. Leider ist die Lage dort so unsicher geworden, dass wir nicht länger bleiben konnten, aber wir haben Schulen gebaut und Klassenräume eingerichtet. Weißt du, Lucas, ich war immer ein ziemlich großes Organisationstalent, von dem jeder Botschafter geträumt hat, aber es war alles nur Show. Das perfekte Bankett, der perfekte Empfang, das perfekte

Essen. Lass dich hier sehen, halte dort eine kleine Rede. Jetzt engagiere ich mich da draußen und verbessere das Leben anderer Menschen, ohne dass ich das Püppchen im teuren Designerkleid mit makelloser Frisur und Schminke sein muss. Also sollte ich eigentlich dankbar dafür sein, dass du mir Jack gestohlen hast. Ich hätte nie herausgefunden, warum ich unglücklich war, wenn ihr zwei nicht meine Welt ins Wanken gebracht hättet."

Ihre Augen leuchteten und sie strahlte. Es war offensichtlich, dass ihr neues Leben sie glücklich machte. Vielleicht sagte sie ja die Wahrheit. Vielleicht hatte sie ihnen wirklich verziehen. Lucas fühlte sich trotzdem noch nicht ganz wohl. Es würde sich erst noch zeigen müssen, ob er ihr ebenfalls verzeihen konnte.

Plötzlich öffnete sich die Haustür und beide vergaßen die angespannte Atmosphäre und hoben den Kopf.

JACK BETRAT die Wohnung und wurde wie üblich davon begrüßt, dass eine aufgeregte Stimme seinen Namen rief. Er würde nie genug davon bekommen, wie Ann Elise ihn willkommen hieß. Er hatte kaum die Tür hinter sich geschlossen und immer noch seine Schlüssel in der Hand, als sie sich ihm bereits entgegenwarf, um ihn zu umarmen und zu küssen. Ganz egal, wie müde er von einem langen Arbeitstag war, sie brachte ihn immer zum Lächeln. Sie erzählte ihm, dass Emile und Charlie da waren und er schmunzelte, da er nur allzu gut wusste, wer in dieser Spielgruppe das Sagen hatte.

Er legte seine Schlüssel in die kleine Schale auf dem Dielenschrank und war gerade dabei, seinen Mantel aufzuhängen, als Ann Elise ihm spitzbübisch zulächelte. „Da ist ein Mädchen, das dich besuchen will." Sie kicherte und fand den Gedanken sichtlich komisch. „Sie heißt Maria."

Jacks Herz setzte kurz aus. Armer Lucas. Hoffentlich war Maria nett zu ihm.

Dann hörte er seinen Liebsten rufen: „Wir sind in der Küche!" Es klang nicht gequält oder besonders verzweifelt. Vielleicht war sie gerade erst angekommen?

Mit einem „Warum gehst du nicht spielen?" schickte er Ann Elise zu ihren Jungs zurück und begab sich mit einem beklemmenden Gefühl in der Brust in die Küche.

Zu seiner Überraschung saß Lucas auf der Arbeitsplatte und Maria hatte sich an die Küchenschränke auf der anderen Seite gelehnt, und beide tranken Tee und lächelten, während sie sich angeregt unterhielten. Vielleicht waren seine Befürchtungen unbegründet gewesen?

Jack begrüßte Maria mit einem Kuss auf die Wange und stellte dann fest, dass es ihm unangenehm war, in ihrer Gegenwart Lucas zu küssen. Er zögerte kurz und sah Lucas an, dass dieser es bemerkt hatte. *Verdammt!* Warum ließ er sich immer noch von ihr einschüchtern?

Die Stimmung in der Küche wurde merklich kühler und Jack ergriff die Flucht, indem er Maria erklärte: „Hör zu, ich geh mich kurz umziehen und in zehn Minuten können wir uns auf den Weg machen, okay?"

AN DIESEM Abend ging Lucas früh ins Bett. Nach einem langen Arbeitstag auf drei Kinder im Alter von drei bis fünf aufzupassen, war schon ermüdend genug, doch der Stress, der mit Marias früher Ankunft und Jacks verlegener Reaktion auf ihre Anwesenheit verbunden gewesen war, hatte es zu einem wirklich anstrengenden Abend gemacht.

Er hatte bemerkt, wie Jack gezögert hatte, ihn zur Begrüßung auf den Mund zu küssen, wie er es sonst immer tat. Lucas nahm es nicht persönlich, da er sich in der Situation ebenfalls unwohl gefühlt hatte, doch er wollte wissen, ob es nur damit zu tun hatte, dass es Jack komisch vorkam, sich in einem Raum mit den einzigen beiden Menschen zu befinden, mit denen er je eine ernsthafte Beziehung geführt hatte, oder ob mehr dahintersteckte.

Lucas schüttelte den Kopf und sagte sich, dass er keinerlei Gründe hatte, an Jacks Gefühlen für ihn zu zweifeln. Wirklich nicht. Aber warum war dann plötzlich alles so seltsam gewesen? Warum war Jack in ihrem Schlafzimmer verschwunden, um nur wenige Minuten später in anderer Kleidung wieder aufzutauchen und sich hastig mit Maria auf den Weg in die Stadt zu machen?

Er löschte das Licht und kuschelte sich unter die Decke, obwohl er wusste, dass er, auch wenn es keinen Grund zur Eifersucht gab, nicht einschlafen würde, bevor Jack nach Hause kam. Jack hatte Maria verlassen, die Scheidung eingereicht und sein ganzes Leben verändert, obwohl Lucas zu diesem Zeitpunkt noch nicht einmal Teil davon war. Also warum zweifelte er jetzt an Jack?

Er hörte, wie sich die Haustür öffnete und das vertraute Klimpern von Jacks Schlüsseln in der kleinen Schale. Jack schien sich darum zu bemühen, niemanden aufzuwecken und kurze Zeit später kam er vorsichtig ins Schlafzimmer geschlichen, zog sich aus und schlüpfte unter die Decke.

Lucas wandte sich ihm in der Dunkelheit zu.

„Ich wollte dich nicht wecken", flüsterte Jack.

„Hast du nicht. Ich konnte nicht schlafen", antwortete Lucas. „Wie war das Essen?"

„Ganz gut, schätze ich. Es war schön, sie wiederzusehen."

Lucas hörte das Zögern in Jacks Stimme und rutschte näher, damit er die Arme um seinen Geliebten legen konnte. „Schon gut, Jack. Du darfst gerne Spaß bei einem Treffen mit einer alten Freundin haben, solange nicht mehr daraus wird." Er seufzte, als er feststellte, wie sehr es nach dem kleinen grünen Monster namens Eifersucht klang, und fügte hinzu: „Ich weiß, dass ich dir vertrauen kann, Jack."

Jack kuschelte sich an ihn und küsste ihn zärtlich.

„Was? Du hast ohne mich thailändisch gegessen?", neckte Lucas.

„Wie machst du das nur immer?", fragte Jack und Lucas wusste trotz der Dunkelheit, dass er lächelte.

„Es ist die Kokosmilch und das Zitronengras und der Hauch von Koriander."

„Das kannst du alles schmecken?", neckte Jack seinerseits.

„Und noch mehr", antwortete Lucas, während er Jack noch fester an sich zog und die Eifersucht viel schöneren Gefühlen weichen ließ.

# 26

„Oh, DAS hätte ich fast vergessen", sagte Lucas, als er Jack dabei zusah, wie er als letzten Teil des Aufräumens nach dem Essen den Tisch abwischte. „Da ist ein Brief für dich gekommen. Großer Umschlag, teures Papier und in Schönschreibschrift nur an Mr. Jack Christensen adressiert."

Jack warf ihm das nasse Tuch zu und ging in den Flur, um den Brief zu holen. Zurück im Wohnzimmer öffnete er ihn und las die formelle Einladung.

„Stacey heiratet. Erinnerst du dich an sie? Meine Protokollbeamtin? Und auch noch in Antwerpen. Wir sind eingeladen – willst du hingehen?", fragte Jack, während er noch las.

„Es ist doch nur an dich adressiert", antwortete Lucas kleinlaut, als er sich, dicht gefolgt von Jack, in die Küche zurückzog.

„Da steht Mr. Christensen und Begleitung", widersprach Jack, schlang seine Arme um Lucas und schob ihn gegen die Arbeitsplatte.

„Das könnte jeder sein", schmollte Lucas in dem Wissen, dass Jack ihm direkt in die Falle tappen würde.

„Soweit ich weiß, habe ich nur einen Begleiter." Ein Kuss auf Lucas' Haar. „Freund." Ein Kuss auf den Hals. „Liebsten."

„Könnt ihr das nicht in eurem eigenen Zimmer machen? In diese Küche kommen nämlich Kinder." Ann Elise stand mit in die Hüften gestemmten Händen neben ihnen. Dann drehte sie sich um, nahm eine Dose Cola light aus dem Kühlschrank und ging hinaus, bevor die beiden Männer, die sich immer noch umarmten, reagieren konnten.

„Haben wir irgendwas verpasst? Wann ist aus unserer Tochter ein Teenager geworden?", fragte Lucas und sah mit leicht offenem Mund zu, wie das kleine Mädchen aus der Küche stolzierte.

„Soweit ich weiß, ist sie immer noch sechs. Mittlerweile liest *sie* zwar *mir* Gutenachtgeschichten vor, aber sie möchte immer noch zugedeckt werden", antwortete Jack, den Ann Elises freche Bemerkung ebenfalls verblüffte.

„Glaubst du, wir sollten dazu irgendwas sagen?", fragte Lucas mit hochgezogenen Augenbrauen.

„Nee, belassen wir`s lieber dabei", lachte Jack. „Wenn wir von dieser Hochzeit zurückkommen und sie eine Woche bei Liz war, wird es sowieso noch schlimmer sein. Das mit den Händen in den Hüften ist eine klassische Liz-Pose."


SECHS WOCHEN später kamen sie im Hilton-Antwerp-Hotel an, um Staceys Hochzeit beizuwohnen.

Als sie ihren u.A.w.g.-Anruf bei Stacey getätigt hatten, hatte sie ihnen erklärt, dass für alles gesorgt war, einschließlich eines Hotelzimmers für die Nacht vor und nach der Hochzeit für Freunde und Familie, die aus aller Welt eingeflogen kamen.

Als man ihnen an der Rezeption ihre Schlüsselkarte aushändigte und ihnen mitteilte, dass sie in einer der Executive-Suiten untergebracht waren, drehte Jack sich zu Lucas um. „Luke, hast du …?"

Lucas warf ihm einen unschuldigen Blick zu und schüttelte den Kopf.

Die Suite war genau das Zimmer, mit dem sie so besondere Erinnerungen verbanden. Nachdem der Portier sein Trinkgeld erhalten hatte und gegangen war, sah Jack Lucas an.

„Wenn du nicht dafür verantwortlich bist, wer dann?", fragte Jack, während er beiläufig seine Jacke ablegte. „Ich bin ziemlich sicher, dass Stacey nichts davon wusste, was vor ziemlich genau sieben Jahren in diesem Zimmer passiert ist, Luke."

Lucas, der die Vorhänge zugezogen hatte, rannte auf Jack zu und warf sich mit solcher Wucht gegen ihn, dass sie beide auf dem Bett landeten. „Alles Gute zum Jahrestag, Liebling", stöhnte Lucas in Jacks Mund.

Sie küssten sich leidenschaftlich, befreiten sich aus dem Großteil ihrer Kleidungsstücke und rieben ihre wachsenden Erektionen gegeneinander.

„In einer knappen halben Stunde wird unser Auto hier sein", keuchte Jack, als er sich zum Luftholen von Lucas löste, „um uns abzuholen, damit ich für meinen Anzug Maß nehmen lassen kann."

„Vergiss das Auto", antwortete Lucas in verzweifeltem Tonfall und zog Jack wieder an sich.

„Luke, wir haben keine Zeit mehr, um danach zu duschen, wenn wir …"

Jack sah ehrfürchtig zu, wie Lucas sich mit einem wilden Funkeln in den Augen auf dem Bett herumdrehte. Im selben Moment, in dem er den warmen Mund seines jungen Liebsten auf seinem immer noch stoffbedeckten Schwanz spürte, schob sich Lucas' eigener vor sein Gesicht. Sie beide atmeten schwer. Es würde schnell vorbei sein und er hätte sich sowieso nicht zurückhalten können. Und wollte es eigentlich auch gar nicht.

Es war eine Mischung aus Verlangen und Nostalgie. In diesem Raum hatte Lucas ihm gezeigt, dass es keinen Weg zurück gab, dass er die Gefühle, die er den größten Teil seines Lebens hindurch verdrängt hatte, nicht länger leugnen konnte.

Auch jetzt, nach sieben Jahren, genoss er immer noch den Geschmack von Lucas' tropfendem Schwanz in seinem Mund und das Gefühl von Lucas' Mund um seinen eigenen. Er genoss es, wie das, was er mit dem jungen Mann machte, sie beide laut aufstöhnen ließ, was die Vibrationen an ihre Schwänze weiterleitete und Lucas dazu brachte, ihn genau nachzuahmen, jedes Lecken und jede kleinste Bewegung, und das gierige Saugen zu imitieren, bis sie beide wild zuckten und in den Mund des anderen stießen.

Lucas kam zuerst und Jack bemühte sich, hinunterzuschauen und den Ausdruck der Glückseligkeit auf Lucas' Gesicht zu sehen, als sich sein weißer, heißer Samen in seine Kehle ergoss. Jack schluckte ihn gierig, während Lucas' Körper von den letzten Schauern der Lust durchlaufen wurde, und dann löste Lucas seinen Mund von Jacks geschwollenem Schwanz und begann, ihn mit beiden Händen und überraschendem Koordinationsvermögen zu streicheln.

Der Anblick seines jungen Liebsten, der, obwohl seine eigene Lust gestillt war, versuchte konzentriert genug zu bleiben, um ihn zum Höhepunkt zu bringen, ließ das Kribbeln in seinem Unterleib noch zunehmen. Er stieß heftig in Lucas' Hände und wurde von seinem Orgasmus mitgerissen, als Lucas träge den Mund öffnete, um die Spitze hinein zu saugen.

Nach einigen Momenten des Luftholens kroch Lucas mit einem müden Lächeln zu ihm hinauf und küsste ihn innig, vermischte die verschiedenen Geschmäcker in ihren Mündern. Jack spürte immer noch die Nachwirkungen seines Höhepunktes in seinem Körper und auch wie empfindlich Lucas' war, als er ihn so kurz nach ihrer übereilten Befriedigung streichelte. Es war nicht überraschend, dass ihnen noch Zeit blieb, bis sie abgeholt werden würden.

Jack und Lucas schmunzelten gut gelaunt, während sie sich vor dem großen Badezimmerspiegel die Zähne putzten. Lucas hatte kurz geduscht und war in Jeans geschlüpft und Jack war erst vom Bett aufgestanden, nachdem Lucas wieder angezogen war, denn er fürchtete, dass sie es, wenn sie zusammen duschten, niemals aus dem Zimmer schaffen würden. Jetzt war er ebenfalls frisch geduscht und in ein paar Minuten würden sie sich auf den Weg machen können.


AM NÄCHSTEN Morgen wurde Jack von einem lauten Hämmern an der Tür geweckt. Lucas hatte sich im Schlaf auf ihm ausgebreitet und er bewegte sich vorsichtig, um den jungen Mann nicht zu wecken. Ein Blick auf den Wecker neben dem Bett verriet ihm, dass es halb acht war.

Wer würde so früh an ihre Tür klopfen? Sollte die Hochzeit nicht eigentlich erst um zehn Uhr stattfinden?

Er schlüpfte eilig in einen der vom Hotel gestellten weißen Bademäntel und ging zur Tür. Als er sich noch einmal zum Bett umschaute, sah er Lucas' herrlich nackten Körper mit dem Gesicht nach unten auf der Matratze liegen. Nachdem er ihn schnell zugedeckt hatte, öffnete er die Tür.

Der Anblick dahinter brachte ihn zum Lachen.

„Stacey, Süße, geht es dir gut?"

Stacey war in einen pinken Bademantel gehüllt, hatte Lockenwickler im Haar und trug kein Make-up. Und sie war in Panik, was Jack noch nie erlebt hatte.

„Einer meiner Trauzeugen kann nicht kommen!", erklärte sie mürrisch und schob sich an Jack vorbei in das Hotelzimmer.

Dort angekommen hielt sie sich eine Hand vor den Mund, wie ein Kind, das ein böses Wort gesagt hat. „Ich habe euch doch hoffentlich nicht bei irgendetwas gestört?"

Jack schenkte ihr ein breites Lächeln. „Nein, Stacy, er schläft noch tief und fest. Und das habe ich auch getan, also wo liegt das Problem?"

„Na ja, Roys Bruder, der sein Trauzeuge sein sollte, wurde wegen eines diplomatischen Zwischenfalls in Bahrain aufgehalten. Sein bester Freund ist hier und kann übernehmen, aber dann fehlt dafür mir ein Trauzeuge. Glaubst du, Lucas könnte einspringen?"

Sie nahm sich kaum Zeit, um zwischendurch Luft zu holen, während sie Jack die Krise schilderte.

„Ja, das würde er bestimmt", antwortete Jack. „Allerdings hat er nicht den richtigen Anzug und du willst doch sicher, dass wir alle gleich aussehen."

„Eine Sekunde", sagte sie und hielt ihren Zeigefinger in die Höhe, bevor sie den Flur hinunter zu ihrem Zimmer rannte.

Schon bald war sie zurück und hielt Jack einen mit durchsichtigem Plastik umhüllten Anzug auf einem Kleiderbügel hin. „Er soll ihn anprobieren und wenn er nicht passt, ruft ihr die Nummer auf der Hülle an und sagt, es handle sich um einen Notfall."

Jack schmunzelte, als er den Anzug entgegennahm und zusah, wie Stacey wieder den Flur hinunterrannte. Er hängte den Anzug an die Garderobe und ging zurück zum Bett und dem immer noch schlafenden Lucas. Dort setzte er sich vorsichtig auf die Bettkante und ließ seine Hand unter die Decke wandern, wo sie auf Lucas' samtweiche Haut traf. Sein Liebster stöhnte, als Jack sanft die Rückseite seines Oberschenkels streichelte, zu seinen Pobacken hochglitt und dann zwischen den sanften Einbuchtungen am unteren Teil seines Rückens hinauf. Lucas' Haut war warm vom Schlafen und Jack konnte einfach nicht genug davon bekommen, wie glatt und seidig sie sich anfühlte.

„Will noch schlafen", murmelte Lucas und zog sich die Decke über den Kopf. Jack legte sich neben den jungen Mann, der jetzt in Laken und Decken gehüllt war, und zog ihn fest an sich.

„Ich glaube, ich wüsste da eine Methode, um dich aufzuwecken", versuchte Jack ihn in spielerischem Tonfall zu überzeugen.

„Neeeein", murrte Lucas, ohne die Augen zu öffnen. „Is' noch zu früh."

„Ist es nicht. Wir verpassen das Frühstück."

„Mir egal."

Jack versuchte vorsichtig, mit seiner Hand einen Weg unter die Decken zu finden. „In zwei Stunden fängt die Hochzeit an und wir müssen noch duschen, diese hübschen grauen Anzüge anziehen und zum Rathaus laufen. Wenn du so weitermachst, kommen wir zu spät."

„*Du* musst einen hübschen grauen Anzug anziehen." Der Brite stöhnte und kuschelte sich dichter an Jack, der seinem Liebsten jetzt den Bauch streichelte.

„Du auch. Stacey hat gerade einen für dich vorbeigebracht", neckte Jack, während er seine Hand von Lucas' Bauch zu seinem Hüftknochen bewegte und dabei bewusst dem Bereich zwischen seinen Beinen auswich.

„Hat sie das?", fragte Lucas und hielt zwar weiter die Augen geschlossen, aber schob sich Jacks Hand entgegen. „So einen schönen grauen, wie du ihn gestern anprobiert hast?"

„Ja", murmelte Jack und vergrub sein Gesicht in Lucas' Halsbeuge, um ihn dann spielerisch in die Schulter zu beißen.

Als Lucas sich nur näher an ihn schmiegte und keine Anstalten machte aufzustehen, begann Jack ihn zu kitzeln, bis er in einen Lachanfall ausbrach.

Zwei Stunden später waren sie, wie Jack es vorausgesagt hatte, in Eile.

Gelächter und wildes Kitzeln hatten zu einer Kissenschlacht geführt, und es endete damit, dass Jack mit dem Gesicht zuerst gegen die Badezimmertür geschoben wurde. Lucas hatte sich für seine Grobheit entschuldigt, aber nur halb ernsthaft.

„Du hast es herausgefordert, Jack, das ist dir doch hoffentlich klar."

So schnell gab Jack nicht klein bei. „Du willst ja nur ausnutzen, dass wir hier keine Tochter haben, die uns zuhören kann."

Lucas zog den flauschigen weißen Bademantel, der nur noch gerade so über Jacks Schultern hing, ganz nach unten und presste seinen Körper gegen den seines Geliebten. „Dann sollte ich dich so laut zum Stöhnen bringen, dass Stacey wieder an die Tür hämmert, um zu fragen, was zum Teufel ich da mit dir mache."

„Fuck", war alles, was Jack hervorbrachte.

„Ach wirklich?", fragte Lucas herausfordernd und hielt Jack zwei Finger vor die Lippen. „Dann machst du sie wohl besser schön feucht und rutschig, denn anderes Gleitgel habe ich gerade nicht hier."

Jack ließ sich Zeit, genoss den leicht salzigen Geschmack der schlanken Finger. Daran, dass Lucas sich gegen seinen Rücken rieb, merkte er, dass dieser so langsam ungeduldig wurde, doch er ließ sich nicht drängen. Der junge Brite wurde offensichtlich immer erregter, doch noch lange nicht so sehr, wie Jack es war. Als Lucas seine linke Hand flach auf seinen Bauch legte, stellte Jack fest, wie dankbar er dafür war, dass er sich an die Tür lehnen konnte. Er stellte die Füße ein bisschen weiter auseinander und öffnete den Mund, um leise zu stöhnen, als Lucas mit einem speichelbedeckten Finger grob in ihn eindrang. Sie waren so daran gewöhnt, möglichst leise zu sein, da sie sich immer ihrer Tochter bewusst waren, die nicht weit von ihnen schlief. Doch diese befand sich jetzt auf der anderen Seite der Welt und Jack kümmerte es nicht, wer sie sonst hören würde, als das durch Lucas' zweiten Finger verursachte Brennen nachließ und durch pure Lust ersetzt wurde.

Lucas kannte den Körper seines Liebsten gut, wusste genau, wie viel dieser rauen Behandlung er vertragen konnte. Er wusste außerdem, dass er Jack allein mit seinen Fingern zum Höhepunkt bringen konnte, was sie aber mit Ann Elise in der Nähe nicht wagten, da sein Liebster auf die Stöße und Drehungen seiner Finger sehr lautstark reagierte. Jack stöhnte bei jeder kleinsten Bewegung und Lucas' Blut schoss in seinen Schwanz. Er krümmte seine Finger ein wenig, um damit über die empfindlichste Stelle im Körper seines Liebsten zu streichen, und Jack erzitterte.

„Fuck, Luke!", schrie Jack und atmete immer schwerer. Lucas presste ihn noch fester gegen die Tür, bevor er die Stelle erneut berührte, denn er wusste, dass Jacks Beine bald nachgeben würden. Lucas spürte, wie sich Jacks Bauchmuskeln anspannten und seine Finger noch enger umschlossen wurden. Jack stöhnte jetzt beinahe ununterbrochen und Lucas hielt still und ließ den Amerikaner in seinem eigenen Rhythmus auf seine Finger hinabstoßen, bis er wenig später zum Höhepunkt kam.

Lucas schloss Jack in die Arme und stütze ihn, als er langsam zu Boden sank. Dann schob er sich über ihn und küsste ihn leidenschaftlich, während er seinen tropfenden Schwanz an Jacks nassem Bauch rieb.

„Du bist noch nicht gekommen", flüsterte Jack gegen Lucas' Mund.

„Willst du mir dabei zusehen?", fragte der junge Mann verführerisch.

Jack nickte. „Immer." Er liebkoste Lucas' Schenkel, als der Brite sich aufrichtete, und betrachtete dann seinen lasziven Gesichtsausdruck, als der junge Mann mit entschlossenen, langsamen Bewegungen seinen Schwanz streichelte. Jack liebte es zu sehen, wie Lucas sich selbst befriedigte, wie er sich auf die Unterlippe biss, um nicht zu laut zu werden.

„Ich will dich hören, Luke, ich habe mich auch nicht zurückgehalten", drängte Jack ihn und hob die Hand, um sie auf Lucas' eigene zu legen.

„Nicht", antwortete Lucas und schob die Hand von sich. „Schau … einfach … Schau … nur … was du … mit mir machst."

Seine Bewegungen wurden immer ungleichmäßiger und er atmete stoßweise. „Gott … Jack …"

Mit verzerrtem Gesicht und einem dumpfen, heiseren Stöhnen ergoss sich Lucas über seine Hand und Jacks Bauch.

Der Amerikaner legte eine Hand um Lucas' Kopf, als dieser auf ihn herabsank. So blieben sie ineinander verschlungen liegen, bis Lucas wieder zu Atem gekommen war.

„Wenn wir bei Staceys Hochzeit vorzeigbar aussehen wollen, sollten wir lieber duschen, Liebling", sagte Jack schließlich.

„Mhm", nickte Lucas und rieb dabei sein Gesicht an Jacks Hals.


„DER ANZUG steht Ihnen gut, Mr. Christensen", merkte Lucas an, als er Jack dabei half, seine Krawatte zu binden.

„Nun, an Ihnen sehen Schöße auch nicht schlecht aus, Mr. Carlton", erwiderte Jack, woraufhin Lucas einen Schritt zurück machte und altmodisch knickste. „Es überrascht mich, dass alles so gut passt, obwohl du ihn gestern nicht anprobiert hast."

„Na ja, ein bisschen eng ist er schon. Staceys zukünftiger Schwager muss ein ziemlicher Hänfling sein."

„Aber, aber", spottete Jack. „Wer schön sein will, muss leiden."

Er stellte sich hinter Lucas, damit er ihre Reflexionen in dem hohen Flurspiegel betrachten konnte. In ihren identischen grauen Fräcken und gestreiften Krawatten gaben sie ein elegantes Bild ab. Stacey konnte stolz auf ihre Trauzeugen sein.

„Willst du mich heiraten?", fragte Lucas und lächelte Jack im Spiegel zu.

Jack legte die Hände auf Lucas' Hüften und küsste seinen Hals. „Du kennst die Antwort darauf, Luke."

„Aber ich möchte sie noch einmal hören ... die kurze Version", neckte Lucas.

Jack hob den Blick und sagte ernst: „Ja, Lucas, ich möchte dich heiraten. Eines Tages möchte ich dich heiraten."

STACEYS HOCHZEIT war eine fröhliche, ungezwungene Angelegenheit, bei der alle Brautjungfern, Trauzeugen, Familienangehörigen und Freunde von einem Ort zum nächsten spazierten, da Rathaus, Kirche und Empfangs- und Festsaal jeweils nur einen kurzen Fußweg voneinander entfernt lagen. Das glückliche Paar und die meisten Gäste waren am Ende des Hochzeitsempfangs bereits ziemlich beschwipst und nach dem Essen dann sturzbetrunken. Das lag vielleicht einerseits an der entspannten Atmosphäre, doch die Tatsache, dass die meisten der Gäste im Speisesaal des Hilton im selben Hotel ein Zimmer bewohnten, spielte wohl ebenfalls eine Rolle.

Jack und Lucas wachten am nächsten Morgen mit einem fürchterlichen Kater auf und waren nicht mehr ganz sicher, wie sie es bis in ihr Zimmer geschafft hatten. Sie waren nur dankbar dafür, dass sie vor ihrer Rückreise noch ein paar weitere Tage in Belgien eingeplant hatten.

Nach ihrer letzten Nacht im Hotelzimmer, als Lucas sich gerade vor dem großen Badezimmerspiegel die Zähne putzte, schlich sich Jack wie ein Dieb in der Nacht herein und schlang von hinten einen Arm um ihn. Beim Anblick des Ausdrucks von Jagdfieber in Jacks Augen, als er vorgab, seinem Liebsten in den Hals zu beißen, musste Lucas beinahe loslachen. Beide waren nackt und Lucas wurde ernster, als er spürte, wie sich Jacks Erektion gegen seinen Hintern presste.

Jack drehte Lucas' Kopf ein wenig, damit er ihn küssen konnte, und ließ die andere Hand seinen Bauch hinab und zwischen seine Beine wandern, wo sich bereits ebenfalls etwas regte. „Du siehst zum Anbeißen aus", knurrte Jack gegen Lucas' Lippen. „Ich will es dir besorgen, gleich hier vor dem Spiegel."

„Verdammt, ja", antwortete Lucas keuchend. Für einen kurzen Moment musste er daran denken, wie Jack sich in einer ähnlichen Situation geweigert hatte, dies mit ihm zu tun, da es ihn zu sehr an Maria erinnerte, doch der Gedanke war schnell vergessen, als sich Jacks kräftige Hand auf seinen Schwanz legte und ihn streichelte, bis er vollständig steif war. Er presste seinen ganzen Körper gegen Jack, um so viel von ihm zu berühren wie nur möglich, und rieb seinen Hintern hemmungslos gegen die Erektion seines Liebhabers. Ihre Bewegungen hatten etwas Drängendes, angetrieben durch ihr Verlangen nacheinander und die berauschende Wirkung ihres Spiegelbildes.

Lucas beugte sich vor und hielt sich mit der einen Hand am Waschbecken fest, während er mit der anderen nach den vom Hotel zur Verfügung gestellten Badeölen und Feuchtigkeitscremes grapschte, in der Hoffnung, irgendetwas zu erwischen, das sich als Gleitmittel eignen würde. Er öffnete eine Flasche, ließ sie fallen und die cremige, weiße Flüssigkeit tropfte vom Rand des Waschbeckens herunter. Er war schnell genug, um die Tropfen mit der Hand aufzufangen, und griff nach hinten, um sie auf Jacks wartendem Glied zu verteilen.

Jack sog wegen der kalten Flüssigkeit erst scharf die Luft ein, aber stöhnte dann, als Lucas weiter auf und ab streichelte. Lucas konnte seinen Blick nicht vom Zusammenspiel ihrer Körper abwenden und zog Jack mit sich zwischen die beiden Waschbecken, sodass sie freie Sicht hatten.

„Und jetzt mach es", flüsterte Lucas, den Kopf seinem Liebsten zugewandt. „Jetzt fick mich."

„Muss dich erst vorbereiten", widersprach Jack heiser und ließ sich in seinen Bewegungen von ihrem Spiegelbild leiten.

„Vergiss das Vorbereiten", sagte Lucas beinahe flehentlich. „Seit wir hier sind, haben wir … drei- oder viermal am Tag miteinander geschlafen. Ich komme schon klar." Er war sicher, dass er das würde, und vertraute darauf, dass Jack ihm nicht wehtat. Jack hob die heruntergefallene Flasche auf, um mehr Creme auf seiner Erektion zu verteilen, und rieb seinen Schwanz über den empfindlichen Muskel zwischen Lucas' Pobacken. Lucas drängte sich ihm entgegen, wollte, musste ihn endlich in sich haben, spreizte seine Beine weiter, um Jack besseren Zugang zu verschaffen. Jack schaute nach unten, und als sich der Druck gegen Lucas' Eingang verstärkte, stützte Lucas sich am Waschtisch ab.

Jack schob sich vor, brachte mit einer Hand seinen großen, dunklen Schwanz in Position, während er mit der anderen seinen jungen Geliebten näher an sich zog. Doch was Lucas zu spüren erwartete, blieb aus und er war ein wenig enttäuscht, als Jack zurückwich, um sich auf dem geschlossenen Toilettendeckel niederzulassen, und ihn mit sich zog.

„Setz dich auf mich", bat Jack, „und dann sieh dich an. Gott, du siehst unglaublich aus!"

„*Wir* sehen unglaublich aus", verbesserte Lucas, spreizte die Beine und stützte sich auf Jacks Knien ab. Dann brachte er mit einer Hand Jacks Schwanz in Position und ließ sich mit einem Seufzer darauf hinabsinken, ohne dabei ihr Spiegelbild aus den Augen zu lassen. Den langen, steifen Schwanz in seinen Körper eindringen zu sehen, war fast zu viel für ihn und nur das heftige Brennen verhinderte, dass er auf der Stelle kam. Doch er war immer noch steif, und das so sehr, dass die Spitze seines Schwanzes seinen Bauch berührte und, als er die Hüften bewegte, die ersten weißen Tropfen im Licht glitzerten. Das brennende Gefühl ließ langsam nach und er lehnte sich gegen Jacks Brust zurück, streckte eine Hand zwischen seine Beine und legte sie um seine Hoden. Bevor er reagieren konnte, umfasste Jack seine Schenkel und hob sie an, sodass sichtbar wurde, wo sie miteinander verbunden waren. Lucas spürte, wie sich seine Muskeln um Jacks großen Schwanz dehnten, und rieb versuchsweise über die Stelle. Ein Kribbeln schoss durch seine Lenden und Jacks Reaktion nach zu urteilen, fühlte es sich für ihn ebenfalls gut an. Lucas war dem Höhepunkt nah und würde nicht mehr lange durchhalten, doch er wollte mehr. „Bewegen wir uns", schlug er vor. „Gibs mir hart." Er griff hinter sich, um Jack zu berühren, und dann standen sie zusammen auf, immer darauf bedacht, sich nicht voneinander zu lösen. Lucas hielt sich fest, denn die Kraft seines Liebsten war ihm bestens bekannt.

Jack begann, sich zu bewegen, und Lucas stöhnte, als der große Schwanz in seinen Körper hinein- und wieder hinausglitt. Als er nach vorn schaute, sah er seinen eigenen Schwanz ein wenig auf und ab wippen – ein vertrautes Gefühl, doch er hatte es bisher nie richtig sehen können. Er sah in Jacks Augen, die jetzt dunkelblau erschienen und beobachteten, wie sie sich in perfektem Einklang bewegten. Zu sehen, wie sich die Geräusche ihrer auf so innige Weise aufeinanderprallenden Körper in einem Spiegelbild manifestierten, war atemberaubend.

„Gott, fühlst du dich gut an", hauchte Jack mehr, als dass er es sagte, während seine Bewegungen mit jedem Stoß kraftvoller und präziser wurden. „So eng ... so heiß."

„Ja", wimmerte Lucas beinahe. „Ich bin fast so weit", fügte er hinzu und neigte seine Hüften ein wenig. „Oh fuck, ja ... genau da ..." Er konnte sich nicht berühren, da er fürchtete, sie würden in den Spiegel fallen, wenn er die Waschbecken losließe, doch er konnte seinen Schwanz mit jedem Stoß tropfen sehen. „Oh ja ... hör jetzt nicht auf ... lass mich kommen, Jack ... lass mich kommen ... und komm mit mir!"

Jack traf genau die richtigen Stellen, doch die Kraft seiner Stöße und ihre Präzision ließen nach, was Lucas zeigte, dass sein Liebster sich ebenfalls dem Höhepunkt näherte. Er begann, Jacks Stöße zu unterstützen, indem er sich ihm entgegenschob. Dann näherte Jack sich ihm und flüsterte: „Ziel auf den Spiegel", und bevor Lucas noch lachen konnte, spürte er ein Prickeln in seinem Unterleib und milchig-weiße Flüssigkeit schoss aus seinem Schwanz und spritzte über die makellos glänzende Fläche vor ihnen. Jack stieß noch zweimal zu, kräftig und genau gegen Lucas' Prostata, und verlängerte so seinen Orgasmus, der Hitzewellen durch seinen ganzen Körper sandte.

Dann standen sie aneinandergeklammert da und schauten schwer atmend in den Spiegel.

„Verdammt, das war heftig", keuchte Jack in Lucas' Ohr.

„Meinst du, wir sollten uns so einen für unsere Wohnung kaufen?", fragte Lucas und deutete auf den Spiegel.

„Auf keinen Fall!", lachte Jack. „Ich müsste dich knebeln, um es mit dir davor zu treiben. Wir würden es niemals schaffen, dabei leise zu sein."

Lucas bedeckte Jacks Hände mit seinen und betrachtete seine Augen im Spiegel. „Dann müssen wir wohl mindestens einmal im Jahr hierher zurückkommen."

# 27

„GERTJE! OH mein Gott, es ist so schön, dich zu sehen!" Jack streckte die Arme aus und umarmte seine ehemalige Sekretärin. „Hast du Lucas gesehen?"

Gertje strahlte und Jack stellte fest, dass sie kein bisschen gealtert war. Sie sah immer noch wie die lebhafte, ständig beschäftigte und ein wenig mütterliche Frau aus, die ihm sein Berufsleben in Belgien so leicht gemacht hatte.

„Oh ja! Er tut gerade, was er am besten kann: Er begrüßt eure Gäste und sorgt dafür, dass sie sich wohlfühlen. Ich freue mich so, dass ihr mich zur Silvesterfeier eurer Familie eingeladen habt, Jack."

„Du wirkst glücklich, Gertje."

„Das bin ich." Sie errötete. „Natürlich vermisse ich meinen Eddy, aber zumindest kann ich jetzt ein bisschen reisen und mehr Zeit mit meinen Schwestern hier in Amerika verbringen."

Jack nickte. „Stacey hat mir das mit Eddy erzählt. Warum hast du mich nicht angerufen?"

Gertje lächelte und legte den Kopf schräg. „Du warst eine halbe Welt weit entfernt, Jack, und es war eine Beerdigung im kleinen Kreis. Aber egal, heute geht es um dich."

Jack seufzte und rollte die Augen. „Du weißt, dass ich schon lange nicht mehr gern im Mittelpunkt stehe."

Gertje lächelte verständnisvoll. „Ich glaube, das wird ohnehin nicht passieren. Nicht, solange Lucas und Ann Elise da sind."

„Ich bin froh, dass du heute hier bist. Es fühlt sich an, als wäre die Familie vollständig", fügte Jack hinzu.

Sie errötete. „Ich hätte es um keinen Preis verpasst."

Jack wusste, dass diese Frau eine wahre Freundin war, selbst wenn sie nicht sehr viel Kontakt hatten, und das ließ sich ändern.

„Du warst immer meine große Fürsprecherin, nicht wahr?", fragte er, plötzlich ernst.

„Hundertprozentig, Herr Botschafter." Sie zwinkerte ihm zu.

„Warum hast du mich Maria gegenüber gedeckt, obwohl du wusstest, dass ich sie betrogen habe?"

„Oh, ich habe dich ihr gegenüber nicht besonders gedeckt, Jack. Ich habe ihr dasselbe gesagt, wie allen anderen Leuten auch. ‚Mr. Christensen ist noch in einem Meeting. Nein, er möchte nicht gestört werden. Aber ich kann ihm danach gerne etwas ausrichten.' Ich muss zugeben, dass ich einfach gewusst habe, dass ihr beide füreinander bestimmt wart."

Jack fand, dass sie bei diesen Worten wie eine stolze Mutter aussah.

„Und wenn ich euch jetzt so sehe, weiß ich, dass ich recht hatte."

Da war wieder dieses selbstzufriedene Lächeln.

„Ja, ich liebe ihn, Gertje. Ich liebe ihn sehr."

„Das könnte ein Blinder sehen. Ich weiß. Und ich wusste es damals. Wie du immer gestrahlt hast, wenn er in dein Büro kam. Und er hat viel mehr Zeit mit dir verbracht, als nötig gewesen wäre. Und jede Gelegenheit genutzt, den diplomatischen Laufburschen zu spielen. Aber ich mochte ihn vom ersten Moment an. Er ist ein besonderer Mann, Jack. Er kann gut mit Menschen umgehen, genau wie du, und möchte sie dazu bringen sich wohlzufühlen. Und es ist ihm egal, ob es sich um den Präsidenten oder nur um einen Portier handelt. Und eure Tochter ist auch wundervoll. Die perfekte Mischung aus euch beiden."

Jack zuckte mit den Schultern. „Es ist nett von dir, das zu sagen, aber sie kommt ganz nach Lucas."

„Das stimmt absolut nicht, Jack. Sie sieht vielleicht aus wie er, aber man kann eindeutig auch deinen Einfluss erkennen. Sie ist schüchterner als Lucas und nachdenklicher. Und klug – sie weiß, wovon sie redet. Vorhin hat sie mir deine Dissertation erklärt. Nicht schlecht für eine Achtjährige, oder?"

Jack lächelte, aber wusste nicht, ob er das so richtig glauben sollte. „Du machst Witze, oder?"

„Nein, nein, sie hat erzählt, dass du immer erst ihre Meinung eingeholt hast. Ich glaube, sie ist auf dem besten Weg zur Botschafterin und sie wäre verdammt gut darin!"

„Nein bitte, bloß nicht", lachte Jack und umarmte sie noch einmal.

In diesem Moment betrat Lucas das Zimmer und Gertje entschuldigte sich.

„Hör zu, ich lasse euch lieber allein und gehe zurück ins Wohnzimmer." Gertje küsste Jacks Wange, zwinkerte Lucas zu und küsste ihn ebenfalls und verließ den Raum.

„Es ist schön, sie zu sehen, Luke. Das war eine nette Überraschung", sagte Jack und legte einen Arm um seinen Liebsten.

„Na ja, heute ist absolut jeder hier. Stacey sieht aus, als ob es bei ihr jeden Moment so weit wäre. Und Sean ist auch da! Und wie es aussieht, hat er seine zukünftige Ehefrau Nummer vier mitgebracht. Sie ist nett, ich habe mich mit ihr unterhalten. Und sie ist jünger als ich." Lucas verdrehte die Augen und Jack lachte.

„Oh, und Mark hat eine kleine Rothaarige namens Zanna mitgebracht. Ich glaube, wir haben sie noch nie getroffen."

„Tja, wir sehen Mark ja auch nicht gerade jede Woche", antwortete Jack leise und freute sich darüber, wie sehr Lucas den Abend genoss.

186

„Bevor ich es vergesse: Liz hat mich gefragt, ob wir nächste Woche auf die Jungs aufpassen können. Ich habe gesagt, es wäre kein Problem. Ich glaube, sie will sich mit Mr. Brazil davonmachen."

„Na ja, er ist wesentlich netter als Mr. Italy, der sie all die Jahre hingehalten hat", kommentierte Jack.

„Ja, ich habe sie davor gewarnt, dass sie niemals ihre Frauen verlassen."

„Ich schon."

Lucas seufzte zufrieden. Er sah Jack an, bevor er ihm einen kräftigen Kuss auf den Mund verpasste. „Ich weiß nicht, was aus meinem Leben geworden wäre, wenn du es nicht getan hättest."

„Du hättest jemand anderen gefunden. Ich bin mir sicher, dass du glücklich geworden wärst."

Lucas schüttelte den Kopf. „Nicht so wie jetzt. Wir beide waren füreinander bestimmt."

Jack wurde von einem Gefühl der Wärme durchflutet. „Tja, ich werde meine Entscheidung niemals bereuen."

„Gut!", witzelte Lucas mit einem strahlenden Lächeln, „Maria ist nämlich auch hier!"

Jack holte tief Luft und zog die Augenbrauen hoch. „Und gleich erzählst du mir, dass Lucy auch gekommen ist. Und dann kam der Weihnachtsmann durch den Kamin."

Lucas wurde ernst. „Du weißt, dass sie nicht kommen würde."

„Würdest du es denn wollen?", fragte Jack und zog Lucas an sich.

Lucas schürzte die Lippen und schüttelte den Kopf. „Aber manchmal glaube ich, Ann Elise würde sie gerne kennenlernen."

„Eines Tages wird sie das wahrscheinlich auch, aber dafür müssen beide erst bereit sein. So etwas darf man nicht überstürzen. Und jetzt lass uns da reingehen, bevor unsere Gäste sich fragen, was wir hier so lange machen. Außerdem ist es nicht fair, Ann Elise mit so vielen Leuten alleine zu lassen."

Lucas schnaubte. „Als wüsstest du nicht, dass sie eine bessere Gastgeberin ist als wir."


„Darf ich kurz um Aufmerksamkeit bitten?"

Ann Elise stand auf einem Stuhl zwischen ihren beiden Vätern. Sie schaute zu Liz hinüber, die ihr aufmunternd zunickte.

Sie begann zögerlich, sichtlich eingeschüchtert von der großen Menge, obwohl sie die meisten Gäste gut kannte. „Dad und Jack wissen, dass ich ein paar Worte sagen will, aber sie wissen nicht genau, was ich sagen will, also hören Sie bitte alle zu."

Lucas hörte, wie Jack sich nervös räusperte, und gestand sich ein, dass er dazu wahrscheinlich guten Grund hatte. Ihrer unberechenbaren Tochter durfte man nicht trauen.

„Als Erstes wollte ich sagen, auch wenn es ein paar von Ihnen vielleicht schon wissen, dass Jack vor Kurzem seine Dissertation eingereicht hat. Und letzte Woche wurde ihm gesagt, dass man ihn bald Dr. Christensen nennen muss. Dazu kann ich nur sagen: Träum weiter." Einige ihrer Zuhörer lachten und sie fuhr fort: „Bitte applaudieren Sie für ihn, damit er rot wird."

Lucas sah, wie Liz die Champagnergläser verteilte, während ihre Gäste laut klatschten und jubelten, worauf Jack mit einem verlegenen Lächeln reagierte.

„Zweitens wurde Jack vom Präsidenten gefragt, ob er wieder Botschafter werden möchte." Auch diese Mitteilung rief Jubel hervor, und Jack musste schließlich eine Hand heben, damit Ann Elise fortfahren konnte.

„Nach ein paar hitzigen Diskussionen beim Mittagessen …" Sie schaute ihre beiden Väter an und legte jedem von ihnen eine Hand auf die Schulter. Beide lachten nervös und warfen einander Blicke zu. „… hat er beschlossen abzulehnen und ihnen gesagt, sie sollen noch einmal fragen, wenn ich auf dem College bin. Und das war wirklich nett, weil mir meine Schule hier so gut gefällt."

Ein paar „Ooohs" hallten durch den Raum, doch ihre Freunde lächelten.

Ann Elise räusperte sich und Jack fiel auf, dass es eine nervöse Angewohnheit war, die sie sich von ihm abgeschaut hatte. „Und zum Schluss … auch wenn ich dafür vielleicht ohne Nachtisch ins Bett geschickt werde …"

Ann Elise schaute zu Liz hinüber, die ihr zuzwinkerte.

„Bevor ich geboren wurde, hat Jack meinen Dad gefragt, ob er ihn heiraten möchte und er hat Ja gesagt. Nur ging es damals nicht, weil Jack noch verheiratet war." Sie verdrehte die Augen und Maria lächelte ihr bestätigend zu. „Und als ich dann sechs war, bei Staceys Hochzeit – für alle, die sie nicht kennen: Stacey ist die große, hübsche Frau mit den roten Lippen und den langen dunklen Haaren, die aussieht, als würde sie jede Minute ihr Kind bekommen. Auf jeden Fall hat Dad bei ihrer Hochzeit Jack gefragt, ob er ihn heiraten möchte und Jack hat Ja gesagt, aber wollte warten, bis es in ihrem eigenen Land erlaubt wäre. Und jetzt können im Bundesstaat New York endlich auch zwei Männer heiraten."

Sie wandte sich ihren Vätern zu. „Also könntet ihr zwei endlich mal die Kurve kriegen?"

Von den Gästen im Wohnzimmer war zustimmender Jubel zu hören. Sie riefen Dinge wie „Hört hört!!" und „Traut euch endlich".

Jack errötete, als er Lucas ansah und ihm einen fragenden Blick zuwarf.

Lucas biss sich auf die Lippe, dann nickte er. „Es gibt schließlich nichts mehr, was uns daran hindern könnte", flüsterte er und küsste Jack. Ihre Freunde standen auf, und als sie sich umsahen, entdeckten sie überall in die Höhe gehobene Gläser, fröhliche Gesichter und nicht das kleinste Anzeichen von Missbilligung.

Selbst Maria strahlte, obwohl sie dem gut aussehenden Mann, der einen Arm um ihre Schultern gelegt hatte, zweifellos so manches erklären musste.

Mark grinste schelmisch. „Dann braucht ihr beide aber auch Trauzeugen!"

Woraufhin Liz vom anderen Ende des Raumes antwortete: „Warum sollen immer nur die Männer den Spaß haben?"

„Tja, dann suchst du dir lieber schon mal deinen Smoking aus, Liz", neckte Lucas seine beste Freundin.

Jack und Lucas umarmten sich mit Ann Elise zwischen ihnen. „Bist du jetzt zufrieden?", fragten sie die junge Dame.

Ann Elise strubbelte beiden durchs Haar. „Ja!", rief sie. „Dann habe ich endlich eine vernünftige Familie! Und können wir uns jetzt endlich ums Essen kümmern? Ich verhungere gleich!"

# NACHWORT

„KOMM ZURÜCK ins Bett, Luke", verlangte Jack träge. Er befand sich in dem Bett, das sie seit sechseinhalb Jahren miteinander teilten.

„Ich kann nicht", kam Lucas' entschlossene Antwort von dem kleinen Balkon. Er schaute dort gerade auf die Stadt hinaus und trank aus einer Teetasse.

„Was ist los?" Jack war sich nicht ganz sicher, ob Lucas scherzte oder nicht.

„Ich habe mir vor neun Jahren geschworen, nie wieder mit einem verheirateten Mann zu schlafen."

Jack lachte. „Dann stell dir mal vor, wie ich mich fühle. Ich habe mir vor dreißig Jahren vorgenommen, niemals mit einem Mann zu schlafen, und jetzt habe ich mich in einen verliebt und ihn auch noch geheiratet!"

„Dann bist du immer noch in mich verliebt?", fragte Lucas, als er ganz beiläufig seinen Bademantel öffnete, um seine langen Beine und schlanken Schenkel zu entblößen.

Jack hätte fast einen Scherz über seine gnadenlose Verführung durch einen jungen Körper gemacht, doch er hielt sich zurück. Im Augenblick wollte er einfach nur so schnell wie möglich Lucas in den Armen halten. Er wollte, dass es seine Hand war, die den flachen Bauch streichelte und Lucas' Glückspfad hinunterglitt. Also antwortete er: „Ja, das bin ich", und hob die Decke an, damit Lucas darunter kriechen konnte.

Lucas' kühle Haut berührte seine warme und sie kuschelten sich eng aneinander, bis es Zeit zum Aufstehen war.


DIE TRAUUNG hatte an diesem Morgen im Haus eines Freundes in den Hamptons stattgefunden. Es war eine zwanglose Zusammenkunft, eine kleine Feier mit ihren engsten Freunden barfuß am Strand.

Mark, jetzt mit Zanna verheiratet, die ein Kind erwartete, war Jacks Trauzeuge.

Liz war im Smoking und mit einem glitzernden Zylinder aufgetaucht und wirkte wunderbar androgyn, wenn man einmal von ihrem gerundeten Bauch absah, dem Beweis ihrer glücklichen Beziehung zu Rodrigo, einem brasilianisch-portugiesischen UN-Dolmetscher, mit dem sie tatsächlich am Wochenende nach Jacks und Lucas' Silvesterparty durchgebrannt war.

Anschließend hatten sie sechs und Ann Elise und Liz' beide Söhne bei einem aufwendigen Picknick am Strand gesessen und auch Sean mit seiner Freundin und

Maria mit ihrem „Ärzte ohne Grenzen"-Freund hatten nicht gefehlt. Die Atmosphäre war entspannt und fröhlich gewesen, und auch wenn sich der Alkoholkonsum wegen der schwangeren Frauen in Grenzen gehalten hatte, gab es viele Ansprachen und gutmütige Hänseleien ihrer Freunde, die Zeuge der verschiedenen Ereignisse in ihrem Leben geworden waren, die sie zueinander geführt hatten.

Und jetzt, in den frühen Morgenstunden des nächsten Tages, liebten sie sich in dem Bett, das immer ihr Zufluchtsort gewesen war.

Sie ließen sich Zeit, tauschten langsame Küsse und Berührungen, rieben sich aneinander. Sie kannten sich gut, wussten, was sich für den anderen gut und was sich himmlisch anfühlte, und diese Vertrautheit gab ihnen ein Gefühl der Wärme und Sicherheit.

Jack sah hoch in Lucas' dunkle, lusterfüllte Augen, als sein Liebster sich langsam auf seinem Schwanz niederließ. Er spürte die wundervoll warme Enge, als Lucas sich an den willkommenen Eindringling gewöhnte.

Als Lucas begann, sich zu bewegen, konnte Jack bereits erkennen, dass der junge Mann nicht lange durchhalten würde.

„Komm für mich, Luke. Komm für mich, mein Ehemann."

Das Wort „Ehemann" brachte Lucas zum Lächeln und seine Bewegungen wurden immer drängender. Er beugte sich vor, legte seine Hände an Jacks Kopf und flüsterte: „Bitte komm mit mir, Jack."

Jack fiel es schwer, nicht die Augen zu schließen, als das vertraute Gefühl der Ekstase seine Lenden durchzuckte, doch er wollte nicht den wunderschönen Gesichtsausdruck seines Mannes versäumen, als sie beide von ihrem gemeinsamen Höhepunkt überwältigt wurden.

Ein paar Stunden später wurden sie von den Strahlen der aufgehenden Sonne geweckt, die durch die nur halb zugezogenen Vorhänge hereinschien.

„Ich bin froh, dass du dem Präsidenten gegenüber abgelehnt hast", gestand Lucas träge.

„Ich fand unser Leben einfach ziemlich perfekt, und zwar genau so, wie es war", flüsterte Jack und küsste Lucas' Haar. „Mir gefällt die Anonymität. Mir gefällt es, dass wir heiraten konnten, ohne einen großen Skandal zu verursachen. Und mir gefällt es, dass Ann Elise mit Freunden aufwächst, die sie seit dem Kindergarten kennt."

Lucas lächelte nur, kuschelte sich dichter an Jack und schlief wieder ein. Ja, ihr Leben war ziemlich perfekt, und zwar genau so, wie es war.

ZAHRA OWENS wurde kurz vor Woodstock und der Mondlandung in Europa geboren und erhielt von ihren nicht englischsprachigen Eltern einen wesentlich schwerer auszusprechenden Namen. Als typischer Wassermann war sie nicht dazu geboren sich anzupassen und die Menschen in ihrer Umgebung lernten, das Unerwartete zu erwarten.

In der ersten Klasse begann sie, Märchen zu schreiben. Noch im selben Jahr kam sie mit ihren ersten englischsprachigen Freunden in Berührung, und im Laufe der Jahre sollten immer mehr von ihnen aus der ganzen Welt hinzukommen. Äußerlich war sie das typische Einzelkind, das daran gewöhnt war, seine Zeit mit Erwachsenen zu verbringen. In ihrem Innern suchte sie nach Wegen, ein Ventil für ihre wilde Fantasie zu finden.

Als Krankenschwester für Intensivmedizin war sie nicht lange glücklich, ebenso wenig wie als Computerspezialistin. Laut ihrer Mutter ist es ihr Hobby, Hochschulabschlüsse zu sammeln, doch ihre wahre Berufung fand sie erst, als sie bereits dreißig war. Damals verdiente sie sich tagsüber ihren Lebensunterhalt und verfeinerte abends ihre Schreibkünste. Natürlich verfasste sie ihre Texte in englischer Sprache, in der sie auch am liebsten las. Dann fand sie das letzte Teil, das ihr zum Puzzle ihrer Karriere als Schriftstellerin noch fehlte, nämlich ihre Lektorin, die ihr für eine Nichtmuttersprachlerin unverzichtbar erschien.

Die Tatsache, dass die Welt durch das Internet wesentlich kleiner geworden ist, hat ihr Leser und Leserinnen aus der ganzen Welt beschert. Und darüber könnte sie nicht glücklicher sein.

Besucht Zahras Website unter: www.zahraowens.com

Von ZAHRA OWENS

Diplomatische Beziehungen

CLOUDS AND RAIN SERIE
Clouds and Rain – Ein Lichtblick für Gable
Earth and Sky – Ein Neubeginn für Hunter
Floods and Drought – Eine zweite Chance für Rory
Moon and Stars – Ein Wiedersehen mit Cooper

Veröffentlicht von DREAMSPINNER PRESS
www.dreamspinner-de.com

ZAHRA OWENS

# Clouds and Rain

## Ein Lichtblick für Gable

Ein Titel der Clouds and Rain Serie

Flynn Tomlinson hat sich mehrere Jahre herumgetrieben, irgendwelche Jobs angenommen, wenn er Geld brauchte, und ist weitergezogen, wenn er nichts brauchte. Er ist zufrieden mit seinem ungebundenen Leben, wo er für niemanden verantwortlich ist, außer sich selbst. Dann sieht er die Kleinanzeige „Aushilfe gesucht" in einem Postamt in Idaho und trifft Gable Sutton. Gable kann Flynn nicht bezahlen, bis er seine Pferde verkauft hat, aber nach einem schweren Unfall kann er seine Ranch nicht mehr alleine bewirtschaften.

Mit Pferden zu arbeiten ist um Längen besser als Regale im Supermarkt einzuräumen, daher erklärt sich Flynn mit Gables Bedingungen einverstanden. Womit Flynn nicht gerechnet hat, ist die Anziehungskraft des sanften, einsamen Mannes, der sein Herz erobert und Flynn dazu bringt, eine große Aufgabe anzunehmen: Gables Ranch zu retten.

# www.dreamspinner-de.com

ZAHRA OWENS

# Earth
## and Sky

## Ein Neubeginn
## für Hunter

Ein Titel der Clouds and Rain Serie

Hunter Krause weiß ganz genau, dass es harte Arbeit ist, eine Ranch zu führen. Gute Cowboys zu finden ist schwer, und obwohl ihn sein Vorarbeiter und seine gesamte Familie unterstützen, hat er zu wenige Männer. Als dann Pferde von der Ranch verschwinden, stellt sein Bruder einen Mann ein, den Hunter nie in Erwägung gezogen hätte: Grant Jarreau, dem Hunter bis heute nicht verzeihen kann, dass er Hunters besten Freund nach einem schweren Unfall einfach im Stich gelassen hat.

Grant fügt sich schnell in das Leben auf der Ranch ein. Er freundet sich mit Hunters Schwester an und leistet hervorragende Arbeit. Trotz seiner Bedenken kann Hunter seine körperliche Reaktion auf Grant nicht wirklich verhindern und er weiß nicht, was er dagegen tun soll. Als Grant dann Hunters kleinen Neffen vor dem Ertrinken rettet, öffnet ein dankbarer Kuss Türen, von deren Existenz Hunter nie etwas geahnt hatte.

Während Hunter und Grant langsam eine Beziehung aufbauen, gerät Hunters Familie aus den Fugen, gibt es Schwierigkeiten auf der Ranch, versuchen sie herauszufinden, was mit den Pferden passiert ist und – als wäre das nicht genug – verschweigt Grant irgendetwas. Kann Hunter lernen, Grant zu vertrauen oder wird der Aufruhr in Hunters Familie ein weiteres Opfer fordern?

# www.dreamspinner-de.com

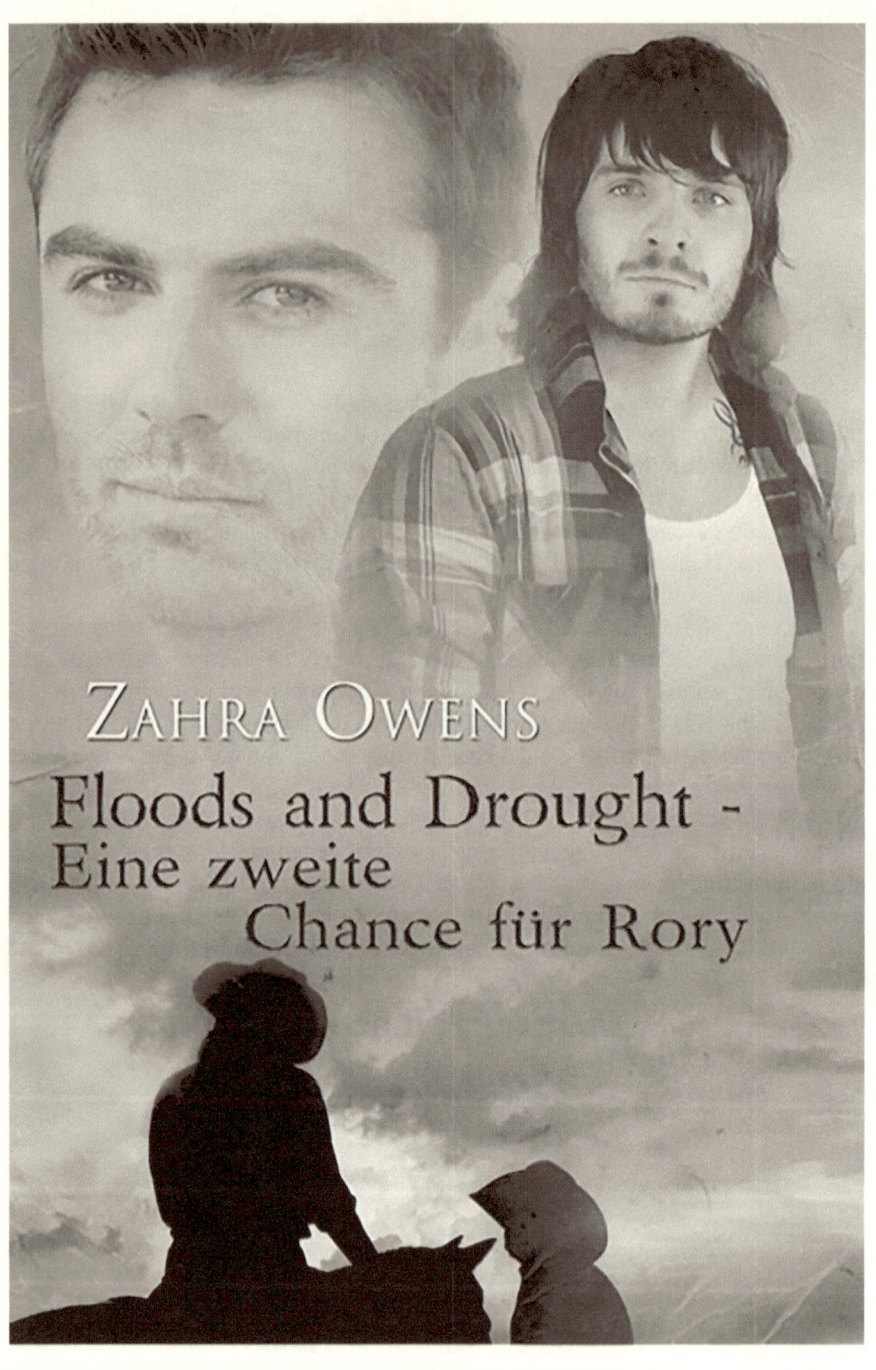

Zahra Owens

Floods and Drought -
Eine zweite
        Chance für Rory

Ein Titel der Clouds and Rain Serie

Tim Conroy ist es gewohnt, geduldig zu sein. Er hat drei Jahre darauf gewartet, dass Rory McCown aus dem Gefängnis entlassen wird, nachdem er auf der Blue River Ranch Pferde gestohlen hatte. Doch nun, da Rory auf Bewährung entlassen wird, macht Tim es sich zur Aufgabe, seinen Chef Hunter Krause davon zu überzeugen, Rory eine zweite Chance zu geben.

Er bedauert es fast, als Hunter seinem Vorschlag zustimmt, denn Rory ist in einem Moment ein schlecht gelaunter Einzelgänger, nur um sich im nächsten arrogant und unnahbar zu geben. Die beiden fühlen sich trotzdem zueinander hingezogen, doch als sie sich endlich näherkommen, taucht ein alter Feind auf, um Unfrieden zu stiften. Wird ihre Beziehung stark genug sein, diesen Sturm zu überstehen?

# www.dreamspinner-de.com

ZAHRA OWENS

Moon *and* Stars

Ein Wiedersehen
mit Cooper

Ein Titel der Clouds and Rain Serie

Nachdem Cooper Nelsons Affäre mit einem verheirateten Bezirksstaatsanwalt zu einem Skandal und dem Entzug seiner Lizenz geführt hat, hat er seinen Frieden als Ranchhelfer auf der Blue River Ranch gefunden. Acht Jahre später, bei einem seiner seltenen Besuche in der Stadt, trifft er zufällig auf Kelly Freed, einen Mann, den er fünfzehn Jahre zuvor verlassen hatte, als er gerade anfing, als Anwalt zu arbeiten. Unglücklicherweise kandidiert Kelly gerade für den Posten des Sheriffs und seine Frau ist todkrank, darum steht für ihn eine Wiederaufnahme ihrer Beziehung außer Frage. Aus seiner eigenen Vergangenheit weiß Cooper, dass das Verschweigen der Wahrheit alle Beteiligten nur ins Unglück stürzen wird, weshalb er nicht mehr das kleine, schmutzige Geheimnis eines anderen Mannes sein will.

Währenddessen ist die Lage auf der benachbarten Blackwater Ranch verzweifelt. Gables Freundin Calley hat Brustkrebs, und als Gable und Flynn ihre Kinder aufnehmen, brauchen sie die Hilfe ihrer Freunde. Cooper und Kelly helfen dabei, Gable auch rechtlich als Vater seiner Kinder einzusetzen und Calleys Verhältnisse zu ordnen, sollte das Schlimmste eintreten. Für Cooper war es nie einfach gewesen, sich von Kelly fernzuhalten, doch jetzt, wo sie ein gemeinsames Ziel haben, ist es ungleich schwerer, Kelly auf Abstand zu halten.

# www.dreamspinner-de.com

www.ingramcontent.com/pod-product-compliance
Lightning Source LLC
Chambersburg PA
CBHW022147240626

47153CB00007B/2552